KB009213

예문관 연애사

藝文館戀愛史

예문관
연애사 3

초판 1쇄 인쇄 2015년 9월 11일
초판 1쇄 발행 2015년 9월 21일

지은이 신우주
발행인 오영배
기획 박성인
책임편집 이신옥
표지 · 본문 디자인 공간42
제작 조하늬

펴낸 곳 (주)삼양출판사 · 단글
주소 서울특별시 강북구 도봉로 173
대표 전화 02-980-2112 **팩스** / 02-983-0660
블로그 blog.naver.com/dan_gul
출판등록 1999년 3월 11일 제9-00046호

ISBN 979-11-313-0441-9 (04810) / 979-11-313-0438-9 (세트)

+ 이 도서의 국립중앙도서관 출판시도서목록(CIP)은 서지정보유통지원시스템홈페이지(http://seoji.nl.go.kr)와 국가자료공동목록시스템(http://www.nl.go.kr/kolisnet)에서 이용하실 수 있습니다. (CIP제어번호: 2015024211)

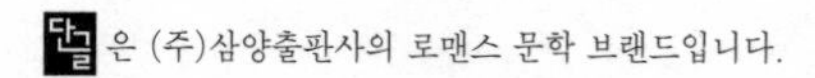

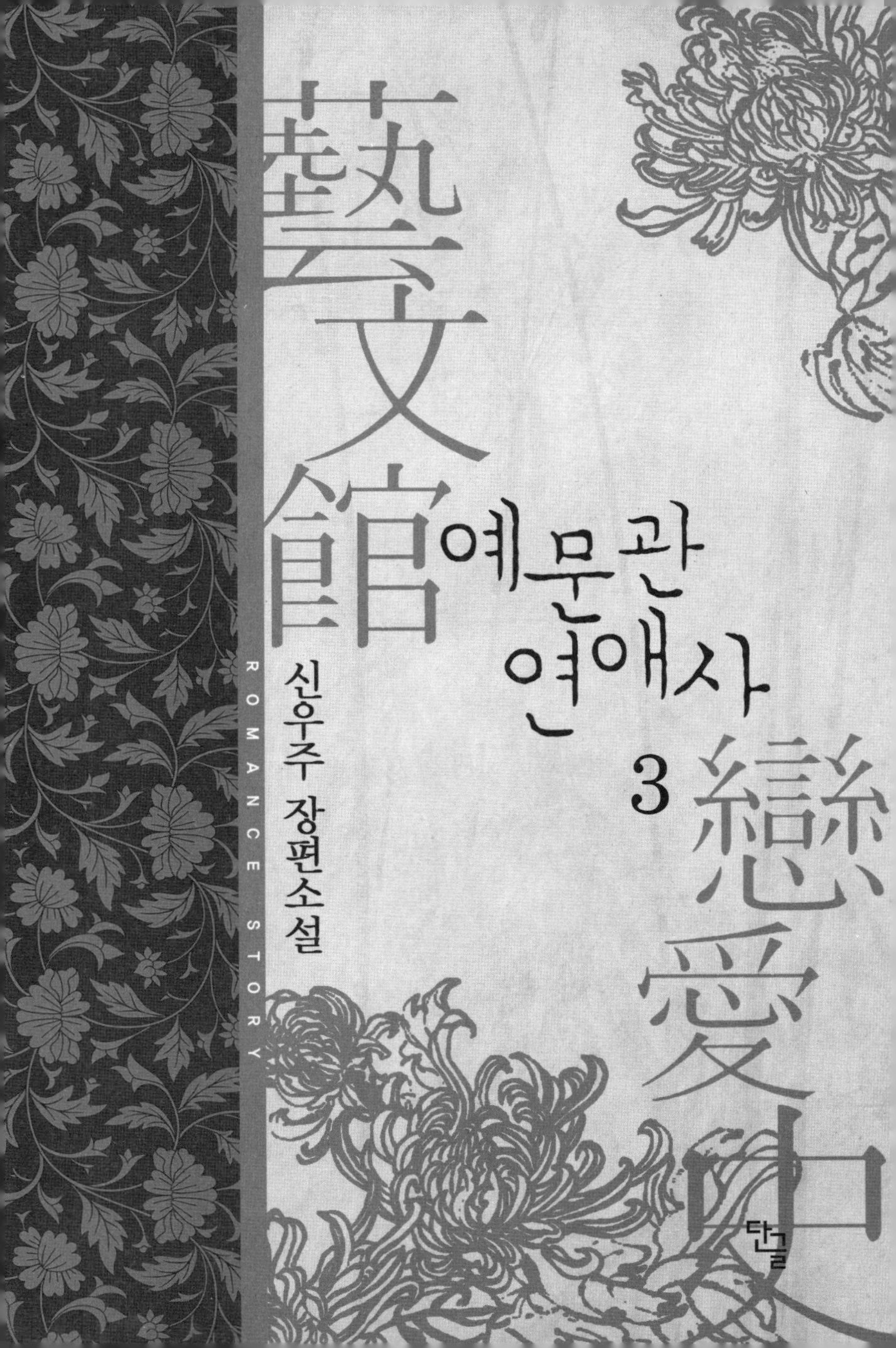
藝文館
예문관
연애사
3
戀愛中
신우주 장편소설
ROMANCE STORY
단글

藝文館戀愛史

예문관 연애사

ㅣ**차 례**ㅣ

제1장
좌의정의 반란

담월—, 각운의 머릿속에 순간 환하게 웃던 그녀의 얼굴이 떠올랐다가 어둡게 흐려졌다. 원래부터 소원의 힘을 이용하기 위해 접근한 것은 사실이었지만, 그것이 이렇게 빨리 다가올 것이라곤 생각도 못 한 그였다. 그것도 가장 최악의 형태로.

“세 가지 신물을 다 모으지 못한 건 아쉽지만 두 개로도 무리는 아니겠지. 혼자 몸으로 임금을 살려낸 계집이 아니더냐.”

‘어떻게 두 번째 신물을 찾았다는 것을……!’

각운은 놀란 기색을 드러내지 않으며 애써 침착했다. 임금의 병을 낫게 하는 소원을 빌고도 몇 날 며칠을 사경을 헤맨 그녀다. 아무리 신물의 힘을 빌린다지만 그녀가 빌어야 할 것은 이

나라를 다스리는 왕조의 천명을 바꾸는 일, 목숨을 바쳐야 할 일인 것이다.

"—당황한 얼굴이구나. 설마 내가 신물의 행방을 모를 거라고 생각한 건 아니겠지?"

과연 좌의정 권율덕이었다. 도성 곳곳에 각운도 모르는 눈과 귀가 있다는 것이 확실했다. 그렇지 않고서야 담월도, 각운도 숨긴 일을 알고 있을 리가 없었다.

각운은 애써 태연하게 말을 이었다.

"그렇지만 도담월이 순순히 그 말을 듣겠습니까. 경원대군하고 각별한 사이로 보입니다만…… 왕조를 바꾸는 일에 쉽게 협력하지 않을 겁니다."

"그렇다 한들 제 어미만큼 소중할까."

이어지는 말에 각운은 침묵했다. 율덕은 그녀의 어머니를 담보로 담월을 협박하려 하고 있었다. 오랜 세월 꿈꿔 왔던 가족과의 해후, 그리고 연모하는 정인과 왕실에 대한 충성을 놓고 그녀는 어떤 선택을 할 것인가. 각운은 가슴속이 답답했다. 그 어느 쪽을 선택하든 그녀는 죽는다. 율덕의 명령을 듣지 않고 경원대군과 이씨 왕조를 선택한 담월을 그가 가만히 둘 리가 없으니까.

율덕은 각운의 착잡한 얼굴을 눈치채지 못한 듯, 들끓는 야망을 담아 그에게 명령을 내렸다.

"산채에 연락해라. 조만간 도위군은 대대적인 훈련을 위해 이

틀 간 도성을 비운다. 그때 남는 병력이라면 능히 당해 낼 수 있음이야. 그리고 도담월과 그 신물도 확보해야 할 것이다."

각운은 잠시 생각하다가 고개를 끄덕이고 일어섰다. 복잡한 얼굴로 돌아선 그의 양아들에게 율덕은 은근한 목소리로 읊조렸다.

"너무 복잡하게 생각하지 마라, 각운. 네가 원하던 복수, 야망. 그 모든 것이 한 번에 실현되는 것이다. 내겐 다른 자식도 없으니 후계자는 너 하나다. 네 아비를 극악무도하게 벤 탄헌에게, 네가 새 왕조의 세자가 되는 것보다 더 큰 복수가 어디 있겠느냐?"

뒤돌아선 각운의 등이 떨렸다. 탄헌군 이욱, 각운이 율덕의 검이 되어 손에 피를 묻히는 것도 마다하지 않고 이 자리까지 오게 만든 장본인. 그의 원수. 아버지를 베었고, 집안을 풍비박산 냈으며, 다시 조정의 자리에서 만난 그에게 아무렇지도 않게 제 사람이 되지 않겠느냐 권했던 작자.

"7년 전, 그때의 어린 너를 떠올려 보거라. 네 다짐이 흐려질 때마다 늘 그랬듯이."

율덕의 말은 뱀의 속삭임처럼 낮은 울림으로 그의 생각을 어린 시절로 끌어당겼다.

* * *

처음엔 그저 주정뱅이인 아버지가 으레 도박판을 전전하고 있는 줄만 알았다. 아버지의 친구라는 작자들 그 누구도 아버지를 본 적이 없다는 말을 했을 때도 각운은 그들이 아버지를 숨겨주고 있다고 생각했을 뿐이었다.

아버지를 찾아다니기 시작했던 건 어머니의 부탁 때문이었다. 요새 계속 흉흉한 꿈을 꾼다며, 동생을 생각해서라도 아버지를 찾아 달라는 부탁을 거절할 수가 없어 거리를 쏘다녔다. 그러기를 며칠이었을까, 그는 아버지의 초상을 그린 후 지나가는 사람마다 혹시 이런 사내를 본 적이 있냐며 묻는 중이었다.

'저기, 혹시 이 사내를 아십니까?'

이번에도 기대 없이 물동이를 지고 가던 여인에게 초상을 내밀었을 때였다. 심드렁한 표정으로 초상화를 훑어본 여인의 얼굴이 순식간에 사색이 되었다.

'나, 난 아무것도 몰라요!'

그녀는 말을 더듬으며 소리친 후 도망가듯 빠른 걸음으로 그를 지나쳤다. 반응이 이상했다. 그것은 뭔가 아는 자의 반응이었다. 각운은 굳은 표정으로 그녀를 따라가 윽박질렀다. 아는 것이 있으면 순순히 말하라는, 어리지만 눈빛이 예사롭지 않은 소년의 말에 그녀는 떨며 사실을 털어놓았다.

'그, 그자는 아주 고급스러운 옷을 입고 있었어요. 뭔가 굉장히 화가 난 얼굴이었는데, 당신의 아버지라는 자가 술에 취해

선 그와 어깨를 부딪쳤어요. 그자는…… 마치 도깨비 같았어요. 순간 눈이 푸르게 빛나면서 칼을 빼 들었고, 그대로 난도질을…….'

겨우 찾아낸 아버지의 시신은 빗물에 퉁퉁 불어 있었다. 그의 손에서 각운은 하나의 매듭을 찾아냈다. 낡고 해져 있어서 쉽게 끊어진 모양이었다.

시체로 돌아온 아버지의 시신을 보고 어머니는 혼절했다. 동생은 유산됐고 연달아 찾아온 충격을 이기지 못한 어머니는 그대로 기력이 쇠해 죽었다. 그에게 남은 것은 범인의 상징인 매듭뿐이었다.

'범인을 잡는 데 도움을 주십시오.'

상복 차림의 소년이 율덕을 찾아와 매듭을 내밀었을 때, 그는 생각해 볼 여지도 없다는 듯 거절했다.

'식사를 내어 줄 테니 밥이나 먹고 가거라.'

'지금까지 해 주신 것만으로도 충분히 도움을 받았음은 알고 있습니다. 마지막으로 한 번만, 살변을 저지른 자를 찾는 것만 도와주십시오. 그 뒤는 제가 알아서 하겠습니다.'

율덕은 각운을 흥미롭다는 듯 살폈다. 약관도 안 된 소년의 기세는 방향을 정해 준다면 당장이라도 날아갈 화살처럼 팽팽히 당겨져 있었다. 그는 후후, 웃으며 차를 음미했다. 제법 쓸 만한 패가 제 손에 굴러들어 왔는데 어찌 웃지 않을 수가 있으랴.

'찾는 것은 어렵지 않네. 그 매듭의 주인은 이 나라의 세자, 탄헌군 이욱이지. 조정에 있는 사람이라면 누구나 알아볼 것이야. 유르지크를 전하께 뺏긴 것이 무척이나 화가 났던 모양이군. 조금의 흠도 잡히지 않게 행동을 조심해 오던 그가 함부로 손을 쓰다니.'

각운은 몸을 부들부들 떨었다. 그가 감히 어떻게 할 수 있는 상대가 아니었다. 동시에 화가 치솟았다. 이 나라의 세자라면, 한낱 백성은 목을 따고 시체를 버려 두어도 죄가 되지 않는단 말인가. 어떻게 그런 자가 이 나라의 왕이 될 사람인가.

'지금 너로서는 아무것도 할 수 없다. 하찮은 가문의 고아에게 이 나라의 세자를 해할 힘이 있을 리가 없지. 하지만 미래에는 달라질지도 모른다. 네가 그만한 힘을 가진다면 말이지.'

퀭한 소년의 얼굴을 보며, 율덕은 각운에게 거절할 수 없는 제안을 던졌다.

'내 양아들이 되어, 탄헌군을 칠 검이 되지 않겠느냐?'

소년은 고개를 강하게 끄덕였다.

'검보다 더한 것도 되어 드리겠습니다.'

그는 그렇게 좌의정 권율덕의 검이 되어 칠 년의 세월을 보냈다. 부모의 복수를 하겠다는 사람의 마음으로 시작한 길은 용도가 곧 목적인 사물의 삶이 되어 갔다. 검은 오로지 적을 베기 위해 존재해야 했기에.

* * *

"아들아."

율덕은 각운을 다정하게 부르며 그를 오랜 침묵 속에서 끌어 올렸다.

"너는 내 수족이 되어 누구보다 내 명령을 충실하게 지켜 왔지. 네겐 그만한 보답을 해야겠다고 늘 생각해 왔다. 이 일이 끝난 후, 이욱의 목을 베는 일은 네게 맡기마. 그리고……."

그는 여전히 얼굴에서 그늘을 벗겨 내지 못하는 각운을 보며 말을 이었다.

"만약 도담월이 소원을 빌고도 목숨을 부지한다면, 그 계집을 네가 가져도 좋다."

그가 사내의 눈으로 도담월을 보고 있음은 이미 알고 있었다. 말하지 않은 둘만의 사연이라도 있었던 걸까. 소화가 그토록 마음을 주어도 눈길 하나 주지 않았던 녀석이 담월에게 혼을 빼앗겨 있었다. 어찌 된 영문인지는 모르겠으나, 그것이 지금 율덕의 길을 방해해서는 아니 되었다. 흔들리는 검을 바로잡듯 율덕은 각운에게 은근한 희망을 흘렸다.

"도가의 여인이었던 내 조모께서는 나를 살리기 위해 소원부를 쓰신 적이 있지. 도담월에 비할 실력은 아니었다고는 하나, 나는 목숨을 부지했고 조모께서는 대가로 그 힘을 잃었다. 물론,

보통보다 빠른 죽음을 맞이하시긴 했지. 도담월도 그러할 수 있지 않겠느냐."

"……필요 없습니다."

호오, 율덕은 의외라는 듯 감탄을 뱉었다. 각운은 다짐을 굳힌 얼굴이었다. 그럼 그렇지, 사내의 목적에 계집은 귀찮은 짐일 뿐. 율덕은 자신이 사람 하나는 잘 보았다며 입가에 미소를 걸었다.

"산채에 전갈을 보내려면 지금 나갔다 와야겠지요. 다녀오겠습니다."

각운은 굳은 표정으로 율덕의 방을 나섰다. 밖은 벌써 검은 밤이 되어 있었다. 도성 밖에 있는 좌의정의 밀사에게 다녀오기 좋은 시간이었다.

"내 말을 내오너라."

각운은 말에 오르자마자 서둘러 내달렸다. 하절기가 되었지만 여전히 밤공기는 서늘했다. 말 위에서 부는 바람은 더없이 찼다. 답답하게 짓눌려 있던 마음속이 조금이나마 가벼워져 갔다.

그는 이윽고 갈림길에 도착했다. 방향을 꺾지 않고 바로 내달리면 율덕의 수하가 숨어 있는 곳으로 갈 수 있었고, 오른쪽으로 말머리를 돌리면 담월의 집이 있었다. 그는 잠시 그곳에 말을 멈추고 양쪽을 번갈아 보았다.

오른쪽 길의 끝에 담월이 있다. 각운과 마찬가지로 강대한 힘을 가진 절대자에게 가족을 유린당했던, 그러나 각운과는 다른 방식으로 과거를 딛고 일어난 소녀. 때론 무모하고, 어쩔 땐 걱정이 될 정도로 겁 없이 자신의 길을 가는 여인은 각운의 시선을 사로잡았다. 그로서는 결코 상상할 수 없는 모습이었으니까. 각운은 그녀가 계속 자신의 길을 나아가는 모습을 보고 싶었다. 비록 좌의정의 속셈을 알고 있다고 하더라도. 그 때문에 담월이 두 번째 신물을 손에 넣었음을 율덕에게 비밀로 하려고도 했다. 자신은 택하지 못했던 그 정직함을 지켜 주고 싶었다.

결국 각운은 말머리를 돌렸다. 조용한 북촌의 길목에 말발굽 소리가 요란하게 울렸다. 얼마 지나지 않아 그는 담월의 집에 도착했다. 똑똑, 가벼이 대문을 두드렸지만 문은 열리지 않았다. 한섬이 따로 분가한 이후 하인이 둘밖에 없는 탓인 듯했다. 그렇다고 크게 누군가를 부를 수도 없어 각운이 고민할 때쯤, 누군가의 걸음소리가 들려 왔다.

"누구십니까?"

한껏 낮춘 목소리 속에는 경계가 가득했다. 담월이었다.

"납니다. 문을 열어 주십시오."

각운의 목소리를 듣고 나서야 빗장 열리는 소리와 함께 대문이 열렸다. 담월은 곧 자려던 모양인지 흰 소복 차림이었다. 어릴 적 소선당의 정자에서 글을 쓰던 모습 같았다. 오랜만에 보는 여인의 모습에 각운은 잠시 본 목적을 잃고 달빛에 희게 부서지는 담월의 얼굴을 바라보았다.

"이 늦은 시간에 무슨 일이에요?"

말을 잃은 각운을 대신해 담월이 묻자, 그는 그제야 이곳에 달려온 이유를 떠올리고 입을 열었다.

"그대를 구하기 위해 왔습니다."

"날 구하다니, 그게 무슨 소리예요?"

"일단 들어가서 얘기합시다. 누가 들을지도 모르니."

각운은 조심스럽게 주변을 살폈다. 좌의정의 부하인 담월의 하인들은 자고 있는 모양이었다. 각운은 사랑방에 들어가자마자 단도직입으로 본론을 꺼냈다.

"좌의정이 역모를 일으키려고 합니다."

"역모요?"

그는 고개를 끄덕이며 담월에게 좀 전에 있었던 율덕과의 대화를 그대로 전했다. 율덕이 경원대군을 포기했으며, 담월이 그를 왕으로 만들 소원을 빌게 강제할 것이라는 걸. 사병까지 철저하게 준비해 두었다는 말에 담월은 믿기지 않는다는 눈이었다.

"그런 소원을 빌면 분명 몸이 무사하지 못할 겁니다. 본격적으로 일이 시작되기 전에 서둘러 신물을 챙겨 도망가시오."

각운은 떨리는 눈으로 담월에게 말했다. 그는 지금 칠 년간 자신을 아들로 길러온 양부를 배신하고 있었다. 율덕의 반란이 성공할지는 아무도 모르는 일, 그러나 담월이 소원을 빈다면 그것은 반드시 이루어진다. 율덕의 말대로 그것은 각운에게도 가장 큰 복수의 기회였다. 담월의 목숨이 걸린 일이 아니었다면 나서지 않았으리라. 평생을 마음에 담아 왔던 복수보다 훌쩍 커 버린 마음이 아니라면, 그의 마음을 무겁게 짓누르는 죄책감이 아니었다면.

"얘기해 줘서 고마워요, 좌랑. 역시 당신은 좋은 사람일 거라고 생각했어요."

"난 당신이 생각하는 그런 사람이 아닙니다."

담월의 미소에 각운은 굳은 얼굴로 단호하게 그녀의 말을 반박했다.

"……그러면 나를 도망치게 해 주는 이유가 뭐죠?"

순수한 의문이 가득한 시선을 피할 수 없어 각운은 눈을 질끈 감았다. 묻지 않기를 바랐지만 그냥 넘어갈 담월이 아님은 잘 알고 있었다. 그녀는 단정한 목소리로 또박또박 말을 뱉었다.

"좌상 대감이 권좌에 오르면 득을 볼 뿐인 당신이 내게 이렇게 할 이유가 없잖아요. 예전에도 그랬지요. 두 번째 신물을 찾았을 때 당신은 좌상에게는 비밀로 하라고 했었어요. 그의 의도를 알고 있었기에, 나를 보호하기 위해서 그랬던 거 아닌가요?"

그녀의 말 한 마디 한 마디가 각운을 에워쌌다. 그는 어디로도 도망칠 수 없었다. 각운은 눈을 가늘게 뜨고 답을 요구하는 담월을 바라보다가 고개를 푹 숙였다.

"그건 나중에 말해 주겠습니다. ……지금 당장은 도망칠 준비를 하십시오."

그의 회피에 담월은 우선 물러섰다. 하여튼 답답한 사람이었다. 자기가 좋은 사람임을, 무고하게 사람의 목숨을 해하는 걸 보지 못하는 착한 사람이라는 걸 인정하면 될 일인데. 그가 자신을 보는 눈빛이 남다르다는 것은 미처 깨닫지 못한 채 담월은 짐을 챙기기 위해 자리에서 일어났다. 그러나 문득 뇌리를 스치는 것이 있었다.

"내가 도망치면, 어머니는 어쩌죠? 좌의정이 가만히 있지 않을 텐데요. 보복을 당하거나 인질이 될 거예요."

각운의 얼굴이 어두워졌다. 그는 천천히 몸을 일으켜, 초조해진 담월과 눈을 마주치지 않으려고 애썼다. 그리고 가슴에 툭 내려앉은 갑갑함을 애써 무시하며 입을 열었다.

"일단 당신이 무사한 게 먼저입니다. 당신이 강제로 소원을 빌게 되면, 경원대군도 무사하지 못할 겁니다."

그는 결의 이름을 거론하며 담월을 재촉했다. 하지만 한번 떠오른 어머니의 생각을 그녀에게서 지워 버릴 순 없었다.

"어머니와 함께 도망치면 되잖아요? 어디 계신데요, 내가 모시고 갈게요. 말해 줘요."

두 사람의 시선이 누구 하나 물러섬 없이 팽팽히 맞섰다. 담월은 어머니와 함께가 아니라면 단 한 발도 움직이지 않겠다는 듯 버티고 섰다. 각운은 그 자리에 무너질 듯 위태위태하게 버티고

서서 담월의 시선을 받아 냈다. 굳게 다문 각운의 입은 열릴 줄을 모르고 떨리기만 했다. 하지만 이것은 결코 각운이 이길 수 없는 싸움이었다.

"제발, 내 말을 들으십시오. ……제발."

한 발 물러난 각운의 어조는 부탁보다 애원에 가까웠다. 비바람에 강경하게 버티고 섰으면서도 뿌리째 뽑혀 나가는 것에 대한 두려움이 느껴졌다. 이상했다. 담월이 아는 주각운은 이런 사내가 아니었다. 그녀는 떨리는 목소리로 물었다.

"설마, 어머니께 무슨 일이 있는 건 아니죠?"

"……그대의 어머니는 내가 책임을 질 테니 도망가시오. 언제 좌의정의 사람들이 그대를 잡으러 올지 모릅니다."

계속해서 대답을 회피하는 각운에게 담월이 한 발짝 다가섰다.

"솔직하게 얘기해 줘요. 어머니가 어디 계신지, 괜찮으신 건지 얘기하지 않으면 난 한 발짝도 움직이지 않겠어요. 얘기했잖아요, 어머니를 모시고 사는 게 나의 꿈이라고. 좌랑도 이해하잖아요?"

그때 반짝이던 담월의 얼굴을 각운은 기억하고 있었다.

"어린 시절의 꿈이었던 관직에도 올라 보았고, 대대로 지켜 왔던 사관의 위신도 다시 세웠으니까요. 이젠 잃어버렸던 가장 큰 것인 가족을 지키며 살고 싶습니다. 소박하죠?"

옅은 서쪽 하늘에는 석양이 물들어 가고, 담월은 말 위에서 허리를 세운 채 먼 미래의 꿈을 그리듯 볼을 발그레 물들이고 소박한 꿈을 얘기했었다.

"……큰 꿈이라면 큰 꿈이지요."

몇 번이나 꿈에 나와 무너져 내렸던, 그의 기억 속 가장 환한 얼굴의 그녀. 그런 꿈에서 깨어날 때면 각운은 식은땀을 닦아 내며 피가 날 정도로 입술을 깨물었다. 어째서 그가 할 수 있는 일이라곤 그 미소를 부수는 것뿐인가 자책하며. 언젠가는 부딪혀야 할 일이라는 걸 알면서도 각운은 그 일이 일어나지 않기를 바라며 다시 눈을 감았다. 하지만 제대로 잠을 이루지는 못했다. 스스로도 그것이 부질없는 소망인 것을 너무나도 잘 알아서.

각운은 단호한 담월의 얼굴을 보고 입술을 꽉 깨물었다. 이럴 줄 알았다면 우선 담월을 안전한 곳에 옮겨 놓고 말했을 텐데. 그녀가 이렇게 강경하게 나오지 않았더라면, 그 목숨이 위험하지 않았다면 그는 이 사실을 결코 입에 올리지 않았을 것이다.

"그대의 어머니는, 이미 이 세상 사람이 아닙니다."

요새 부쩍 잠이 많아져 일찍 잠들었던 소화는 밤중에 몸을 일으켰다. 목이 말라 깼나 했더니 무척이나 시큼한 것이 먹고 싶었다. 속이 메스꺼워 저녁도 제대로 먹지 못했는데 이게 무슨 일인지. 갈증보다 더한 식욕에 그녀는 더부룩한 아랫배를 쓸며 방을 나섰다. 부엌에 가서 동치미 국물이라도 들이켜고 자면 좀 나을 것 같았다.

그녀가 안채를 돌아 부엌으로 향했을 때, 사랑채에서 담월의 격한 말소리가 터져 나왔다.

"방금…… 방금 뭐라고 했어요?!"

소화는 놀라서 치맛자락을 붙잡고 사랑채로 뛰어갔다. 섬돌 밑에 담월의 것이 아닌 비단신이 놓여 있었다. 자색의 화려한 무늬가 수놓아진 남자의 신. 소화는 그것이 각운의 신임을 바로 알아보았다.

"어머니를 어떻게 했다고요……?"

믿을 수 없다는 듯 떨리는 목소리가 또다시 새어 나왔다. 울음소리도 옅게 섞인 것 같았다. 소화는 문을 살짝 열고 안을 엿보았다. 담월은 그녀가 처음 보는 얼굴을 하고 서 있었다. 이 세상의 얼굴이 아닌 것처럼 핏기가 가신 얼굴, 파랗게 질린 입술.

담월의 앞에 선 각운은 차마 그 얼굴을 바로보지 못하고 다시 한 번 입을 열었다.

"그대의 어머니를, 내가 베었노라 말했습니다."

파들거리는 담월의 손이 갈 곳을 잃고 허덕이다가 바닥에 있던 자기로 된 연적을 쥐었다. 글을 쓰기 위해 꺼내놓았던 그것은 주체할 수 없는 분노를 담고 각운의 얼굴을 향해 날았다. 그는 연적을 쉽게 피했다. 쨍그랑—. 하지만 벽에 부딪혀 깨어진 파편이 얼굴에 스치는 것은 피하지 못했다. 조각이 뺨을 스친 자리에서 핏방울이 주륵 흘러내렸다. 각운은 그 따가운 상처를 훑으며, 죄인처럼 시선을 낮추었다.

그 석양 속에서 담월에게 물었었다. 가족의 원수를 찾는다면, 어떻게 할 거냐고.

"그대라면 어떻게 할 겁니까. 가족의 원수를 찾으면?"

"원수라니요?"

"……그 이유가 어떤 것일지는 모르겠습니만, 저나 돌아가신 아버지께서 납득하지 못할 이유라면 용서하지 못할 것 같아요."

"그래요, 용서하지 마십시오."

용서하지 않는다고 했기에 오히려 안심했다. 그것은 결코 그녀는 납득할 수 없는 이유였으니까. 담월이 그의 멱살을 움켜쥐었다.

"왜요, 대체 왜! 지난번에 신물을 찾은 걸 숨겼기 때문이에요?"

눈물이 넘치고 목이 멘 소리로 담월이 외쳤다. 각운은 고개를 가로저었다. 고작 그 정도로 그녀에게 미움 받을 일을 자청할 리가 없지 않은가.

"좌상의 명령이었습니다."

이렇게 도피한다고 그 죄가 자신의 것이 아니게 되는 것도 아닌데, 각운은 동아줄을 부여잡듯 변명했다.

"그대가 금상을 살리고 쓰러져 있을 때, 그대의 어머니는 이미 시체가 된 후였습니다. ……혹시 모를 번거로움을 없애기 위해서였지요."

어차피 그는 이미 담월의 용서를 포기한 지 오래였다. 이제 와 미움 한 겹 더 얹어진다고 무거울 것도 없었다. ……그렇게 생각했는데.

"번거롭다니, 나와의 약속이 그렇게 가벼운 것이었나요?"

왜 자신을 보는 이 원망 가득한 눈에서 멀리멀리 도망쳐 버리고만 싶은지. 각운은 결국 그 시선을 피했다. 그러나 눈을 감고, 입술을 깨물고, 고개를 애써 돌려보아도 소용없었다.

"아무도 믿지 말라 말하지 않았습니까."

그 말을 한 자신조차도, 믿지 말라는 말이었다.

"대감은 처음부터 그대와의 약조를 지킬 생각이 없었습니다. 그대에게 인간으로서는 감당하기 어려운 소원을 빌게 해, 목숨을 내놓게 할 작정이었으니까!"

각운은 제 옷깃에서 담월의 손이 스르르 풀려나가는 것을 느꼈다. 제아무리 야무지고 산전수전을 겪어왔다곤 하나, 남의 악의를 잴 역량이 되지 않는 것은 착한 천성을 가진 이들의 한계였다. 담월은 쓰러지듯 제 자리에 주저앉았다.

"……그래서 왔습니다. 부질없이 이미 죽은 목숨에 휘둘리지 말라고요."

담월의 목숨이 걸린 일이 아니었다면, 이 죄를 토해내 경멸의 시선을 받는 일은 결코 하지 않았을 것이다. 할 수 있다면, 가능한 한 늦게까지 그녀를 기만하면서, 그래도 그대는 좋은 사람일 거예요. 대책 없이 사람을 착하게만 보는 그녀의 시선에서 알량한 만족감을 느끼며 언제 이 모든 것이 무너질지 모른다는 불안 속에서 살았겠지. 끝의 끝까지.

"언제 좌의정의 사람들이 그대를 끌고 갈지 모르니 신물을 챙겨 떠나시오. 모일 모시 좌의정의 군사들이 한양을 쳐들어올 것이니, 그 전에는 도성을 벗어나 도망쳐야 합니다."

그 작은 몸이 흔들리며 우는 모습에도, 각운은 차마 그 눈물을 닦아줄 용기조차 내지 못했다. 그에게는 그럴 자격이 없었다. 그녀의 곁에 있을 수 있는 자격, 하다못해 같이 도망치자고 말할 권리조차 이미 스스로의 손으로 박탈한 지 오래였으니까.

각운은 몸을 돌려 문으로 향했다. 충격이 크겠지만 이로서 담월은 아무 거리낌 없이 좌의정의 손아귀에서 도망치리라. 그리고 다신 보지 못하겠지. 그런 생각을 하며 문을 나서려는 순간, 담월의 말이 그를 붙잡았다.

"나를 이해할 거라고 생각했어요. ……무도한 힘에 휘둘려 아버님이 목숨을 잃었다고 해서, 같은 처지의 사람이니까 내 심정을 이해해 줄 줄 알았어요—."

그도 그렇게 생각했다. 다만 이해가 너무 늦었을 뿐.

"시작이 같다고 모두 같은 길을 걷는 건 아닙니다. 그대가 정직을 택했다면, 나는 비겁을 택했습니다. 다만…… 그것을 후회하리라고는 생각하지 못했을 뿐입니다."

조금이라도 빨리 그녀에 대한 연심을 인정했더라면 후회하지 않을 수 있었을까. 다시는 마음을 다치고 싶지 않아서, 가족을 잃었을 때의 그 슬픔을 되풀이하고 싶지 않아서 한사코 마음을 밀어내지 않았더라면.

아니, 그 언제였어도 늦었으리라. 담월을 설득하기 위해 그녀의 어머니를 찾아 목적이었던 노리개를 빼앗고 그 힘없는 아녀자에게 칼을 휘두른 이후부터, 담월을 향해 커져 가는 마음은 예고된 수라의 길이었다.

"변명일 뿐이겠지만. 내 아버지를 해한 자는 탄헌군 이욱입니다. 그자를 상대하기 위해서, 나는 일을 가릴 처지가 아니었습니다."

이렇게 한 가닥 죄라도 덜어 보려는 노력이 구차하게 느껴졌다. 저답지 않게 축 처진 어깨를 보며 그녀가 위로라도 해 줄 것이라 기대하는 것인가. 하지만 당연하게도 등 뒤에서는 날카로운 목소리가 그의 폐부를 찌를 듯 터져 나왔다.

"당신과 탄헌군이 다른 게 뭐예요? 자신을 위해서라면 남의 목숨은 파리처럼 여기는데, 당신이 그에게 복수할 자격이 있어요?"

남이었다면 닥치라고 했겠지만 담월이라서 반박할 수가 없다. 이해해 줄 것이라고는 생각지 않았지만, 그녀의 말은 상상 이상으로 날카롭고 잔인해서 가슴에 비수처럼 박혔다.

"……나는 분명히 전했습니다. 좌상의 손에 잡히지 말고 떠나십시오. 이게 내가 당신에게 받은 것을 답하는 유일한 길이라고 생각합니다."

문을 열고 나오던 각운은 밖에서 듣고 있던 소화와 마주쳤다. 소화는 당황한 기색으로 옷매무새를 다듬으며 그에게 허리 숙여 인사했다. 정황을 보니 그와 담월의 대화를 엿들은 듯했다. 각운은 소화에게 눈길을 잠시 줬다가 그대로 지나쳤다.

그는 담월의 집을 나섰다. 그리고 말에 올라 다시 왔던 길을 내달렸다. 말이 힘차게 달리고 찬바람 사이를 가로지르는데도 가슴이 옥죄어 오는 기분은 어떻게 할 수 없었다.

소화는 걸음을 서둘렀다. 뒤따르는 결과 한섬의 걸음도 마찬가지였다. 담월의 부탁으로 두 사람을 데리러 나오긴 했지만 그녀를 혼자 두고 온 것이 마음에 걸렸다. 어머니를 잃었다는 사실을 이제야 안 것도 충격일 텐데…… 소화도 몰랐던 사실이었다. 연모하던 각운의 죄와 담월을 아끼는 마음 사이에서 그녀는 어떻게 해야 할지 몰랐다.

그들이 도착하자 담월이 문을 열어 주었다. 눈가가 붉고 슬픈 기색이었지만 그녀는 차분하게 결과 한섬을 방 안으로 안내했다. 그리고 우선 자신이 들었던 좌의정의 역모에 대해 설명했다.

"사병에 대한 얘기는 나도 들었습니다만, 자신이 왕이 되려고 할 줄이야……."

"병사의 숫자가 얼마나 될지 모르겠지만 도성에는 중앙군인 오위도총부가 있지 않습니까? 소인의 생각에는 좌의정 대감이 쉽게 한양을 점령할 수 있을 것 같지 않은데요."

한섬이 의견을 내놓았지만 결은 고개를 저었다.

"담월이 들은 대로라면, 반정을 기약한 날은 오위 중 삼위가 원정 훈련을 떠나는 날입니다. 좌의정의 사병이 얼마나 되는지 모르겠지만 위험한 건 사실이에요. ……하지만 형님께서는 내 말을 믿어 주시지 않을 텐데. 걱정이군요."

요새 부쩍 그에게 적대적인 태도를 취하는 욱을 생각하며 결은 씁쓸한 미소를 지었다.

"그보다, 괜찮나요? 오면서 소화라는 여인에게 그대 어머니의 일에 대해서 들었습니다."

"맞아. 어머니께서 돌아가셨다며. ……그것도 오래전에. 난 전부터 주각운 그자가 마음에 들지 않았다. 그러고도 남을 놈이지."

한섬이 이를 가는 동안 결은 조심스럽게 손을 뻗어 담월의 손을 쥐었다. 핏기가 가신 얼굴에서는 소리 없이 눈물이 주룩 흘러내렸다. 강인한 얼굴로 좌의정의 계획에 대해 조목조목 들은 바를 일러 주었던 모습은 어디로 갔는지.

"아직 실감이 나지 않습니다. 이 세상에 가장 가까운 피붙이가 단 한 분도 살아 있지 않다는 게요."

울다 못해 건조하고 뻑뻑해진 목소리였다. 얼마나 그 가슴이 미어질까 결은 상상도 할 수 없었다. 담월은 제 손을 쥔 결의 손을 마주 잡았다.

"다만 이건 알겠어요. 결은 결코 이런 느낌, 느끼지 않았으면 좋겠습니다."

이토록 슬픈 와중에도 자신을 걱정하는 담월을 보며 결은 쓰게 웃었다. 왜 하늘은 이다지도 착한 사람을 마음 아프게 하는지. 마음 같아서는 그 슬픔이 가실 때까지 품에 안고 싶었지만 시간이 없었다.

"일단 안전한 곳으로 옮겨야겠습니다. 짐은 챙겨 두었나요?"

담월은 눈물을 닦고 고개를 끄덕였다. 결에게 사실을 전달하고 난 후 몸을 숨기기 위해 신물과 필요한 물건을 챙겨 둔 참이었다.

"하지만 어디로 가야 할까요. 곧 사대문이 닫히는 시간이라 한양 밖으로 빠져나갈 순 없을 텐데…….”

담월의 걱정에 결이 안심하라는 듯 말했다.

“지난번 유르지크의 일 때 깨달은 바가 있어서, 북쪽에 안가를 하나 마련해 두었습니다. 그곳으로 가지요.”

담월은 짐을 챙겨 일어났다. 세 사람이 조용히 사랑채 밖으로 걸음을 옮겼다. 마당에 있던 소화는 그들이 나오는 모습에 조용히 허리를 숙였다. 그들이 떠날 것이라 이미 예상한 듯했다. 담월은 고민하다가 그녀에게 다가갔다.

“소화도 같이 가요.”

“담월아, 너 무슨 생각이야? 저 여인도 어차피 좌의정의 사람이잖아.”

한섬은 소화를 흘겨보았다. 아무리 담월의 말을 전해 온 사람이라지만 그 근본이 어딜 가지 않는 법. 애초에 담월의 감시역으로 붙은 여인이 아니었던가.

“그의 말이 맞아요. 좌랑의 말은 허투루 들으신 겁니까. 아무도 믿지 마시라니까요.”

소화는 불쾌한 기색도 없이 한섬의 말을 긍정했다. 하지만 그런 그녀의 말도 담월에게는 부족하게 여겨졌다. 그녀가 좌의정의 사람인 건 사실이었지만, 담월은 그만큼이나 소화를 제 편으로 느꼈다. 각운이 그녀가 도망치기를 원해 좌의정의 계획을 누설했던 것처럼…… 담월은 소화에게로 한 걸음 다가섰다.

"소화는 내 자매와 같은 이라고 여겼습니다. 그건 나만의 생각이었나요?"

어머니를 잃었다는 것을 알게 된 직후라서일까. 가족처럼 여겼던 이를 잃기 싫은 마음이 그녀의 말에 물씬 묻어 나왔다. 소화는 조금 놀란 얼굴이었다가 이내 웃었다. 피붙이 하나 없고 하찮은 계집인 자신을 이렇게 생각해 주는 소녀가 있다는 사실이 무척이나 기뻤다. 하지만 그녀는 담월과 함께 갈 수 없었다.

"그리 생각해 주셨다니 고마울 따름이에요. 하지만 저는 담월의 위험이 되고 싶지 않아요. 저는 갈 수 없습니다."

소화는 제 아랫배를 두 손으로 감싸며 담월에게서 한 걸음 물러났다. 확연히 거절의 뜻을 밝힌 소화의 말에 결이 담월을 잡아끌었다. 더 이상 시간을 지체할 수는 없었다. 못내 아쉬운 얼굴로 뒤돌아서는 담월의 뒤로 아련한 목소리가 들려왔다.

"만약, 이 일이 끝나고도 제가 이 집을 지키고 있으면. 그때부터는 저를 담월의 사람으로 여겨 주겠어요?"

"……왜 당연한 것을 그렇게 돌려 확인해야 하는 거예요?"

담월이 고개를 돌려 불만족스럽다는 듯 내뱉었지만 소화의 슬픈 미소에는 변함이 없었다.

"저는 이만 들어가 보겠습니다. 혹시라도 담월이 떠나는 방향을 알아서는 안 되니까요."

왠지 소화를 다시는 못 볼 것 같은 예감에 담월은 걸음을 떼지 못했다. 그런 그녀의 등을 떠밀 듯 소화가 반쯤 몸을 돌렸다. 아예 돌아서기 직전, 소화는 담월을 바라보며 마지막 말을 뱉었다.

"그리고…… 좌랑을 너무 미워하지는 말아 주세요. 용서하라고는 하지 않겠습니다."

그건 소화의 얼굴을 봐서도 힘든 일이었다. 하지만 떠나는 마당에 그녀의 마음을 무겁게 하고 싶지 않아 담월은 내키지 않는 얼굴로 고개를 끄덕였다.

결이 새로 마련했다는 비밀 가옥에 도착하기까지는 꽤 시간이 걸렸다. 북쪽의 외곽진 지역에 있는 데다가 사람의 눈에 띄지 않는 길을 고르다 보니 그랬다. 높은 담장으로 둘러싸인 집 안으로 들어오고 나서야 담월은 쓰개치마를 풀었다. 한섬이 주변을 둘러보고 온 후 결에게 물었다.

"그럼 이제부터 어떻게 할까요, 대군마마?"

"흠…… 일단 사실 파악을 해 보는 게 우선이겠지. 여태까지 좌의정의 패로 여겨졌던 내가 갑자기 좌상의 반역을 고한다면 조정의 아무도 믿지 않을 테니까."

"그렇다면 우선 그 산채를 확인해 보는 게 좋겠군요."

"대충 짐작이 가는 곳이 있기는 한데……."

"어디인지만 말해 주시면 제가 다녀오겠습니다."

하지만 병사가 몇 명이나 있을지, 경계가 얼마나 삼엄할지도 모르는데 한섬 혼자만 보낼 수는 없었다. 그러나 이 밤중에 갑자기 믿을 만한 자를 구하는 것은 더욱 어려운 일이었다.

좌의정의 산채가 있는 곳으로 짐작되는 곳은 권가의 선산이었는데, 그곳의 모습은 천연의 요새와 같았다. 결은 아주 어릴 적에 그곳에 가 본 적이 있었다. 길을 잃고 헤매다가 우연히 찾게 된 곳이라 한섬 혼자 찾아가는 것은 무리이리라.

'하지만 내가 같이 다녀오기엔…….'

결은 파리한 기색의 담월을 흘깃 바라보았다. 의연하게 서 있었지만 다시 겪고 싶지 않을 힘든 일을 당한 정인을 두고 가는 것이 내키지 않았다. 결의 생각을 눈치챈 담월이 다가왔다.

"다녀오셔도 됩니다. 전 괜찮아요. 우선해야 할 일은 정해져 있어요, 결."

"하지만 혼자 두는 게 걱정이 돼서……."

"그렇다면 강 검열을 불러 주세요."

"강현 검열을 말입니까?"

"제 모든 걸 알고 있고, 곁에 남은 유일한 혈육입니다. 믿으셔도 돼요."

한섬이 강현을 불러온 것은 한 시진이 다 되어서였다.

"좀 늦었습니다. 도통 저 사내가 강 검열님과 떨어지려고 하질 않아서……."

한섬은 난감하다는 듯 뒷머리를 긁었다. 어둠 속에서 한섬을 뒤따라온 강현 뒤에 예의 수염 씨가 어기적어기적 걸어오고 있었다.

"오라버니."

"월아, 나 왔다. 수염 씨가 하도 떨어지질 않아서 같이 와 버렸는데, 괜찮겠지?"

그래도 서둘러 왔는지 숨이 찼다. 옷매무새도 엉망이었다. 걱정스러운 얼굴로 강현이 담월에게 다가가 손을 뻗을 때쯤, 결이 끼어들었다.

"강 검열, 왔습니까."

손끝이 담월의 뺨에 닿으려던 순간, 착 가라앉은 결의 인사에 강현은 화들짝 손을 거두었다. 그리고 왕자에 대한 예를 갖추었다.

"예, 대군마마. 상황 설명은 오면서 다 들었습니다. 담월이는 제가 지키고 있을 테니 다녀오십시오."

고개 숙인 강현의 뒷머리 위로 결의 미심쩍은 시선이 스치고 지나갔다.

"그럼 믿고 있겠습니다. 한섬, 가자."

결은 믿고 있겠다는 말에 강하게 힘을 주어 뱉었다. 이런 상황에서 담월의 하나뿐인 가족을 견제하고 있는 자신이 한심했지만 어쩔 수 없었다. 한때는 담월에게 그보다도 믿을 수 있는 사람이었고, 그녀가 결을 멀리하려 했을 때 그들 사이에 끼어들어 담월을 채갔던 사내. 그리고 결은 무엇보다 담월을 보는 강현의 시선이 심기에 거슬렸다. 그 이유가 무엇인지는 자신도 알 수 없었다. 이럴 때 그녀를 안심하고 맡길 수 있는 가족이 있다는 것은 분명 다행인 일일 텐데. 번잡한 생각을 떨쳐 버리며 결은 서둘러 문을 나섰다.

담월과 강현은 대문 밖으로 사라지는 두 사람을 배웅했다. 문을 걸어 잠그기 전, 강현은 어둠 속으로 사라지는 결의 뒷모습을 빤히 지켜보았다.

"왜 그러세요?"

"수하만 보내도 될 일에 대군마마가 직접 나서는 것이 신기해서. 탄헌군이었다면 저러지 않았을 거야. 병법에도 적혀 있지. 장수는 결코 목숨이 위험한 자리에는 나서는 게 아니라고 말이야."

강현이 평가한 경원대군은 세간과 그리 다르지 않았다. 마음씨가 착하고 예의를 아는 것은 사실이지만, 통치자가 되기에는 아직 어리다고. 하지만 강현은 그에 대한 자신의 생각을 철회해야 함을 느꼈다. 저 등을 보고 누가 경원대군 이결을 더 이상 어린아이라고 평할 수 있겠는가.

"그렇지만, 옆에 선 사람으로서는 역시 저렇게 솔선수범하는 사내가 믿음직스러운 건 사실이지. 병법에선 아니라고 할지 몰라도 누구보다 군자다운 모습이야. 저런 사람이 왕이 된다면 분명 역사도 바른 방향으로 나아가겠지?"

"맞아요. 그럴 거예요."

강현의 말에 담월은 그 창백한 얼굴에도 옅게 미소를 띠었다. 강현은 말없이 대문을 잠갔다. 어째서 담월이 결을 연모하게 됐는지 이해할 수 있을 것 같았다.

그저 여인이라고 하기엔 사대부의 선비 같은 구석도 있는 담월이다 보니, 그녀가 생각하는 왕의 모습에 경원대군이 딱 들어맞은 것이리라. 그것이 사내와 여인의 관계였기에 연군지정을 넘어서 서로를 향한 연정이 된 것이겠지. 억울하다기보다는 차라리 후련했다. 담월이 경원대군에게 끌린 것이 그가 왕자여서가 아니라, 강현도 인정할 만한 왕재(王才)여서라는 쪽이 훨씬 마음이 편했다.

"일단 안으로 들어가자. 담장도 있다지만 혹시 누군가의 눈에 띌지도 몰라."

"수염 씨는 어떻게 하죠?"

"지금까지 크게 문제 된 일은 없었으니까 그냥 둬도 괜찮을 거야. 신물은 잘 보관해 뒀지?"

"네. 혹시 몰라서 옆방의 병풍 뒤에 숨겨 두었어요."

두 사람은 주변을 살핀 후 방 안으로 들어갔다. 그들이 들어간 후에도 수염 씨는 안으로 들어오지 않았다. 그저 마당을 서성이다가, 마치 산짐승처럼 멍하니 휘영청 뜬 달을 보고 우는 흉내를 내보이기도 했다. 아니, 실제로도 울었다. 눈물을 주르륵 흘리며, 어머니, 어머니. 하면서 소리 없이 빼끔거렸다.

밤은 더 깊어져 갔다. 강현과 담월은 뜬눈으로 밤을 지새우다 참지 못하고 양 벽에 붙어서 잠을 청했다. 두 사람의 숨소리가 고요해졌을 무렵, 방 밖에서 숨죽이고 웅크려 있던 수염 씨의 눈이 번쩍 뜨였다. 그는 살그머니 움직여 바로 옆방으로 들어갔다. 담월이 신물을 숨겨 둔 곳이었다. 그는 병풍을 걷어내고 신물이 든 상자를 꺼냈다. 평소의 동물 같던 움직임과는 달리 조심스러운 모습이었다.

드디어, 그가 상자를 열고 신물에 손을 갖다 댔다. 그 순간, 흐릿하기만 하던 눈동자가 또렷하게 자리를 잡았다. 그는 눈을 반짝이며 두 개의 신물을 쓰다듬었다. 고문으로 인해 기괴하게 뒤틀린 입에서 탁한 목소리가 터져 나왔다.

"예언을 위한…… 아버지의 신물…… 이게 왜 여기에…… 잠깐, 여긴 어디지? 담월이를 본 것 같았는데……."

정신을 차린 그는 주위를 둘러보았지만 거기까지였다. 갑자기 그의 눈에 빛이 사라지고, 그는 그 자리에 풀썩 쓰러졌다. 그렇게 담건은 다시 먹먹한 무의식 속으로 사라졌다. 한참 후에야 다시 흐린 눈으로 깨어난 그는 좀 전의 일은 없었다는 것처럼 태연하게 신물을 정리한 후 병풍을 바로 세우고 방을 나섰다.

결과 한섬이 좌의정의 사병들이 있는 산채에 도착한 것은 아침 해가 다 밝아서였다. 산 능선마다 경계병이 보초를 서고 있었다. 계곡 깊숙한 곳에 있는 산채의 규모를 확인하기 위해서는 저 경비를 넘어가야 했다.

"어떻게 할까요, 대군마마. 한 놈 해치울까요?"

"일단 기다리자. 좌의정의 전령이 도착했다면 뭔가 변화가 있을 테니까."

두 사람은 큰 나무 사이에 숨어서 조심스럽게 동태를 살폈다. 과연, 산채 안쪽에서 높은 피리 소리가 나더니 경비병들이 산채로 돌아가기 시작했다. 결과 한섬은 보초들이 완전히 사라진 후 모습을 드러냈다. 그들은 높은 곳으로 올라가 계곡 안쪽의 평평한 지대에 위치한 산채의 규모를 살폈다.

"생각보다 엄청난데요. 오두막의 개수만 보아도 머릿수가 꽤 되어 보입니다만."

"과연…… 이 정도면 오위를 전부 상대하는 건 무리여도, 삼위가 훈련을 떠난 후의 경비를 무리 없이 제압할 수는 있겠군. 곧 바로 출정 준비를 하는 건가……."

결은 너른 마당에 집결하는 사병들을 보며 중얼거렸다. 좌의정의 전갈이 도착한 모양이었다. 경비병들까지 전부 불러 모은 이들은 오와 열을 갖춘 후 대장으로 보이는 자의 명령을 귀 기울여 듣는 중이었다.

"그럼 이제 도성으로 달려가서 방비를 하라고 경고를 해야…….”

“아니, 우리의 증언만으로는 움직이지 않아. 병조와 오위도총부는 전부 형님의 수족들이니까.”

“그럼 어떻게 해야지요? 그대로 뒀다간 한양이 난리가 날 텐데요.”

흐음, 결은 미간을 찌푸린 채 생각에 잠겼다. 삼위는 오늘 아침 도총관 곽별회의 지휘 아래 도성을 떠났을 터. 그들의 말머리를 다시 돌릴 수만 있다면 속수무책으로 당하는 일은 막을 수 있을 터였다.

“앗, 저기 누군가 먼저 산채를 나갑니다!”

산채의 대장에게 뭔가를 건네받은 이가 서둘러 산을 빠져나가기 시작했다. 전령인 것이 틀림없었다.

“좋아, 우리도 내려가자. 저자를 잡아야 한다. 분명 좌상에게 전하는 밀지를 갖고 있을 테니 그것을 확보한다면 증거가 되겠지.”

“소인이 먼저 가서 전령을 잡아 두겠습니다!”

한섬이 빠르게 달려 나갔다. 담월과 함께 조선 팔도를 돌아다니며 관군의 추적을 피해 왔던 몸, 제법 험준한 산이었지만 그는 날쌔게 산 아래로 몸을 날렸다. 제아무리 무예 수련을 해 온 결이라 할지라도 그 몸놀림을 따라잡기는 어려웠다.

결이 산 아래로 내려 왔을 때쯤 한섬은 이미 전령을 잡아 묶어

둔 상태였다.

"이자가 이걸 갖고 있었습니다."

한섬이 전령에게서 빼앗은 밀지를 결에게 건넸다. 받아서 읽어보니 좌의정의 명령을 확인했으며, 내일 새벽 도성에 도착해 한양을 치는 계획을 차질 없이 진행하겠다는 내용이었다.

"이 정도면 증거로 충분하겠군."

"도성으로 돌아가는 겁니까?"

"아니, 형님께서 이 사실을 믿어 주신다 하더라도 도성 안의 군대로는 대항하기 벅차다. 멀리 달려간 삼위에게 다시 돌아오라 파발을 보내도 너무 늦어. 좌상은 이미 몸을 빼내고 사병들의 도착을 기다리고 있겠지……."

"그러면 어쩌면 좋단 말입니까……."

한섬은 걱정스럽게 중얼거렸다. 담월은 대군의 안가에 있다지만 혜연은 계집종과 단둘이 살고 있었다. 좌의정을 크게 한 번 욕보였으니 무사하지 못할 텐데. 결은 무슨 수가 생각난 듯 밀지를 품에 넣고 한섬에게 명했다.

"그자는 사람들 눈에 띄지 않는 곳에 묶어 두고 우리는 말을 매어 둔 곳으로 돌아간다. 직접 삼위를 찾아가 말머리를 돌리라고 설득하는 수밖에."

"알겠습니다. 근데 중앙군이 어디로 갔는지는 아십니까?"

"목적지와 대략적인 방향은 내용을 읽어 알고 있지만 실제 지리는 모르지. 하지만 팔도를 도망치느라 길 찾는 것 하나는 자신 있다던 한섬 네가 있으니 걱정할 일은 없을 것 같다."

믿음 가득한 눈으로 자신을 보는 왕자의 시선에 한섬은 자신만 믿으라며 큰 소리를 쳤다. 서둘러 전령을 숨겨 둔 후 그들은 말을 타고 삼위가 출정한 방향으로 내달렸다.

서둘러 결정을 내린 덕분인지, 그들은 오후가 될 즈음 길게 늘어진 군대의 행렬을 따라잡을 수 있었다. 경원대군을 알아본 말단 무관 하나가 그들을 도총관 곽별회가 있는 지휘부로 데려갔다. 결은 그를 보자마자 전령에게 빼앗은 밀지를 보여 주며 좌의정의 반역에 대해 설명했다. 하지만 그는 영 탐탁찮은 기색이었다.

"좌상의 역모라…… 그것을 소장이 어찌 믿습니까? 좌상 대감이 그대를 미끼로 이 곽별회를 꼬이려는 수작일지도 모르지 않습니까?"

"무엄합니다! 어찌 대군마마의 앞에서!"

"흥, 마마를 지킨 덕분에 면천이 되었다는 자인가. 과연 그 근본이 천하기 그지없군. 나는 이 도성을 지키는 오위도총부의 장. 너야말로 예의를 지켜라."

도총관 곽별회는 탄헌군의 심복 중 심복으로, 욱의 1차 여진정벌부터 함께 해 온 장수였다. 그는 무관으로서의 생 절반을 이욱과 함께했다 해도 과언이 아니었다. 그런 그가 쉽게 결의 말을 들어줄 거라고는 생각하진 않았다. 결은 대치하고 있는 두 사람 사이에 끼어들었다.

"그만하게, 한섬. 도총관의 뜻은 잘 알았습니다. 하지만 그대도 좌상 대감이 어떤 사람인지는 잘 알지요. 내가 그의 주요한 패였다면, 결코 나를 적진으로 보낼 위인은 아님을 알고 있을 겁니다."

그것이 틀린 말이 아니었기에 곽별회는 저도 모르게 고개를 끄덕였다.

"평소에 나를 부족한 왕자로 여겼음을 잘 압니다. 형님의 젊은 시절부터 따르셨으니 그럴 만도 하지요. 하지만 이런 급한 시국에 파를 가르고 다툼하는 것이 무슨 의미가 있습니까?"

경원대군의 말에 곽별회는 입을 꾹 다물었다. 그의 말은 옳았지만 좌의정이 사병을 이끌고 도성으로 진군한다는 사실을 어디까지 믿어야 할지 그는 갈피를 잡지 못했다. 도성 주변에 그만한 병력이 숨어 있었다면 병조와 오위가 모를 리가 없을 텐데.

하지만 상대는 좌의정 권율덕. 탄헌군보다 더한 기세를 가졌던 형원을 왕으로 모셨고 그가 쓰러진 이후 세자 탄헌군을 상대로도 막강한 세력을 유지했던 자였다. 그자의 권모술수가 대단함은 익히 알고 있는 바, 철저하게 사병의 존재를 비밀에 붙였다면 충분히 가능한 얘기였다.

"도성에 숱한 전란을 겪은 형님과 장수들이 있고, 도총관이 훈련시킨 강한 병사들이 있다는 것은 압니다. 하지만 좌의정의 사병은 그 수배, 지금 그대가 말머리를 돌리지 않는다면 필시 크게 후회할 것입니다."

탄헌군이 경원대군을 경계하기 시작했을 때, 곽별회는 코웃음을 쳤다. 우리 저하께서 전장에 서지 않은 지 오래 되시더니, 새끼 토끼가 좀 큰 토끼가 됐다고 겁을 먹으셨군. 하지만 지금 그는 탄헌군의 경계를 마냥 웃어넘길 수 없었다. 답을 요구하는 경원대군 이결의 눈빛에서, 그는 자신을 따르게 만들었던 열넷 탄헌군에 못지않은 기세를 느끼고 있었으니까.

이튿날, 강현은 나갔다 올 채비를 했다. 원래대로라면 입궐하지 않고 담월의 곁에 있을 작정이었지만, 남산의 봉화가 피어오르는 걸 보고 가만히 있을 수는 없었다.

"어서 가 보세요. 시국이 어떻게 돌아가는지 알기에는 조정보다 좋은 곳은 없을 겁니다."

"알았어. 널 혼자 두고 가기가 걱정되지만…… 어쩔 수 없지."

"수염 씨도 있는 걸요. 혼자가 아니에요."

담월은 웃으며 어서 다녀오라고 강현을 재촉했다. 그는 내키지 않았지만 어쩔 수 없이 대문을 나섰다. 그리고 담월이 제대로 문단속을 했는지까지 확인을 하고서야 서둘러 걸음했다.

"잘 해결될 거야…… 그럴 거야."

담월은 불안한 듯 모아 쥔 손을 떨었다. 마음 같아서는 신물로 소원부를 적어 이 역모를 막아 내고 싶었지만, 그건 정말 최후의 최후에나 써야 할 방법이라며 결이 단단히 못을 박아 두고 간 후였다. 큰 소원을 빌면 목숨이 위험할지도 모른다는 얘기를 들은 이후, 결은 혹시라도 그녀가 소원부를 쓸까 어떻게든 자신이 역모를 막아 내겠다고 다짐했었다. 그러니 담월이 할 수 있는 일은 결을 믿고 기다리는 것뿐이었다.

'저는 또 이렇게 아무것도 하지 못한 채, 기다릴 수밖에 없는 거군요.'

'무슨 소리야. 네가 좌의정의 손에 들어가지 않는 것이야말로 가장 중요한 일이야. 모두가 애써도 네 소원부가 이뤄지면 상황을 순식간에 뒤집을 수 있는 거잖아? 그러니까 그렇게 생각하지 마.'

강현의 위로에 그녀는 착잡한 마음을 조금 덜었다. 하지만 집 안으로 들어가진 못하고 마당을 서성였다. 누군가의 눈에 띌까 걱정도 됐지만 마냥 집 안에 앉아 있을 수가 없었다. 수염 씨가 네 발로 다가와 담월의 치맛자락을 살짝 잡아끌었다. 어서 안으로 들어가라는 몸짓에 그녀는 심각한 표정에도 살풋 웃어 보였다.

"걱정해 줘서 고마워요."

그녀는 엉망인 수염 씨의 머리를 쓰다듬었다. 제대로 대화 한 번 나눠보지 못한 사이인데도 그새 정이 들었는지 부쩍 친근한 느낌이 들었다. 강현과 함께 있어서인가, 가족같이 느껴지기도 했다.

"어제 한밤중에 우는 모습을 봤어요. 어머니…… 라고 하는 소리도요. 나를 위해서 울어 준 거예요?"

수염 씨는 강아지처럼 그녀의 손에 얼굴을 부볐다. 보통의 사내였다면 무슨 짓이냐고 손을 쳐냈을 텐데. 그녀는 그를 안쓰럽게 바라보다가 집 안으로 몸을 움직였다. 이지를 상실했어도 저렇게 착한 사람인데, 원래는 얼마나 심성이 고운 이였을지. 담월은 그가 대체 무슨 일로 탄헌군의 감옥에 갇혀 있었던 건지 궁금했다.

"당신은 대체 누구죠? 무슨 일 때문에 그렇게 된 거예요?"

방 안까지 따라 들어온 수염 씨에게 담월이 질문을 던졌지만, 역시나 그에게서는 답이 없었다. 으레 그러듯 낮게 깔린 동물 같은 울음소리를 낼 뿐이었다.

* * *

강현은 입궐하자마자 왜 이렇게 늦었냐는 타박을 들으며 유정의 손에 끌려갔다. 주요 신료들이 전부 모인 중희당 내부의 공기가 무거웠다. 강현은 좌의정을 비롯한 몇몇 중신들의 자리가 비어 있음을 알아차렸다. 눈에 띄게 율덕의 세력임을 공표하던 자들이었다. 이런 분위기에서 사초를 기록할 수는 있으려나. 하지만 이럴 때일수록 중요한 일이었다. 두고 온 담월에 대한 생각이 무겁게 마음에 얽혔지만 강현은 붓을 들었다.

"세자 저하 듭시오!"

내관의 외침이 잦아드는 것보다 탄헌군의 다급한 발걸음이 먼저였다. 허를 찔린 것을 티내지 않기 위해 입술은 굳게 다문 채였지만 그 행동거지는 분명 평소와 달랐다.

"병판, 도성 밖의 상황을 보고하시오."

미처 세자가 자리에 앉기도 전에 내린 명령에 병조 판서가 허리를 깊이 숙이며 상황을 읊었다. 도성을 경비하는 오위 중 삼위가 없는 상황에서 남은 경비를 압도할 만한 세력이 도성 밖에 진을 치고 있으며, 봉화를 올렸지만 가장 가까운 부대가 도착할 때까지 버티기는 어려울 것이라는 보고가 이어졌다. 탄헌군은 미간을 찌푸린 채 설명을 들었다. 병판이 설명을 마칠 때쯤, 옆문으로 주원이 들어와 부복했다.

"다녀왔느냐, 주원. 경원대군은 주영각에 있던가?"

"아니 계셨습니다. 혹시나 해서 궐 밖의 소선당에도 사람을 보내봤지만 그곳에도 계시지 않으셨습니다."

"그렇다면 경원대군의 반란인가……!"

탄헌의 탄식에 병조판서가 당황하며 외쳤다.

"아닙니다, 세자 저하. 그들은 좌의정 권율덕의 기를 달고 있습니다!"

중희당 분위기는 순식간에 혼란에 빠졌다.

"날씨가 참으로 좋군. 참으로 좋아."

도성 앞에 도열한 사병들의 위용을 보며 율덕은 감탄을 내뱉었다. 그동안 저만한 병력을 도성 근처에 숨기기 위해 얼마나 많은 돈을 썼는지. 탄헌군이 득세한 이후 그가 별달리 힘을 못 쓴 것도 이렇게 병력을 축적하기 위해서였다. 병사에 돈을 쓰게 되면 세력을 관리하는 데는 소홀해지기 마련이니까.

"도담월을 손에 넣지 못한 것이 신경 쓰이지만 하는 수 없지."

율덕은 제 옆에 있는 각운을 흘낏 보며 말했다. 도성을 빠져나오기 전 바로 사람을 보냈건만 담월은 이미 도망친 후였다. 시치미를 뚝 떼고 있는 제 수양아들이 미심쩍긴 했지만, 녀석이 도망을 시켰다면 차라리 두 년놈이 같이 달아났으리라.

"이 군세면 도성을 치는 데는 충분합니다. 그보다 너무 시간을 끄시면 좋을 것이 없습니다."

무복을 입었다고 아주 무관처럼 구는 것이 고까웠지만, 지금 당장은 각운의 힘이 필요했다. 복잡한 전투 중에 자신을 호위할 자가 필요했으니까.

"그래, 그러면 시작하도록 하지. 도담월이 도망쳐 봤자 아직 도성 안에 있을 테니, 쳐들어가서 찾으면 그만이다. 이미 세상에 없는 어미를 볼모로 협박하면 소원을 빌지 않을 수 없겠지."

좌의정의 말에도 각운은 무표정한 얼굴로 굳게 닫힌 도성 문을 바라볼 뿐이었다. 자신의 말을 듣고 도망친 것 같긴 했지만 과연 어디까지 갔을는지…….

"좋다, 남문을 쳐라!"

큰 함성과 함께 율덕의 병사들이 굳게 닫힌 남문을 향해 일제히 달려가기 시작했다. 그리고 동시에 남문의 문이 열리기 시작했다. 이 정도의 사병들로 공성전을 하는 것은 절대적으로 무리. 때문에 율덕은 미리 남문의 문지기들을 포섭해 두었다. 새벽에 몰래 군대를 들여와 궐과 주요 부처만 습격하는 방법도 있었지만, 이것은 단순히 왕을 바꾸는 반정이 아니라 왕조를 바꾸고자 하는 혁명이었다. 당당하게 정문으로 치고 들어가 백성들에게 왕조가 바뀌는 순간을 보여 주어야 했다. 유일한 방비라고 할 수 있는 성문이 열리자 도성의 경비병들은 속수무책으로 율덕의 사병들에게 도륙당하기 시작했다.

"하하, 전란을 겪어 본 적 없는 도읍이란 이리도 취약한 것이군. 가자, 옥좌에 오르러!"

율덕이 호쾌하게 웃으며 병사들의 뒤를 따라 움직였다. 각운은 그 옆에서 조용히 말을 몰아 그를 따랐다.

낙승이다, 율덕은 남문을 지나며 그렇게 생각했다. 탄헌군의 지모가 뛰어나고 그를 따르는 무신들이 출중하다 한들 이런 압도적인 병력 차이를 해소할 수는 없었다. 그때였다.

"대감! 뒤쪽에서 병사들이 몰려옵니다!"

"뭐라?!"

율덕의 예상보다 빨랐다. 너무 빨랐다. 지금 시간이면 가장 가까운 부대가 도성의 봉화를 확인하고 이제 막 출발했을 시간이었다. 앞쪽에서는 각 문의 경비병들이 모인 탓인지 문 앞에서 좀처럼 진군을 하지 못하고 있었고, 뒤에서는 빠른 속도로 몇 개의 부대가 달려오고 있었다.

"저건 원정 훈련을 떠났던 삼위가 아니냐! 대체 저들이 어떻게……!"

각운은 달려오는 병사들 사이에서 익숙한 얼굴을 발견했다. 말을 탄 장수들 중 지휘를 하는 자는 오위도총관인 곽별회, 그리고 그 옆에 선 자는……!

"경원대군입니다."

당황스러움과 침착함이 기묘하게 섞인 각운의 말에 율덕의 표정이 일그러졌다.

"경원대군이라니, 그게 무슨 소리냐!"

"곽 도총관의 옆에 경원대군이 있습니다. 어떻게 알았는지는 모르겠지만 그가 삼위를 부르러 갔던 모양이군요."

이럴 수가—, 율덕은 이를 세게 악물었다. 화를 못 이겨 사병에 대한 말을 언급했던 것이 이리 돌아오는가……! 율덕과 각운의 뒤에서도 접전이 벌어졌다. 율덕은 당황한 기색으로 서둘러 말에서 내렸다. 그리고 각운도 잡아끌었다.

"이대로는 승산이 없다, 혼잡한 틈을 타서 도망쳐야겠다. 길을 터다오."

"……뒤쪽으로는 탁 트인 지대에다 삼위가 버티고 있으니, 도성 안으로 들어가야 할 것 같습니다."

"그래, 안가로 간 후 도성에서 빠져나갈 방도를 궁리해 보자."

각운은 입을 굳게 다물고 검을 빼 들었다. 그리고 빠르게 길을 만들기 시작했다. 걸리는 것은 적이든 아군이든 상관치 않고 베었다. 지금 상황에서 아군이란 사실상 무의미했으니까.

"좌의정 권율덕을 잡아라―! 그자를 잡아오는 자에겐 나 경원대군이 큰 포상을 내리리라!"

더 이상 소년이 아닌 목소리가 하늘을 가를 듯했다. 그 소리에 고양된 이들이 더욱 기세 좋게 반군을 몰아붙였지만 그 어디에서도 율덕의 모습을 찾을 수 없었다.

각운과 율덕은 사람이 없는 골목을 돌고 돌아 안가에 도착했다. 옛날 담월이 쓰러졌을 때 각운이 그녀를 숨겼던 그곳이었다. 대문을 두드리고 각운이 암호를 말하자 그곳을 지키던 사내들이 문을 열었다. 대문이 열리는 소리에 소화가 걱정스러운 낯으로 걸어 나왔다. 그녀는 좌의정이 도성을 빠져나가기 직전, 억지로 이곳으로 끌려와 있었다. 담월의 집을 떠나지 않겠다 버텼지만 그녀의 힘으로는 어쩔 수 없는 일이었다.

"좌랑, 어떻게 된 거죠? 세상에, 대감마마."

"일을 크게 그르쳤소. 도망칠 채비를 해야 합니다."

소화는 피에 절고 넝마가 된 각운의 옷과 희게 질린 율덕의 안색을 살피더니 고개를 끄덕였다. 그러고는 귀중품을 챙기겠다며 안으로 들어갔다. 각운은 경계를 풀지 않고 담장 너머를 둘러보았다. 검도 아직 빼어 든 채였다. 율덕은 이곳에 도착해 긴장이 조금 풀린 모양이었다.

"이제야 안심이구나. 이곳이 내 소유라는 것을 아는 이는 극히 드무니, 잠시 진정했다가 도성을 빠져나갈 준비를 해야겠다."

"아니요. 최근 경원대군의 호위로 들어간 자가 있지 않습니까. 그자는 일전에 담월의 하인으로 여기 온 적이 있습니다. 아마 이곳까지 오는 것이 그리 오래 걸리진 않을 겁니다. 시간이 별로 없군요."

각운은 덤덤하게 말하며 옷자락으로 칼에 묻은 핏자국을 닦아 냈다. 한참을 거침없이 베며 달려오느라 날이 많이 상했지만, 이 정도면 몇 명을 더 베기에는 부족함이 없었다.

"그, 그렇군. 그러면 우선 옷부터 멀쩡한 옷으로 갈아입고, 서둘러서—."

방 안으로 들어가려던 율덕은 섬돌 위에 우뚝 섰다. 눈가에 피가 튀었다. 각운이 문을 지키고 있던 사내들을 벤 탓이었다.

"무, 무슨 짓이냐!"

"처음부터 이때를 기다리고 있었습니다."

각운의 검이 날카롭게 율덕의 목을 향했다. 하지만 그는 넘어지며 가까스로 각운의 검을 피했다.

"네놈! 나를 죽일 생각이냐!"

"네, 맞습니다."

각운이 다시 한 번 검을 휘둘렀지만 율덕은 체면도 잊고 몸을 굴리며 도망쳤다. 그는 나무 들보 뒤에 숨어 외쳤다.

"어리석은 녀석―! 내 목을 베어 탄헌군에게 가져간다고 한들, 네가 무사히 살아남을 수 있을 성싶으냐! 내가 없으면 네 뒤에는 아무도 없다는 걸 모르지 않을 텐데!"

"물론 알고 있지요. 그 목을 베기 전에 미리 말씀드리자면, 도담월을 도망시킨 게 저입니다. 아마 그녀를 통해 경원대군에게 얘기가 들어갔겠지요. 그러라고 자세히 털어놓았으니까요."

각운은 흙발로 마루 위에 올랐다. 어디로 도망가면 살 수 있을지 율덕의 시선이 빠르게 움직였다.

"어, 어째서냐. 내 계획대로 이루어졌다면 네가 그토록 원하던 모든 것을 성취할 수 있었을 텐데……!"

"세자위 말씀입니까? 그런 것은 애초에 제게 필요하지 않았습니다. 제 운명과 어울리지 않는 자리였지요."

"설마, 도담월 그 계집 때문이냐—, 고작 계집 하나에 홀려서 너를 거둬 준 아비를 이렇게 배신한 것이냐!"

각운은 그의 말에 답하지 않고 칼을 휘둘렀다. 율덕은 품에 지니고 있던 첨사칼을 꺼내 겨우 칼을 맞대었다. 챙강—, 두 칼날이 부딪치는 소리와 함께 율덕은 저 멀리 밀려났다. 겨우겨우 칼을 놓치지 않은 것이 그의 최선이었다. 각운은 느긋하게 그에게 다가갔다. 어차피 이 좁은 집에서 율덕이 도망쳐 봤자 헛수고였다. 각운은 쓰러진 그의 목에 칼날을 갖다 대었다.

"칠 년간, 저는 아버님의 검으로 살았습니다. 칼에 주어진 쓰임새는 크게 두 가지지요. 적을 베는 것과 내 사람을 지키는 것. 그것을 음식을 먹는 데 쓰면 아무리 조심해도 언젠가는 그 혀를 베이기 마련입니다."

분수에도 맞지 않는 세자 자리 따위엔 관심도 없었다. 어차피 율덕이 피도 섞이지 않은 자신에게 순순히 그 자리를 넘길 거라고 생각할 정도로 각운은 물렁한 사내가 아니었다. 그는 손을 비틀었다. 칼끝이 율덕의 목 가죽을 살짝 파고들었다.

"아버님, 전 타고난 운명을 거스를 만한 그릇은 못 되나 봅니다. 대신 내 타고난 쓰임새 중 하나를 고를 수는 있겠지요."

처음으로, 오롯이 제 자신의 감정만으로 하고 싶은 일이 생겼다. 담월이 가는 그 길을 지켜보고 싶다는 소망이었다. 결코 쉽지만은 않겠지만, 자신은 선택할 수 없었던 그 길을 그녀가 끝까

지 나아가는 모습을 보는 것. 그리고,

"저는 지키는 검이 될 것입니다. 이것으로 제가 그녀에게 진 죄를 다 값을 수 있으리라 생각지는 않지만."

복수를 향해 나아가는 길이 걸음걸음마다 더욱 깊게 빠지는 늪과 같았다면, 이것은 달랐다. 한번 마음먹는 것은 무엇보다 어려웠지만, 결심을 마치고 나니 몸도 마음도 가벼이 느껴졌다. 무엇이든 해낼 수 있을 것 같았다.

"그 때문에 기회를 엿보았지요. 나는 살고, 당신은 죽일 수 있는 그때를. 당신께서 살아 있으면 언제고 그녀에게 해가 될 테니까 말입니다."

"비겁한 노—옴!"

"네, 저는 비겁한 놈입니다. 좌상께서 나를 그렇게 길렀으니까요. 그렇다면 적어도 무엇을 위한 비겁인지는 제가 고를 것입니다."

각운은 검을 빼 들었다. 적어도 일전의 정리를 생각해 한 번에 목을 베기 위해서였다. 하지만 그 순간, 각운의 자세가 흐트러지는 잠시를 노렸던 율덕이 벌떡 일어나 그의 얼굴에 여태 쥐고 있던 칼을 사선으로 휘둘렀다.

"크윽—!"

격한 통증과 순식간에 흘러내린 피가 각운의 시야를 가렸다. 반쯤 가려진 눈으로 율덕이 도망치는 것을 보았지만 그는 따라

갈 수가 없었다.

*　*　*

율덕은 서둘러 안가의 가장 깊숙한 방으로 들어갔다. 이 밀실에는 각운에게도 말하지 않았던 비밀 통로가 있었다. 밀실이라는 말에 걸맞지 않게 화려한 치장이 된 침실로 들어선 율덕은 헐떡거리며 병풍을 발로 찼다. 우당탕―, 값비싼 병풍이 무너지며 나는 소리가 요란했다. 율덕은 서둘러 그 뒤에 한지로 겹겹이 발린 비밀통로의 문을 칼로 뜯어내고 있었다.

"무얼 그리 서두르시는지요, 대감마마."

뒤에서 들려온 소화의 고운 목소리에 율덕은 놀란 얼굴로 뒤를 돌아보았다. 그녀는 보자기와 촛대 하나를 들고 있었다. 창문이 없어 어두운 밀실 안에서 그녀는 촛불에 반짝여 더욱 고와 보였다. 율덕은 긴장이 풀어진 얼굴로 그녀에게 다가갔다.

"소화야, 내 여기 있는 것을 어찌 알고 이리 온 게냐."

"모를 리가 있겠사옵니까. 몇 번이고 이곳에서 소녀를 안으셨으면서요. 지금처럼 그리 숨을 헐떡이시며 말입니다. 그곳에 비밀 통로가 있다고 말해 주셨던 것이 기억이 났지요."

"그래, 그래. 역시 너밖에 없구나. 너밖에 없어. 같이 가자, 소화야."

"대감 마마."

소화가 처연한 얼굴로 제 한 손을 잡는 율덕을 물끄러미 바라보았다.

"옥좌에 오르는 일이 잘 풀리면 내 너에게 후궁 첩지를 내릴 생각이었다, 소화야."

"저는 그저 미천한 계집일 뿐인걸요. 송구합니다."

"아니다, 내 유일한 핏줄을 밴 여인인데. 후궁이 뭐냐, 중전으로 맞아도 부족하지. 네가 아들을 낳으면, 그 아이를 세자로 삼을 생각이었다, 소화야."

율덕은 그녀의 배에 손을 뻗으며 더욱 가까이 다가왔다. 그 순간, 소화는 율덕의 손에 들려 있던 칼을 빼앗아 그의 배를 찔렀다.

"크억……!"

"저는 그런 것을 바란 적이 없습니다, 대감……!"

그녀는 다시 한 번 손에 힘을 주어 칼로 율덕의 배를 헤집었다. 어린 소녀시절부터 그녀의 여성을 휘둘러 온 자에 대한 복수였다.

"베풀어 주신 은혜를 이리 갚은 것에 대한 죄는, 소녀 저승에서 갚겠습니다."

"네……네 이년……! 이 배은망덕한……!"

율덕은 천천히 무너져 내렸다. 그녀는 한 손에 들고 있던 촛대를 저 멀리 던졌다. 화려한 휘장과 비단 천들은 순식간에 불타기 시작했고 이내 비밀 통로에까지 옮겨 붙었다. 소화는 안심한 표정으로 눈을 감은 채 서 있었다.

뱃속의 아이가 무슨 죄가 있겠냐만은, 율덕의 아이가 들어섰음을 알았을 때 그녀는 이미 아이와 죽을 각오를 한 상태였다. 이렇게 좌의정과 죽어 각운과 담월의 미래에 보탬이 된다면 더할 나위 없었다.

그렇게 그녀가 감상에 빠져 있는 사이, 율덕은 겨우 배에서 칼을 뽑아낸 후 몸을 일으켰다. 그리고 입구에 처연히 서 있는 소화를 향해 돌진했다.

"비, 비켜라아—!!!"

생각에 잠겨 있던 소화는 미처 피하지도 못한 채 그대로 밀쳐졌다. 벽에 큰 소리를 내며 부딪친 그녀는 비명을 지르면서 배를 부여잡고 쓰러졌다. 지는 꽃처럼 펴진 치맛자락에 붉은 피가 번져 나갔다.

그 비명을 들은 각운이 밀실 쪽으로 달려왔다. 대충 지혈을 한 덕분에 피는 더 이상 흘러내리지 않았다. 상처가 욱신거렸지만 눈앞을 분간할 수는 있었다. 그는 자신에게 등을 보이며 도망치는 율덕을 빠르게 따라잡았다.

"참으로 끈질기시군요. 하지만 그것도 이제 끝입니다!"

그의 검이 거칠게 호선을 그었다. 등을 크게 베인 율덕이 달려가다가 나자빠지며 피분수를 뿌렸다.

각운은 다가가 율덕의 숨이 끊어졌음을 확인했다. 못 다한 권력에 미련이 남은 듯, 부릅뜬 눈은 북쪽을 향해 있는 채였다. 각운은 착잡한 얼굴로 그 뜬 눈을 바라보다가 두 눈을 감겨 준 후 자리에서 일어났다.

아까 비명이 들린 방향으로 향하자 소화가 아직 그 자리에 쓰러져 있었다. 불길은 더욱 거세져 방을 집어삼킬 정도의 화마로 번지는 중이었다. 각운은 소화를 안아 들고 서둘러 밀실을 나섰다.

비밀 통로도 막혀 버린 지금, 소화를 데리고 나갈 수 있는 길은 대문뿐이었다. 각운은 소화를 잠시 내려놓고 문밖의 정황을 살폈다. 연기가 치솟아 사람들이 한둘 모여들고 있었지만 지금이라면 빠져나갈 수 있을 것 같았다.

그가 다시 소화를 안아 들려고 하자, 그사이 정신을 차린 그녀가 각운의 팔을 밀어냈다.

"가야 하오. 무엇 때문인지는 모르겠지만 피도 너무 많이 흘렸어. 지체하면 목숨이 위험하오."

소화는 식은땀을 흘리면서도 미소를 지었다. 다행히도, 그녀가 평생을 다해 연모한 사내는 그녀와 율덕 사이의 추잡한 비밀에 대해 모르는 모양이었다. 참으로 다행이지 않은가. 그녀는 흐려지는 정신을 애써 다잡으며 또박또박 말을 뱉었다.

"가서요. 좌랑이라면 능히 담을 넘어 가실 수 있지 않습니까.

둘이 도망치면 멀리 못 갈 것입니다. 연기가 났으니 곧 관군이 쳐들어올 테고, 그들에게도 붙잡을 명분 하나는 있어야 하지 않겠습니까."

"소화……!"

"저는 괜찮습니다. 어차피 좌랑과는 함께 못 할 인연임을 알고 있었으니까요. 가서, 그대가 원하는 것을 위해 사세요."

각운이 담월에게 그의 죄에 대해 털어놓고 문을 나섰을 때, 소화는 그의 얼굴에서 후회를 읽었다. 결코 후회하지 않으리라 말하던 복수에 대한 후회였다. 비정한 자를 상대하기 위해서 똑같이 비정한 길을 걸어야만 했던 사람. 하지만 이제 마음씨 따뜻한 이를 위해서 산다면, 그의 앞날도 조금은 보드라워지겠지.

"지금 가지 않으시면 이 자리에서 자결할 것입니다. 어서 가세요."

소화는 단호하게 말하며 각운을 밀어냈다. 힘이 하나도 전해지지 않는 손에 그는 어쩔 줄을 모르다가, 그녀가 진짜 혀를 깨물 기세이자 어쩔 수 없이 자리에서 일어났다. 저 멀리에서 군사들의 발소리와 함성 소리가 들려왔다. 제길, 각운은 이를 악물고 대문과 멀리 떨어진 곳으로 달려가 담을 넘었다. 소화의 곁을 지나칠 때, 그녀가 마지막으로 힘을 다해 짜낸 한마디를 잊지 않기 위해 애쓰면서.

좌의정의 반역은 때맞춰 도성으로 돌아온 삼위에 의해 어렵지 않게 끝을 맺었다. 한때 좌의정의 지지를 받았다는 이유로 경원대군은 조정의 의심을 받았지만, 이번 역모를 막는 데 가장 큰 공헌을 한 일등 공신 곽별회의 적극적인 변호로 의심을 피할 수 있었다. 결은 자신을 바라보는 무관들의 시선이 달라졌음을 느끼며 탄헌군에게 이번 사건의 전모를 고했다.

남문에서부터 강가에 도착하기 전까지 도성의 대로에는 시체가 즐비했다. 비록 좌의정이 초반에 군사를 버리고 도망갔지만 사병들이 끝까지 항전한 결과였다. 수많은 목숨이 생을 다한 거리에선 죽은 병사의 가족들이 곡소리를 내고 있었고, 담이 무너진 자리에서는 불을 지펴 죽은 사람들의 시체를 태우고 있었다. 살이 타는 매캐한 연기가 얼굴에 찐득하게 달라붙었다.

그 거리를 담월이 황망한 표정으로 가로지르고 있었다.

도성을 뒤흔들었던 좌의정의 반역은 차차 정리가 되어 갔다. 경원대군과 삼위의 시기적절한 등장 덕분이었다. 관군의 피해는 심각할 정도는 아니었고, 부서진 거리는 서둘러 복구할 수 있는 수준이었다.

의금부는 역모에 가담한 자들을 고문하느라 밤에도 화톳불이 꺼지질 않아 늘 낮처럼 환했다. 숨어 있는 관련자를 더 색출하는 일은 어렵지 않게 진행되었다. 이미 좌의정이 숨이 멎은 채로 발견된 탓인지, 가망이 없다고 생각한 이들이 순순히 가담자의 이름을 토설했다. 그중에서는 세자의 심복이라 알려졌던 자들도 여럿 있었기에 좌중의 경악을 불러일으켰다. 물론 세간의 충격은 당사자인 탄헌군이 받은 것에 비할 바는 못 되었다.

조정의 뒷수습이 중요한 이 때, 욱은 경연이나 사후대책을 논하는 자리에서 빠지는 일이 잦아졌다. 그리고 그 자리는 고스란히 이번 일의 가장 큰 공헌자인 경원대군의 몫이 되어 갔다. 때문에 그날 이후 결이 담월의 얼굴을 보는 것은 오늘이 처음이었다. 결은 중희당에서 나오는 담월의 손을 붙잡아 사람들이 없는 구석으로 향했다.

"오랜만입니다, 너무 바빠서 들러 볼 수가 없었네요. 집으로 돌아가는 일은 한섬에게 일임했는데, 문제 되는 건 없지요?"

"네, 괜찮습니다. 사람이 줄어 허전해지긴 했지만요."

담월도 조정에 돌아오자마자 사후처리를 위한 회의에 계속 불려 다니느라 바빴던 탓인지 안색이 파리했다.

"그래도 좌상과 그대의 일을 아는 사람이 정말 극소수였던 모양입니다. 의금부에서 어제까지 관련자를 색출해냈지만 담월의 이름이나 그대의 집에 대해서는 언급이 없었어요. 물론, 이름이 나왔다 해도 담월이 끌려가는 건 내가 적극 막았을 겁니다."

결이 자신감 있는 미소를 지어 보였다. 갓난쟁이일 때부터 따라온 외조부의 반역과 죽음은 분명 큰 충격이었다. 하지만 난생 처음 겪어 보는 대신들의 우러르는 시선, 그의 의견에 귀를 기울이는 모습 등은 그 충격을 가시게 하는 데 충분했다. 아직도 그 순간을 떠올리면 무척이나 뿌듯하고, 가슴을 설레게 하는 기분 좋은 긴장이 가득해졌다.

담월은 그런 그의 모습을 옅은 웃음을 띤 채 바라보았다. 어쩌면 저렇게 사내다우면서도 귀여울 수가 있는지.

"아, 미안합니다. 너무 내 얘기만 했네요."

담월이 말없이 지켜보고만 있다는 것을 뒤늦게 깨달은 결은 들떠 있던 자신이 부끄러웠는지 뒷머리를 긁었다.

"아닙니다. 저도 덕분에 기분이 좀 나아졌어요."

담월의 말은 사실이었다. 좌의정의 난 이후 축 가라앉았던 마음이 따뜻한 볕을 쪼인 듯 부드러워졌다. 하지만 여전히 힘이 없는 모습에 결은 걱정스러운 얼굴로 물었다.

"……괜찮습니까?"

거짓을 말하는 성격이 되지 못하는 건 이럴 때 참 좋지 못했다. 애써 웃어 보이려고 했지만 더욱 안쓰러워 보일 뿐이었다. 결이 그만하라는 듯 손을 뻗어 그녀를 품에 끌어안았다. 마마, 궐내입니다. ……누가 보면 어쩌시려고요. 담월이 낮게 중얼거렸지만 그녀도 결을 밀쳐내진 않았다. 여름이 지나가는 그늘은 서늘했고 서로를 끌어안은 품은 따스하기만 했다.

"아무리 애를 써도 그대를 마냥 기쁘게 할 수가 없는 것이 슬프군요."

그 말에 담월은 결에게 미안해졌다. 그 덕분에 좌의정의 손아귀에서 벗어나게 됐는데도 마냥 웃을 수가 없었다. 그녀는 뺨을 결의 어깨에 폭 묻었다가 천천히 몸을 떼었다.

"아닙니다. 제 개인적인 일일 뿐인데요. 그보다 웃으세요. 당당하게 걸으셔야지요. 그런 큰 공을 세우셨는데 사소한 일로 울상을 짓고 계시면 대신들이 이상하게 여길 겁니다."

"사소한 일이라니요. 나는—."

"웃으시라니까요—."

담월은 결의 얼굴에 손을 뻗어 억지로 웃는 모양을 만들어 보였다. 머—하는—검니까—, 결이 입꼬리만 올라간 우스운 얼굴로 찌푸리자 담월이 키득거리며 그를 놓아주었다. 남들이 보았다면 대군마마께 무슨 짓이냐며 경을 칠 일이었지만, 결은 약간 얼얼해진 볼을 붙잡으며 갑자기 이러는 게 어딨냐고 투덜거릴 뿐이었다. 그래도 이런 것으로나마 담월이 조금 웃을 수 있다면야. 담월은 결의 흐트러진 옷매무새를 매만져 준 후 한 걸음 물러섰다.

"이제 들어가 보셔야 하지 않겠습니까. 이번 일의 논공행상을 나누는 자리잖아요. 늦으시면 안 되지요."

"담월은 이제 어디로 가나요? 예문관으로 돌아갑니까?"

"저는 가 봐야 할 곳이 있습니다."

담월은 저 멀리 궐 너머를 바라보면서 말했다. 의금부가 있는 방향이었다. 잠시 웃음이 자리했던 그들 사이에 다시 처연한 슬픔이 가라앉았다.

"혼자 가도 괜찮겠습니까?"

담월은 고개를 끄덕였다. 더 이상 자신의 슬픔을 결에게 옮기고 싶지 않았다. 공감하고 위로해 주려는 그의 노력은 무척이나 고마웠지만, 지금은 그저 제 정인이 누구보다 당당하게 빛나기를 바라는 마음뿐이었다. 그것을 위해서라면 슬픔은 혼자 감내할 수 있었다.

"알겠습니다. 하지만 일을 끝내고 꼭 내게 들러 주세요. 그런 얼굴을 한 그대를 혼자 두는 것은 마음이 편치 않습니다."

담월은 알았다고 고개를 끄덕인 후, 왕자에 대한 예를 갖추고 결에게서 돌아섰다. 그렇게 말했지만 결은 그녀가 제게 오지 않을 것을 알고 있었다. 휘어지느니 부러지는 것을 택할 저 곧은 성정에 반하긴 했지만 이럴 때는 조금 서운했다. 언제쯤 그녀가 온전히 자신에게 기대게 될까. 큰일을 해냈음에도 결은 마음이 답답했다.

담월은 사람들의 눈에 띄지 않는 길을 골라 예문관으로 향했다. 그녀를 향한 시선들이 부담스러워서였다. 하지만 궐 안의 수많은 사람을 전부 피할 수는 없는 노릇이었다.

"아, 도 검열!"

그녀를 발견한 이조의 관원 두어 명이 가까이 다가왔다. 담월은 한숨을 쉬며 걸음을 멈추었다.

"무슨 일이십니까?"

"방금 의금부에서 얘기를 들었습니다. 상심이 크시겠어요."

"그래도 이제라도 진실이 밝혀졌으니 다행이지 않습니까."

그들은 담월의 싸늘한 물음에도 아랑곳 않고 하고자 하는 말을 늘어놓았다. 이조의 좌랑이었던 주각운이 좌의정의 양아들이었으니, 이조의 사람들로서는 어떻게든 빨리 줄을 서야 하는 입장이었다. 경원대군이 득세를 하고 있는 마당이니 그에게 총애를 받고 있다는 소문이 자자한 담월에게 점수를 따 보자 하는 속셈이 틀림없었다.

"주각운 그자, 여인이라곤 관심도 없는 척한 주제에 남의 아내와 놀아나다니. 저희는 그자가 그럴 거라고는 상상도 못 했지요!"

"관군이 도착했을 땐 이미 뱃속의 아이는 죽은 상태였다지요? 그래도 그렇지, 정을 통한 여인까지 버리고 갈 정도로 비겁한 사내일 거라고는…… 아, 도 검열의 처가 잘했다는 것은 아닙니다. 지아비가 있는 여인이 다른 사내와 통정하다니."

아부와 동정이 교묘히 섞인 시선에 담월은 속이 울렁거렸다. 소화가 관군에 붙잡힌 후 모진 고문을 당하다가 혀를 깨물고 죽었다는 사실을 들은 것이 어제였다. 함께 있었던 것으로 추측되는 주각운의 행방을 대라며 며칠간 고문에 시달렸으니, 아마 그의 행방을 댔더라도 살아남지 못했으리라.

"……저는 이만 가 보겠습니다."

계속 듣고 있다간 그들의 멱살을 잡을 것 같아 담월은 애써 고개 숙여 인사를 한 후 돌아섰다. 그들은 담월이 돌아서고 나서도 계속해서 각운과 소화의 배륜에 대해 입방아를 찧었다. 담월은 가능한 빠르게 걸었다. 한참을 걷고 나서야 그들의 목소리는 들리지 않게 되었다. 그녀는 다시 맥없이 예문관을 향해 걸었다. 며칠째 계속 되는 저런 시선과 말들 때문에 그녀는 무척이나 지쳐 있었다.

정말 소화와 각운이 정을 통하는 사이였던 걸까. 담월은 고개를 저었다. 소화가 배고 있던 아이가 누구의 씨인지는 모르겠지만 담월이 본 두 사람은 그런 사이가 아니었다. 아마 소화가 그렇게 보이도록 말을 흘렸으리라. 그렇지 않으면 소화의 지아비로 알려져 있는 담월도 관련자로 의심받았을 테니까.

담월은 예문관에 들렀다가 바로 퇴청했다. 마찬가지로 수척한 얼굴의 계집종이 문을 열어 주었다. 하인들은 자기들이 좌의정을 위해 담월의 일거수일투족을 보고했음을 털어놓고, 제발 자신들을 살려달라며 그녀에게 빌었다. 담월은 그들을 용서하고 거둬들였다. 시장하시면 식사라도 올릴까요, 하는 그녀의 말에 손을 내저은 후 담월은 흰 두루마기를 꺼내 입었다. 소화의 시신을 화장하러 가야 했다.

소화의 시신을 양말산의 화장터로 옮겨 오는 것은 한섬이 도왔다. 그는 시신을 옮겨 둔 후 기분이 좋지 않다며 먼저 산을 내려갔다. 담월은 물에 적신 천으로 얼굴을 깨끗이 닦아 주었다. 혀를 깨물고 죽은 탓인지 시신은 생각보다 온전했다. 언제나 곱게 미소 짓던 얼굴이 핏기 하나 없이 누워 있는 모습이 어색했다. 가까운 사람의 죽음을 목도하는 것은 담월에게 처음 있는 일이었다. 가족의 죽음은 언제나 그녀가 모르는 곳에서 이뤄졌었으니까. 이렇게 죽음을 눈앞에서 보는 것이 오히려 농담처럼 느껴진다는 것을, 그녀는 처음 알았다.

화장을 하는 가마에 시신이 들어가고 불이 지펴졌다. 타닥타닥, 불길 이는 소리가 들려왔다. 담월은 그 앞에 홀로 서서 화장이 끝나기를 기다렸다. 소슬한 바람이 불자 낙엽이 하나둘 떨어졌다. 뒤에서 바람과 함께 다가오는 인기척에 담월은 고개도 돌리지 않고 물었다.

"무슨 염치로 여길 온 건가요?"

"소화의 유언을 전하러 왔습니다."

목이 턱 멜 듯 먹먹한 목소리에 담월은 천천히 몸을 돌렸다. 산발인 머리에 삿갓을 쓰고, 못 보던 상처가 길게 얼굴을 가로지르고 있었지만 그는 분명 사라졌던 좌의정의 양아들 주각운이었다.

"그대와 함께여서 행복했다고, 전해 달라고 하더군요."

그 말에 담월은 참았던 눈물을 흘렸다. 그런 말은 살아서 직접 전해야지, 왜 다른 이에게 부탁을 한 건지.

"할 말은 그걸로 끝인가요?"

"……그렇습니다. 날 관가에 고해바치고 싶다면 그렇게 하십시오. 그대 어머니의 복수를 해야 하지 않겠습니까."

각운은 허리춤의 칼을 풀어 담월의 앞에 던졌다. 설사 그녀가 검을 들어 당장 자신을 해한다 해도 받아들일 자세였다. 비록 담월을 지키고 싶다 생각했지만, 그녀에 대한 죄책감은 무거웠다. 함부로 삶을 살아서는 안 되겠다고 생각할 만큼. 각운은 고개를 숙이고 담월의 처분을 기다렸다. 그녀는 흐르는 눈물을 닦지도 않은 채 허리를 숙여 각운이 던진 검을 집어 들었다.

"당신이 살아 있는 건 분명 소화의 뜻이겠죠. 맞나요?"

담월의 물음에 각운은 천천히 고개를 끄덕였다. 그러자 담월은 그에게 걸어와 그의 검을 내밀었다.

"그러면 살아요. 내 언니와 같던 여인이 당신에게 준 마음을 갖고 살아요. 그 마음으로 얻은 삶이니까, 그녀를 위해 살아요. 그녀가 바랐던 당신으로 살아요."

"담월……."

뜻밖의 말에 각운이 고개를 들었다. 그리고 담월의 떨리는 눈동자와 시선을 마주했다. 천성적으로 다정한 성품과 밀려오는 미움 사이에서 흔들리는 그녀의 모습을 각운은 차마 더 보지 못하고 고개를 꺾었다.

"당신을 용서한다는 뜻은 아니에요. 난 결코 당신을 용서하지 않을 거예요. 하지만 소화가, 당신을 너무 미워하지 말라고…… 그랬으니까……."

말은 울음에 먹혀 더 이상 이어지지 않았다. 한참이나 질책인지 슬픔인지 모를 소리가 눈물에 젖어 흘렀다. 각운은 입술을 깨물다가 담월이 건넨 검을 받아 들었다.

"……알았소."

그가 검을 다시 허리춤에 갈무리하는 동안 담월은 눈물을 닦아 냈다. 울음과 함께 토해져 나왔던 가쁜 숨을 가다듬은 후, 담월은 각운에게 도움이 될 말을 꺼냈다.

"조선에서 살기는 어렵겠죠. 예전에 여진의 유르지크에게 도움을 준 적이 있어요. 거기 가서 내 이름을 대면 잘 보살펴줄 거예요. 그리고, 다신 내 눈앞에 띄지 말아요."

그를 돕는 것은 내키지 않았지만 만약 헛되이 죽는다면 나중에 하늘에서 소화를 볼 면목이 없었다. 단호하게 끊어 낸 말에 각운은 고개를 숙인 후 뒤돌아섰다. 그가 몇 걸음을 옮겼을 때, 뒤에서 담월의 물음이 들렸다.

"마지막으로 하나만 물을게요. 그때, 왜 내 어머니를 베었다는 사실을 밝힌 거죠? 다른 이가 했다고 말할 수도 있었을 텐데요."

각운은 발을 멈추었다. 침묵 사이로 바람이 흐르는 소리만 들렸다. 딱히 답을 기대한 것은 아니었기에 담월이 돌아서려는 순간, 각운이 답했다.

"……그 이상으로 그대 앞에서 비겁해지고 싶지 않았습니다."

그는 그렇게 말을 뱉은 후 다시 걸음을 옮겼다. 목적을 이루는 데도 비겁했고, 사랑에도 비겁했다. 경멸 어린 시선을 받게 될 것을 뻔히 알면서도 그것이 끝의 끝에 일어날 일이길 바랐다.

이렇게 그녀에게 얼굴을 보이는 것은 마지막이 될 것을 알면서도 각운은 차마 연모의 말을 뱉지 못하고 쓰게 삼켰다. 아마 이것은 그녀에게 가는 시선이, 마음이, 씻을 수 없는 죄로 인한 죄책감과 연민일 것이라 애써 스스로 변명해 왔던 것에 대한 벌이리라.

'소화, 이렇게 괴로웠습니까. 연모의 마음을 그저 마음에 담아만 두어야 한다는 것이 이다지도 힘든 일이었습니까.'

각운은 저 멀리 하늘로 흩어지는 연기를 바라보며 중얼거렸다. 미안합니다, 하지만 그 소리는 연기보다도 덧없이 스러질 뿐이었다.

중희당에서 결을 중심으로 한 논공행상이 진행되고 있을 때, 욱은 후원의 정자에 나와 있었다. 도무지 그 자리에 나갈 기분이 아니었다. 자신의 것이었던 시선들이 아우에게로 향하는 모습을 그는 두고 볼 수 없었다. 십 년이 넘는 세월에 걸쳐 악착같이 쌓아 올렸던 그의 아성이 이리도 쉽게 무너질 수 있는 것이었다니.

물론 그것을 가만두고 볼 욱이 아니었다. 이제는 어렴풋하게 만 남아 있던 어린 시절의 기억이 그의 뱃속을 헤집었다. 다시는 그런 타인의 무관심한 시선에 갇히고 싶지 않았다.

"도승지를 불러와라."

"세자 저하, 도승지는 지금 중희당에 있사옵니다."

"불러오라고 명하였다—."

욱의 서슬 퍼런 목소리에 내관은 허리를 깊게 숙였다가 중희 당을 향해 서둘러 갔다.

'놀이를 즐기다가 너무 시간을 보내 버렸군…….'

아우의 추앙을 받는 것은 즐거운 일이었다. 자신은 한 번도 누릴 수 없었던 아버지의 애정을 받은 존재가 자신을 가장 으뜸으로 여겨 준다는 것이 좋았다. 나이 차이가 워낙 났으니 어쩌면 결을 아들처럼 여기고 있었을지도 모른다.

욱이 왕위에 오른다면 결은 자연 숙청 대상이 될 수밖에 없었다. 욱은 세자로서 나라를 좌지우지하고, 결은 대권에 욕심을 내지 않는 것으로 아슬아슬하게 유지되어 오던 평화였다.

'이제 대군마마의 가짜 아비 노릇은 그만둘 때도 되셨습니다. 그보다는 저하의 핏줄을 소중히 여겨 주세요. 임금께서 못 해 주신 아비로서의 모습을 보여 주시라 이 말입니다.'

욱은 세자빈의 말을 다시 되새겼다. 이제 놀이는 끝이다. 모든 걸 마무리할 시간이었다.

잠시 후 내관이 중희당에 있던 도승지를 불러왔다. 중요한 자리에서 불려 나온 것이 못마땅했는지 그의 표정은 썩 좋지 않았다. 그러나 탄헌군의 매서운 시선과 마주치자 언제 그랬냐는 듯 그는 머리를 조아렸다. 사실 도승지는 조금 당황하고 있었다. 좌의정의 난 이후 충격을 받고 두문불출하는 줄만 알았더니, 좀 전에 마주친 탄헌군의 시선은 전성기 시절 그의 것과 다를 바가 없었다.

“부르셨습니까, 세자 저하. 하명하실 일이라도……?”

빳빳하게 긴장이 든 목소리에 욱은 만족스럽다는 듯 고개를 끄덕였다. 그리고 그를 부른 이유를 전했다.

“예문관에 전하라. 실록의 제작을 시작할 것이다.”

제2장
실록과 세 번째 신물

"네? 실록의 제작이요?"

담월은 도승지의 말에 놀라 되물었다. 다른 검열들도 담월과 마찬가지로 놀라고 당황스러운 표정을 짓고 있었다.

"대체 누구의 실록을 만든단 말입니까?"

강현의 물음에 도승지는 난처한 얼굴로 답했다.

"누구긴 누구겠는가. 대왕마마의 실록을 만든다는 걸세. 원래대로라면 조참에서 정식으로 명이 떨어지고 교지가 내려지겠지만, 예문관에서 준비할 일이 많으니 미리 전하러 온 거네. 그럼 난 이만, 큼큼."

도승지는 제 난처함을 쏘아붙이듯 털어 내고 휙 돌아 예문관을 나섰다. 탁— 문이 닫히자마자 강현이 형들을 돌아보았다.

"이게 무슨 자다가 봉창 두드리는 소리랍니까?"

정말 이해가 안 되는 명령이었다. 강현은 팔짱을 끼고 생각에 잠겨 있는 유정과 태진에게 외쳤다.

"아직 살아 계시는 전하의 실록을 만들라니요? 형님들, 이게 말이 되는 소립니까? 원아, 너도 뭐라고 말 좀 해 봐. 이게 이해가 가냐?"

"저도 무슨 영문인지 모르겠습니다. 원래 실록은 왕의 사후 그다음 대의 임금이 즉위한 후에나 만드는 거잖아요?"

"그렇지. 왕이 자신의 실록을 직접 만든다고 해도, 사초를 훔쳐 볼 생각이냐며 여기저기서 욕을 진득하게 얻어먹을 판에. 말 한 마디 못 하고 쓰러져 계시긴 하지만 왕인 제 아버지의 사초를 직접 만들겠다고? 세자가 제정신인 건가?"

강현과 담월이 서로 이 명령의 이상함에 대해 성토하자 유정이 그만하라는 듯 손을 휘저었다. 태진은 비스듬히 턱을 괴고 중얼거렸다.

"짐작이 가는 바가 없진 않지만……."

"무슨 짐작이요? 저는 세자 마마의 의도를 조금도 이해하지 못하겠습니다. 실록 제작을 지금 해서 나라에 무슨 도움이 된다고……."

담월이 묻자 태진은 한숨을 푹 쉬었다. 그는 작은 소리로 속삭였다.

"원이 너는 사람을 좀 의심할 줄도 알아야 해. 쉽게 말하자면 이거야. 임금을 죽은 사람 취급하고, 자신이 사실상의 왕이 되겠다 선포하는 거라고."

"네―?!"

담월이 놀라 소리를 질렀다. 태진은 쉿, 하며 검지를 입술에 대었다. 예문관의 사람들이야 믿을 수 있었지만 혹시라도 얘기가 새어 나가면 곤란했다.

"어찌 됐든 춘추관도 아니고 우리 예문관의 말단 관리들은 따를 수밖에 없는 입장이잖니. 애초에 우리가 지금 예전처럼 예문관의 일을 할 수 있는 것도 세자 덕분이고."

"춘추관이 과연 이 얼토당토않는 명령을 따르겠습니까?"

강현이 춘추관의 겸직사관들을 믿어 보자며 얘기를 꺼냈다. 예문관과 같이 사초를 기록한다는 것은 같지만, 춘추관은 본 업무가 따로 있는 겸직 사관들로 구성되어 있었다. 그리고 그 겸직 사관들은 삼정승을 비롯한 고위 관직자들이었다. 하지만 강현의 말에 유정은 절레절레 고개를 저었다.

"지금 좌의정도 새로 뽑히지 않은 판에 세자의 말에 정면으로 반박할 만한 인사가 있긴 하냐?"

"경원대군 마마가 있지 않습니까?"

"지난번 반란 이후 그분을 따르는 자들이 꽤 늘었다곤 하지만, 아직 신하들 중에 구심점이 없어. 영의정이나 우의정 대감은 몸을 사리고 있으니까 말이야. 지난번이야 대군마마가 관련이 있는 일이었으니 그렇지 원래대로라면 조참에 왕자는 나오지 못하게 되어 있다고. 그의 입장을 대변해 줄 만한 대신이 필요해. 이삼품쯤 되는 사람 말고 좀 더…… 정승은 못 되어도 판서나 대제학 정도는 되어야지. 그치만 다들 눈치만 살살 보는 판국이니……."

"이번엔 실록청이 개설될 때까지 그냥 알겠습니다—, 따르는 것밖에 방법이 없다는 거네. 아이고— 그 많은 사초를 언제 다 옮겨 온다."

유정과 태진은 이번 명령에 그저 따르기로 마음을 먹은 모양이었다. 하긴 그들이 어찌할 수 있는 사안은 아니었다.

이튿날 아침, 문무백관이 조복 차림으로 중희당에 모였다. 오늘의 당번인 담월은 잔뜩 긴장한 얼굴로 중희당에 도착했다. 밤새 생각해 봤지만 이미 살아 있는 왕의 실록을 만들겠다는 명령의 의도가 이해가 가질 않았다. 어제 태진의 말대로라면 탄헌 자신이 왕이나 다름없다고 선포하는 행위라 했는데, 담월로서는 도통 그래야 할 이유를 모르겠기에 더욱 그랬다.

끄응—, 골머리를 썩으며 중희당 안으로 들어가려던 차, 막 도착한 결이 그녀를 불렀다.

"대군마마? 조참에는 무슨 일이세요?"

"하핫, 제가 못 올 데를 왔나요?"

"그건 아니지만……."

어제 태진이 말하기로는 원래 왕자는 조참에 참여할 수 없다고 했었다. 하지만 생각해 보면 그는 원래도 장계를 읽어 보거나 조례를 엿듣는 취미가 있지 않던가. 오늘도 그런 종류의 일인 모양이었다.

"오늘은 조참에 제안할 건이 있어서 왔습니다. 같이 들어가지요."

그러나 결의 말은 담월의 생각과 반대였다. 구석에 자리를 잡는 것이 아니라 중희당 안으로 들어가려는 결을 담월이 다급하게 불렀다.

"왜 그러십니까?"

"저 혹시, 오늘 실록을 제작하라는 명이 내려지리라는 걸 알고 있으세요?"

담월은 혹시나 하며 물었다. 예문관과 춘추관, 그리고 승정원에만 미리 알려진 내용이었을 텐데도 결은 고개를 끄덕였다.

"그럼 혹시 오늘은 그 건을 반대하러 오신 건가요?"

그녀는 기대를 담아 물었다. 실록을 제작한다는 것은 임금을 이미 죽은 것으로 치부하겠다는 뜻이나 다름없었다. 경원대군도 임금의 자식이니 그런 처사를 눈 뜨고 지켜볼 리가 없었다.

"아쉽게도 그건 포기해야 할 겁니다, 담원. 미안해요."

거리감이 물씬 느껴지는 이름으로 그녀를 부른 후, 결은 담월보다 먼저 중희당 안으로 걸음을 옮겼다. 담월은 머리에 돌이라도 맞은 얼굴로 결의 뒷모습을 보다가 따라서 안으로 들어갔다.

조참을 시작하자마자 탄헌군은 실록의 얘기를 꺼냈다.

"아바마마의 실록을 제작하려 합니다."

말투는 부드러웠지만 그 안에 담긴 내용은 결코 가볍지 않았다. 욱은 턱을 들고 비스듬히 정렬해 있는 신하들을 내려다보았다. 제아무리 지난번 율덕의 난으로 인해 그 위세가 꺾였을지언정 그는 세자 탄헌군. 아무도 그의 말에 반대 의견을 내지 못했다. 그는 잠시 일어서 제 옆에 앉아 있는 담월을 보았다. 그녀라면 뭐라 한 마디 나설까 싶었지만 담월도 입술을 꾹 깨문 채였다. 오히려 의견은 전혀 예상치 않은 곳에서 튀어나왔다.

"비록 아바마마께서 정신을 차리지 못하고 계신 지가 일 년이 다 되어 갑니다만…… 그래도 엄연히 살아 계신 분의 실록을 제작하는 특별한 연유가 있으십니까?"

욱은 고개를 들었다. 결이 한 발짝 나와 그에게 이유를 묻고 있었다. 아까 대신들 사이에 서 있는 모습은 보았지만 이 시점에 나올 줄이야…… 이것을 반대하기 위해서 온 것인가. 하지만 욱은 그에 대한 답변도 준비하고 있었다.

"예문관이 제대로 활동을 하지 못한 것이 칠 년여. 그동안 사관들은 비밀리에 움직이느라 사초의 관리가 제대로 되지 않고 있다고 들었다. 더 늦어지기 전에 미리 정리하는 게 좋을 것 같더군."

"그렇습니까? 역시 형님의 혜안이시군요."

경원대군은 생각보다 쉽게 물러났다. 대체 저럴 거면 왜 나선 건가 의아했지만 우선 욱은 사안을 진행해 나갔다. 실록의 제작을 담당하는 임시 관청인 실록청을 세우는 것부터 실록청의 일을 이끌어 나갈 영사를 뽑는 것까지 일사천리였다. 대부분의 인원이 탄헌군의 인물들로 채워졌지만 그에 반박하는 사람은 아무도 없었다.

생각했던 것보다 일이 수월하게 끝나자 욱은 안심한 듯 다시 자리에 앉았다.

"다음은 공석인 좌상의 자리에 대해서 말입니다만, 적격인 인물을 추천받고 싶소."

그러나 아무도 말이 없었다. 어차피 욱의 마음속에 내정한 인물이 있을 터였다. 누구를 추천하든 결과는 똑같을 게 뻔했기에 아무도 입을 열지 않았다. 당연히 그러리라 생각하고 있던 욱이 내심 점찍어 둔 자를 입에 올리려는 순간, 결이 다시 한 발짝 앞으로 나왔다.

"—그래, 경원. 누구를 추천하고자 하느냐."

욱은 한쪽 눈썹을 찌푸리며 물었다. 혹 결이 이 자리에 참석한 것이 이것 때문이었던 것인가. 조정에 자신의 입장을 대변할 만한 인사가 없다는 것을 경원대군 스스로도 알고 있었던 모양이었다. 그래도 욱은 당황하지 않았다. 사람은 언제나 흠결이 있는 법. 결이 누구를 추천하든 욱은 그 흠을 잡은 후 자신이 정해 둔 인사를 좌상의 자리에 올릴 생각이었다.

"소제, 지금은 관직에서 물러나 계신 전 예조판서 소선을 감히 정승 자리에 천거하고자 합니다."

"소선께서는 모든 정무에서 물러나 네 교육만을 맡으시기로 했던 걸로 알고 있는데."

"지난 권율덕의 난 이후 생각을 바꾸셨습니다."

결은 지금 당장 답을 요구하는 듯 욱을 정면으로 당당히 바라보았다. 키가 조금 컸나, 욱을 바라보는 시선이 전보다 높았다.

좌의정의 자리에 소선을 천거한 결의 선택은 옳았다. 관직에 오른 이후 그 어떤 일에도 연루되지 않았고, 그 명성이 가장 정점에 섰을 때 사직하여 청렴함과 강직함을 여태까지 유지하고 있는 보기 드문 이였다. 경원대군이 그를 입에 올린 이상 탄헌은 소선에 대항할 그 어떤 후보도 천거할 수가 없었다.

'과연—. 아까 실록의 제작에 아무 반대도 하지 않은 것은 좌의정의 자리를 얻기 위해서였나, 경원.'

이제 만만히 볼 상대가 아니라고 생각하긴 했지만 벌써 저렇게 머리를 쓰게 됐을 줄이야. 욱은 속으로 중얼거리며 고개를 끄덕였다.

“좋다. 지금 조정에 그분보다 정승의 자리에 적합한 분은 없겠지. 곧 소선께 정식으로 교서를 내리겠다.”

어차피 소선 하나 정승 자리에 오른다고 큰 위협이 되리라 생각지는 않았다. 정치 활동을 쉰 지 오래된 만큼 그의 입김은 그세가 약한 상황. 돈과 권세를 쥐고 있던 율덕을 상대하는 것에 비하면 식은 죽 먹기였다.

욱에게는 그보다 실록의 제작이 우선이었다. 완벽한 왕, 완벽한 아버지가 되기 위해서.

임시 관청인 실록청의 설치가 확실시되자 예문관의 검열들은 더욱더 바빠졌다. 나날이 일지를 기록하는 업무는 그대로인데 일이 늘었으니 당연한 결과였다.

실록청의 일은 예문관뿐 아니라 다른 관원들도 참여하긴 하지만 실질적인 업무의 수행을 진행하는 것은 검열들이었다. 그 일이란 단순히 종이에 실록으로 남을 글을 기재하는 것으로 끝나는 게 아니었다. 맨 처음에는 예문관, 춘추관 그리고 승정원에서 그동안 기록한 일지를 모은다. 몇 십 년에 걸친 그 방대한 기록을 정리해 주요 사실만 남긴 초초(初草)를 작성한다. 이것을 도청에서 다시금 수정하고, 마지막으로 실록청의 우두머리인 총재관과 도청당상이 손을 보아야 실록의 내용이 완성된다.

그 외에도 실록을 작성하기 위한 특별한 지필묵의 마련부터 제작을 끝낸 사초를 물에 씻어내는 일까지. 검열들의 일은 정말 끝이 없었다.

"이렇게 바쁜데 조지소에 꼭 같이 가야 합니까? 오라버니, 저 정말 힘들다고요."

주변에 아무도 없는 틈을 타 담월이 강현에게 투정을 부렸다. 큰일을 겪은 지 얼마 안 되어 바쁜 일이 터지는 바람에 소화의 죽음을 슬퍼할 겨를도 없었다. 괜히 우울함에 빠지지 않아 다행이었지만 그만큼 몸이 힘들었다.

"실록의 제작에 쓰이는 종이를 검수하는 건 중요한 일이라고. 너도 봐 둬야 나중에 잘 구분을 할 거 아냐?"

"평소에 예문관에서 쓰던 종이와 많이 다른가요?"

"만져보면 알아. 무척 부드러우면서도 질기지."

강현의 표현에 담월이 입술을 뾰로통하게 내밀었다.

"그런 말이 어디 있어요? 부드러운 종이는 보통 약하고, 질긴 것은 거칠지 않습니까?"

"그러니까 실록을 만드는 종이지. 아주 특별한 거야. 실록을 만들 때만 제작하는 거라서 나도 딱 한 번 밖에 본 적 없어. 조지소 창고에 견본으로 한 장만 남아 있었거든."

"일부러 종이까지 따로 제작하다니, 신기하네요."

"실록은 천 년을 가야 하니까. 후세의 그 후세까지 전해져야 하는 기록이지. 탄헌군의 명령은 아직도 탐탁찮지만, 너와 함께 이 작업을 하게 되어서 기쁜 건 사실이야. ……난 몰라도 넌 영원히 이곳에 있을 건 아니잖아?"

강현은 씁쓸하게 웃는 얼굴로 담월의 등을 도닥인 후 조지소 안으로 들어갔다. 그랬다, 요 근래 복잡한 일이 많아 잠시 잊고 있었지만 그녀에겐 신물의 힘으로 역사를 바꾸겠다는 목표가 있었다. 비록 결이 그녀를 위해 최선을 다하겠다고 했지만, 역시 이런 마음을 품고 있는 이상 담월은 결에게 온전히 기댈 수가 없었다.

그녀는 입안이 텁텁해지는 기분을 느끼며 강현을 따라 안으로 들어갔다. 강현은 깨끗한 종이 한 장을 손에 들고 있었다.

"자, 이게 실록을 만드는 종이야. 만져 봐."

담월은 강현이 내민 종이에 손을 뻗었다. 부드러우면서도 단단한 촉감이 과연 다른 종이들과 확연히 달랐다. 확연히—. 담월은 강현의 손에서 종이를 빼앗아 들었다.

"설마 이 종이는……!"

"왜 그래, 갑자기?"

강현이 당황하며 물었다. 담월은 종이를 상 위에 올려놓고 눈을 감은 채 손가락으로 종이 위를 쓸었다. 그 촉감은 분명 그녀가 기억하고 있는 아버지의 세 번째 신물이었다. 그녀는 강현의 물음을 뒤로하고 조지소를 담당하는 박 별제에게 물었다.

"혹시 봉교 도규언이 따로 종이를 만들어 달라 부탁한 적이 있나요?"

뜬금없는 물음에 박 별제는 귀를 후비며 고개를 끄덕였다.

"아아, 그랬었지. 지금 도 검열 자네가 들고 있는 그 종이 말이야. 실록을 제작하는 때도 아닌데 종종 그걸 만들어 달라고 했었다네. 전하께서 허락하셨다는 교서까지 들고 오니 안 해 줄 수가 있나. 그 종이 만드는 게 얼마나 품이 드는 일인데 고작 수십 장만 해가고 말이지."

"그랬군요. 혹시 이 견본을 좀 가져갈 수 있을까요?"

담월이 들고 있던 실록의 종이를 들어 보이며 말했다.

"무슨 소리! 실록의 종이는 철저하게 그 수를 정해서 제작하는 거라 견본이어도 다 셈하는 거라네. 이 안에 얼마나 귀한 재료가 들어가는 줄 아나? 견본으로 만든 것 한 장도 못 주네. 정 필요하면 세자 마마의 승인이라도 얻어 오든가."

박 별제는 퉁명스럽게 말하며 담월의 손에서 견본지를 빼앗았다. 어쩔 수 없이 두 사람은 조지소를 나왔다.

"뭐야, 대체 왜 그래? 저 종이가 꼭 필요해?"

"여산당에서도 찾지 못했던 아버지의 세 번째 신물이 바로 저거예요."

담월은 소리를 낮춰 소근거렸다.

"뭐? 저게 신물이라고?"

“그동안 어디에서도 찾지 못했던 이유가 여기 있었네요. 실록을 제작할 때만 만드는 종이니까요.”

“그렇군…… 하지만 손에 넣기는 힘들어 보이는데. 수량도 정해져 있다며. 빼돌리기가 쉽진 않을 거야.”

“아직 제작이 끝나려면 시간이 좀 남았잖아요. 그때까지 방법을 생각해 봐요.”

“그래. 이제 세 가지 신물을 갖췄으니, 어떤 소원이든 빌 수 있겠네?”

강현이 꺼낸 말에 담월의 얼굴이 흐려졌다.

두 사람은 신물에 대한 얘기를 끝낸 후 다시 예문관으로 걸음을 옮겼다. 할 일이 태산과 같이 많아 걸음을 서둘러도 모자랄 판에 담월의 발은 느리기 그지없었다. 조지소에 올 때 왜 바쁜 사람을 끌고 가냐고 투덜거리던 그녀 같지 않았다. 강현은 계속해서 뒤처지는 담월에게 발을 맞춰 주다가 결국 멈춰 서 물었다.

“왜 그렇게 얼굴이 안 좋아?”

“네?”

생각에 빠져 있던 담월은 강현의 물음에 화들짝 놀라 대답했다.

“그토록 찾아 헤매던 신물을 찾았는데 왜 그래? 뭐 고민이라도 있는 것처럼.”

그의 말이 정곡이었던 걸까. 담월은 우물쭈물하다가 조용히 말을 꺼냈다.

"……제가 정말 역사를 바꿔도 되는 걸까요?"

"뭐야, 이미 결심이 섰던 게 아니었어?"

소원을 빌어 억울한 가족의 역사를 바꾸겠다고 결심한 지는 오래였다. 그러나 그것은 저 도도한 큰 강물의 흐름처럼 거대한 순리를 뒤바꾸는 일이었다. 겁이 나지 않는다면 거짓이리라.

"잘 모르겠어요. 억울하게 죽음을 맞은 가족들을 살리고 싶다는 마음은 여전해요. 그 때문에 도망 다니던 칠 년은 힘들고 슬펐지만, 예문관에 들어온 이후로는 좋은 일들도 많았거든요."

그토록 꿈꾸던 예문관에 들어오고, 아버지로 인해 실추되었던 사관의 기치를 드높였다. 억울한 이를 위해 힘을 썼다. 가족처럼 여기게 된 소화를 만났고, 믿을 수 있는 혈육이 되어 준 강현을 만났다. 처음으로 연모하는 사람이 생겼다, 결을 만날 수 있었다.

"그런 날들도 다 없었던 일이 되어 버릴지도 모른다고 생각하니 속상하기도 해서……."

좌의정의 난을 겪은 후였다. 천명이라 불리는 왕조를 감히 바꾸려고 했던 자의 말로가 어떠했는지를 고스란히 지켜본 후라서인지 담월의 마음이 무거웠다.

"정말 제가 원하는 대로 역사가 바르게 바뀔까요. 더 나쁜 상황으로 흘러가면 어쩌죠? 신물을 쓴다지만 엄청난 소원이잖아요. 제 몸이 그 소원을 버텨 낼 수 있을까요?"

담월의 먹먹한 말을 잠자코 듣던 강현은 손을 뻗어 그녀의 이마를 쓸어 주었다.

"기왕지사 좋은 쪽으로 생각해. 고민이 많다는 건 알겠어. 어쨌든 너는 다른 사람들은 꿈으로밖에 상상하지 못할 일을 실제로 만들어 버릴 수 있는 힘이 있는 거니까."

"오라버니……."

"나는 도가의 피를 이은 주제에 예언의 힘은 한 톨도 없는 평범한 녀석이지만, 한 가지는 알아. 네 소원에는 늘 대가가 필요하지? 모든 일이 똑같아. 좋은 일 하나가 생기면 나쁜 일도 하나는 생기는 법이지. 무언가를 손에 쥐려면 손에 있는 것을 놓아야 해."

내가 너에게 사내이기를 포기하고 사촌 오라비이기를 선택한 것처럼. 강현은 뱉지도 못할 말을 속으로 중얼거렸다. 그런 강현에게 담월이 다시금 답을 구하듯 그를 올려다보았다.

"저는 어느 쪽을 선택하면 좋을까요?"

"네가 원하는 대로 해."

강현은 그녀의 얼굴에 내리쬐는 가을볕을 가려 주며 섰다. 드리운 그늘 아래로 선선한 바람이 불었다. 그의 미소만큼이나 부드럽고 서그러웠다.

"난 네가 어떤 선택을 해도 지지할 거야. 네가 나를 기억할 거라고 해 줬으니까.”

그 옛날의 말을 너는 기억하고 있을까. 역사가 바뀌어도 나는 영원히 네 소중한 오라비일 거라는 그 말을. 강현은 씁쓸하게 옛 기억을 곱씹었다.

“일단 탄헌군에게 수량을 늘려 달라고 얘기해 보는 건 어떨까?”

“수량을요?”

“우선은 정공법이지. 박 별제가 그랬잖아. 세자의 허락을 받아 온다면 해 주겠다고. 탄헌군 마마는 너를 꽤 귀애하는 편이니까 가서 여유분이 필요할 것 같다고 얘기하면 들어줄지도 몰라.”

귀애하다니, 담월은 지난번 탄헌군과 단둘이 있을 때를 떠올렸다. 장난을 치는 것인지 진심인 건지 모를 얼굴을 하곤 갑작스럽게 뒷목을 훑으며 들어와 어찌나 놀랐는지. 욱의 숨결이 닿은 목덜미가 화끈 달아올랐다. 담월은 난처한 듯 중얼거리며 강현의 소매 끝을 잡았다.

“같이 가시면 안 될까요? 저 혼자서 저하를 뵙는 건 좀…….”

“뭐야, 둘이 무슨 일 있었어?”

“으…… 그게요, 사실…….”

담월은 차마 둘러대지 못하고 지난번 탄헌군과 함께 있을 때 그가 자신을 어떻게 대했는지 얘기해 버리고 말았다.

“뭐야?! 시집도 안 간 처자한테 그게 무슨! 세자고 뭐고 내가 가서 당장—!!!"

강현이 이렇게 바락바락 화를 낼 거라곤 예상하지 못했지만.

"소리를 낮추세요, 오라버니—! 다 지난 얘기잖아요. 그냥 같이 가 주기만 해 주시면 돼요."

"야! 넌 화도 안 나냐! 아무리 그래도 그렇지!"

담월은 강현이 이렇게 화를 낼 줄은 몰랐기에 조금 당황하며 그를 애써 달랬다. 어차피 세자는 자기를 남자인 줄 알고 그러는 것 아니냐고 몇 번을 달래고 나서야 강현은 조금 진정했다.

"다음부터는 절! 대! 세자와 단둘이 있지 마. 가자!"

부탁을 하러 가는 것이 아니라 멱살을 잡으러 가는 듯한 기세에 담월은 발을 동동 구르며 강현의 뒤를 따랐다. 중화당에 도착했지만 탄헌군은 안에 없었다. 중화당 뒤에 있는 정자에 갔다는 말에 두 사람은 서둘러 그곳으로 갔다. 담월이 강현과 내기를 했을 때, 탄헌군과 경원대군을 동시에 만났던 곳이었다. 담벼락을 따라 뒷문으로 걷던 도중 담월이 쉿, 검지를 입에 대며 멈춰 섰다.

"누가 같이 있는 모양이에요."

두 사람은 소리를 낮추고 뒷문 옆의 담에 바짝 붙었다. 한동안 모든 자리에서 당당하게 사초를 기록해 왔다지만 몰래 기록을 하던 재주가 어딜 가지는 않았다. 담월과 강현은 조심스럽게 문 너머, 세자와 누군가가 대화를 하는 모습을 훔쳐보았다.

"옷을 보니까 의관 같은데요?"

"대조전을 다닐 때 본 적 있어. 전하의 탕약을 담당하는 내의야."

두 사람이 낮게 소곤거렸다. 그들의 방향에서 욱의 표정은 보이지 않았다. 대신 무척이나 난처한 기색인 내의의 얼굴은 뚜렷이 확인할 수 있었다.

"세 배의 약재를 올리라니요? 너무 효력이 강하지 않겠습니까?"

"난 분명 얘기하였다. 지금까지 차도가 없으시니 약을 강하게 쓰는 것은 당연한 일. 그렇게 어의에게 전하시게."

"저하. 전하께서는 이미 몸이 약해질 대로 약해지셨습니다. 아무리 좋은 약이어도 그렇게 강하게 쓰면 오히려 독이 됩니다."

의관이 다소 강경하게 뻗대었지만 곧바로 욱의 서슬 퍼런 목소리가 이어졌다.

"같은 말을 두 번 해야겠는가? 아바마마께서 깨어나지 못하고 계신지도 벌써 한 해가 되어 가네. 이제 비장의 처방을 써야 할 때가 온 것일 터. 아니면 여태까지 전하의 용태를 호전시키지 못했다는 죄목으로 내의원 전체가 벌을 받겠는가?"

저거 완전 협박이잖아, 강현이 중얼거렸다. 의관은 희게 질린 얼굴로 머뭇거리다가 물었다.

"혹 저하께서 다른 의도가 있으신 건……."

"만약 이번에 약을 써 전하께서 잘못되시더라도 그대들에게 책임은 묻지 않겠네."

"……알겠습니다."

탄헌과 의관의 대화는 끝났다. 담벼락에서 그들의 대화를 듣고 있던 담월과 강현의 표정이 심각해졌다. 약을 잘못 써서 임금이 잘못되더라도 책임을 묻지 않겠다니. 세자가 할 만한 말은 아니었다. 그러나 그 말이 가진 의미를 더 곱씹어 보기 전에, 그들은 뒷문으로 다가오는 탄헌군을 맞이해야 했다.

"자네들이 여긴 무슨 일이지. 사관을 부를 만한 일은 없었던 것 같은데."

욱은 건조한 시선으로 고개 숙인 담월과 강현을 내려다보았다. 강현이 먼저 운을 띄웠다.

"실은 청이 있어 왔습니다."

"이번에 실록을 만드는 데 종이가 좀 부족하지 않을까 싶어서…… 조지소에 추가로 종이를 더 생산할 수 있게 허락해 주셨으면 합니다."

"흐음—. 실록에 쓰이는 종이는 실록청에서 여유분까지 충분히 셈하여 만들고 있을 텐데."

"그, 그래도 혹시 부족한 사태를 미연에 방지했으면 해서……."

담월이 애써 탄헌의 물음에 답했다. 스스로 생각하기에도 너무 부족한 변명이었다. 서둘러 다른 이유를 생각해 내려고 머리를 쓰던 담월에게 탄헌이 물었다.

“그걸 허락해 주면 내게 뭘 해 줄 텐가?”

“뭐든 하겠습니다!”

생각 없이 던진 제안을 담월이 서둘러 물자 욱은 피식 웃었다. 어차피 실록의 제작은 탄헌이 무리해서 내린 명령이었다. 굳이 이렇게까지 하지 않아도 그 일에 필요하다면 까짓 허락쯤이야 쉽게 내어 줄 수 있는데. 딱히 장난을 칠 기분은 아니었지만 입매에 힘을 주고 눈을 동그랗게 뜬 담월을 보니 욱은 기분 전환이나 할 겸 농담을 던졌다.

“그럼 이건 어떨까. 추가로 종이를 더 받고 싶으면, 도 검열이 궁녀의 옷으로 여장을 해야만 찾아갈 수 있는 걸로 하지.”

“저하! 장난이 너무 심하십니다!”

강현의 성난 목소리에 탄헌은 미간을 찌푸렸다. 가볍게 한 번 농이나 치고 들어주려던 것인데 이런 반응이 되돌아오니 썩 기분이 좋지 않았다. 그는 짐짓 불쾌한 어조로 빈정거렸다.

“그대들이 아우의 사람이라는 건 내 잘 알고 있네. 내가 내 사람도 아닌 이들의 청을 들어주는데 그 정도 장난도 못 받아 준다면 어쩔 수 없지.”

“아, 아닙니다. 할 수 있습니다. 강 형, 왜 그러세요. 별로 큰일도 아니지 않습니까.”

어차피 여인이 여인 옷을 입는데 뭐가 문제라고, 담월이 강현을 곁눈질했다. 신물을 손에 넣는데 그 정도 일쯤이야 아무것도 아니었다. 강현은 그런 담월이 답답했다. 별것 아니라고 생각할 수도 있겠지만 담월이 여인이기에 더욱 위험한 일이었다. 지금처럼 남복을 하고 있으면 크게 티가 안 날 수도 있지만, 여복을 입는 것은 전혀 다른 문제였다. 남자가 여복을 하는 것과 여자가 여복을 하는 것의 차이가 얼마나 큰데, 의심하는 자가 생길 수도 있는 일이 아닌가.

"차라리 제가 하겠습니다."

"난 분명 도 검열의 여장을 보고 싶다 일렀는데. 강 검열은 글공부를 좀 더 하는 게 좋겠군. 그렇게 이해가 부족해서 어찌 사관의 일을 보겠는가."

강현이 나섰지만 욱은 그의 대답을 싸늘하게 거절했다. 모욕적인 말에 강현이 입술을 깨물었다. 하지만 어디까지나 주도권은 탄헌에게 있었다.

"추가로 종이를 찾아갈 때만 여장을 하면 되는 겁니까?"

"그렇게 얘기하니 조금 아쉽군. 내가 못 보는 경우도 있을 테니. 조건을 더 붙이지. 내게 한 번은 그 모습을 보여야 하네."

"저하, 지나치게 신하를 욕보이는 처사이옵니다."

강현이 다시금 소리를 내었지만 욱은 그 목소리를 무시하며 담월에게 시선을 돌렸다. 어찌하겠나, 는 눈빛에 담월은 고개를 끄덕였다.

"다른 신료와 함께인 자리만 아니라면 하겠습니다."

"좋네. 도 검열의 여인 차림을 기대하지."

탄헌은 그대로 중화당 안으로 들어가 담월에게 조지소로 보내는 교서를 적어주었다. 아주 꼼꼼하게 담월이 궁녀의 옷을 입고 있어야만 추가로 종이를 내주라는 내용까지 덧붙인 채였다. 왜 그렇게 생각 없이 세자의 농에 장단을 맞춰 주느냐는 강현의 잔소리가 이어졌지만 그래도 그녀는 신물의 종이를 얻을 수 있어 다행이라고 여길 뿐이었다.

요 근래, 강현은 계속 심기가 불편했다.

비록 병환으로 자리보전을 한 지가 오래됐다지만 아직 살아있는 왕의 실록을 편찬하고 있다는 것이 첫째요, 담월이 신물인 실록의 종이를 얻기 위해 세자 탄헌군과 말도 안 되는 거래를 한 것이 둘째였다. 그리고 지금, 이 세 번째 이유 때문에 그는 자리를 박차고 예문관을 나섰다.

"아오―!!! 돌아 버리겠군 정말!"

그답지 않게 상스러운 말까지 쓰면서 그는 속을 삭였다. 뒤따라 나온 담월이 걱정스러운 얼굴로 그의 어깨에 손을 뻗었다.

"괜찮아요?"

"넌 또 뭘 따라 나왔어? 들어가 봐."

어찌나 화가 났는지 담월에게까지 퉁명스러운 말이 돌아왔다. 강현을 달래 들어오라고 그녀를 내보낸 유정과 태진은 문가에 붙어서 상황을 지켜보고 있었다. 담월은 강현과 선배 검열들을 난처한 얼굴로 번갈아 보다가 한숨을 폭 쉬었다. 그리고 발돋움을 해 강현의 귓가에 속삭였다.

"그래도 오라버니가 없으면 일이 진행이 되질 않잖아요. 들어가요. 네?"

담월이 한쪽 팔을 붙잡고 한참을 매달리고 나서야 강현은 애써 못 이기는 척 다시 예문관으로 들어왔다. 그를 열 받게 한 장본인들은 강현이 들어오든 말든 아랑곳 않고 자리에서 일어나고 있었다. 그들은 바로 실록청의 사람들이었다.

"그러면 우리가 고른 내용들을 다시 필사해 두게. 다음번에는 실록청으로 오게나."

"네, 알겠습니다. 살펴들 가십시오."

유정이 평소와 달리 깍듯한 모습으로 실록청의 사람들을 배웅했다. 강현은 그들에게 인사도 하는 둥 마는 둥 하다가, 문이 닫히자 책상에 올라와 있던 사초를 한 움큼 쥐어 바닥에 내팽개쳤다.

"야! 강현! 너 이게 무슨 짓이야?!"

그 모습을 본 태진이 놀라 달려왔다.

"형님들은 화도 안 납니까? 저자들이 뭘 안다고 사초에서 뭘 신고 뭘 뺄지를 결정해요? 제아무리 세자의 사람들이라지만 너무 편파적으로 사초를 골라내는 거 아닙니까?"

강현이 화가 난 이유는 이것이었다. 실록청이 개설된 후, 모두가 짐작하던 대로 실록청의 관원들은 세자를 따르는 인사들 중심으로 채워졌다. 그들의 임무는 방대한 실록 중에서도 중요한 내용만을 가려내는 것으로, 예문관의 사관들은 그동안 기록한 사초를 그들에게 검사받는 입장이었다.

그리고 며칠째, 그들은 조금이라도 탄헌군에게 해가 되는 내용이라면 실록에 올릴 수 없다며 사초를 반려하고 있었다. 강현의 말이 조금 과격하긴 했지만 유정이나 태진도 그를 질책할 생각은 없는 모양이었다.

"세자의 입맛대로 역사를 기록하자고 있는 예문관이 아닙니다. 실록이 이따위로 만들어질 거면 전 차라리 관직을 그만두겠습니다."

"야, 현아. 일단 머리 좀 식히고 생각해. 어차피 실록을 만든다고 했을 때부터 예고된 일이었잖아? 좀 도가 지나칠 정도여서 그렇지."

유정은 덤덤한 목소리로 말하며 다가와 강현이 바닥에 던져버린 사초를 주워 정리했다.

"맞아. 게다가 저치들한테 통과가 된다 한들, 정승들이 버티고 있는 이차 검수 때 다 걸려 버릴걸. 벌써부터 열 낸다고 해결

되는 건 아무것도 없잖니."

"그러면 그냥 손 놓고 있으란 말입니까?"

"머리를 쓰란 말이야, 머리를."

유정은 강현이 던진 사초를 돌돌 말아 그의 머리를 툭툭 쳤다.

"오늘 우리가 탄헌군이 태어났을 때의 일을 통과시킨 것 봤잖아. 세자에게 어머니의 정체는 감추고 싶은 치부겠지만, 그렇다고 안 실을 수는 없는 얘기지. 그런 걸 잘 찾아서 찔러 넣으라고."

"그래요, 강 형. 우리가 할 수 있는 일이 있을 거예요. 같이 힘을 내요."

"원이도 저렇게 말하는데 선배인 네가 본보기를 좀 보여라, 응?"

유정과 태진은 그렇게 말한 후 오늘의 입시를 위해 예문관을 나섰다. 강현은 썩 내키지 않는 눈치였지만 다시 자리에 앉았다. 그리고 담월과 함께 수백 장의 사초가 점령한 책상 위를 정리하기 시작했다.

"하여튼, 난 세자가 역사가 뭔지 알기는 하는지 모르겠어. 지난번부터 도통 마음에 안 든다니까."

강현은 탄헌군이 담월에게 당치도 않은 요구를 했을 당시를 떠올리며 이를 아득바득 갈았다.

“저는 좀 이해할 수 있을 거 같은데요.”

“지금 이 사태가 이해가 간다고?”

“그분께 역사는 말하자면, 있는 그대로의 사실이 아니라 승자를 기리는 역사겠죠. ……힘 있는 자가 말하는 것이 곧 진실이 되는 방식 말이에요.”

“예상은 했지만 역시나 마음에 안 드는군.”

담월은 강현의 말에 입을 다물었다. 사실 그 형태가 다를 뿐, 그녀가 하려는 일도 탄헌군의 일과 별반 다르지 않았으니까.

“뭐, 그렇다면 형님들이 말하셨던 것처럼 어떻게든 탄헌군이 싫어할 만한 내용을 넣어 줘야지—.”

“그래도 중요한 사실만을 뽑는다는 본래의 목적은 잊지 마시구요.”

“사소한 일 가지고 싫어하겠어? 아주 중요한 일이지만 훗날 자기 명성에 도움이 안 될 얘기를 빼려고 하는 거겠지. 예를 들자면 정적인 누구를 독살했다든가— 아?!”

사초를 뒤적이며 말을 늘어놓던 강현은 문득 뭔가 떠올랐는지 퇴짜 맞았던 사료들을 꺼내 늘어놓았다. 갑작스러운 그의 행동에 담월은 영문을 모르겠다는 표정으로 그를 지켜볼 뿐이었다.

“……찾았다.”

“뭘 찾으셨기에 그래요?”

강현은 진중한 얼굴로 담월을 바라보며 무겁게 입을 열었다.

"어쩐지 이상하다고 생각했어. 아직 죽지도 않은 왕의 실록을 만들라고 명령하다니 말이야. 좌의정의 난 이후 경원대군이 득세를 하고, 세자빈은 회임을 했고…… 마음이 급했군."

"뭐예요, 혼자만 알지 마시고 저한테도 얘기 좀 해 주세요."

담월이 투덜거리자 강현은 미안하다며 자신이 보고 있던 사료들을 담월의 앞에 내밀었다.

"월이 너, 지난번에 탄헌군과 같이 있던 의관을 기억해?"

"네. 대조전의 의관이라면서요?"

"맞아. 그 사람이 전하의 탕약을 맡게 된 지가 벌써 칠 년쯤 됐지. 그 두 사람, 꽤 예전부터 자주 만났던 모양이야. 여기 승정원일기에 남아 있어."

담월은 강현이 내민 승정원일기를 바르게 놓고 읽어 내려갔다. 탄헌군과 의관의 만남은 단 한 줄뿐이었지만, 몇 년에 한 번씩 빼먹지 않고 기술되어 있었다.

"세자 마마께서 북쪽 전통의 비방으로 만들어진 약재를 올렸다는 내용이네요. 다른 내용들도 똑같아요. 이게 왜요?"

"좀 의심스럽지 않아? 세자와 전하 사이는 나쁘기로 유명하잖아. 전하가 세자를 싫어하는 만큼 세자도 전하를 싫어한다고. 그런 탄헌군이 전하를 위해 약재를 바쳤다?"

의구심 가득한 강현의 목소리에 담월은 불안함이 엄습했다.

짙게 그늘이 깔린 얼굴은 뭔가 깊게 생각하는 바가 있는 모양이었다.

"오라버니, 대체 뭘 생각하고 계신 겁니까?"

담월이 떨리는 목소리로 물었다. 강현은 덤덤하게 대답했다.

"전하가 쓰러져 있는 게 세자 때문일지도 모른다는 생각."

"그건 전 좌의정이 퍼트렸던 유명한 소문이잖아요."

"뜬소문이 아닐지도 몰라. 세자가 올렸다는 그 약재가 사실은 독이었다면 말이지."

강현이 말을 마치자 두 사람 사이에서는 정적이 흘렀다. 이 가설이 사실이라면 보통 큰일이 아니었다.

"어쩌죠? 지난번에 세자 마마가 세 배의 약을 올리라고 했잖아요. 전하의 상태가 위험해질지도 몰라요."

"위험한 정도가 아니라, 목숨이 오고 가는 얘기가 되겠지. 일단 아직까진 소식이 없는 걸로 봐선 아직 그 탕약이 올라가지 않은 모양인데."

"뭔가 방법이 없을까요? 그 의관을 만나서 설득을 해 본다든가……."

"통할 리가 없잖아. 그쪽은 세자의 압력을 직접적으로 받고 있다고."

으음—, 담월은 미간을 찌푸리며 생각에 잠겼다. 이대로 있다간 탄헌군의 임금 독살을 방조하게 될지도 몰랐다. 좋은 생각이 난 듯 담월이 아! 하며 탄성을 질렀다.

"예전에 익위사를 구했던 것처럼, 이 사초들을 조정에 올려 보면 어떨까요?"

"무리야. 그때는 광록대부가 도와준 데다 세자가 우리 편을 들어줄 이유도 있었잖아. 어떤 권력자가 뒷받침해 주지 않는다면 소용없어. 대군마마라 할지라도 이렇게 큰 건을 함부로 터트릴 수는 없다고."

괜찮은 방안이라고 생각했지만 역시 무리였다. 담월의 어깨가 축 처졌다. 무예라도 뛰어났다면 복면을 쓰고 그 약재를 다 훔쳐 오기라도 했을 텐데. 내게 뭔가 힘이 있다면…… 힘이…… 힘이……?!

"소원부를 쓰면 되지 않을까요?"

왜 그걸 이제야 생각했는지 모를 정도였다. 하도 주변에서 위험하니 가급적 쓰지 말라는 소리를 들어서인가. 옛날 옛적 아버지와는 사적인 일로 쓰지 않겠다 맹세를 했지만 이번에는 임금의 독살을 막는 일이었다. 마음속으로 거슬리는 것도 없이 충분한 명분이 있었다.

"그거 함부로 쓰면 너 몸져눕는다며?"

"의관이 약재를 올리지 않게 하는 정도로는 괜찮을 거예요. 내 붓을 어디 뒀더라?"

담월이 자리에서 일어나 필묵함을 찾으러 돌아다녔다. 강현은 사초가 잔뜩 쌓여 있는 책상 한구석을 치워 주었다. 그녀는 필묵함을 찾아 자리에 앉았고, 강현은 새 종이를 꺼내 깔아 주었다.

그녀는 크게 숨을 들이쉬고 붓에 먹을 적셨다. 본래대로라면 가문의 원수나 다름없는 왕이었지만, 그는 결의 아버지이기도 했다. 그가 담월처럼 억울하게 부모의 죽음을 맞게 하고 싶지 않았다. 그건, 무척이나 슬픈 일이었으니까. 왕을 살리는 것을 후회하지 않으리라, 굳게 다짐하고 담월이 붓을 들었을 때, 쾅— 소리를 내며 유정이 안으로 뛰어 들어왔다.

"권 형?"

"권 검열님?"

담월은 우선 붓을 내려놓고 일어났다. 예문관의 사람들을 믿기는 했지만 강현 외의 사람에게 소원부를 쓰는 모습을 보여 줄 수는 없었다. 유정은 어디서 도깨비라도 본 것 같은 얼굴로 입을 꾹 다물고 있었다. 한참을 뛰어왔는지 얼굴이 땀범벅이었다.

"왜 그렇게 얼굴이 질리신 겁니까? 형님 말버릇대로 어디서 대박 사건이라도 터졌나요?"

강현의 말에 유정은 겨우 입을 열었다.

"—사건이 터졌어."

"대체 무슨 일이길래요?"

"전하께서 승하하셨어……!"

대조전 앞에서 곡소리가 울려 퍼졌다. 내관이 붉은 용포를 들고 지붕 위로 올라가 북쪽을 바라보며 그 옷을 크게 흔들었다. 곡소리와 용포자락의 펄럭임이 떠난 임금을 애타게 불렀지만 떠난 하늘에서는 답이 없었다. 마지막으로 곤룡포를 바닥으로 떨어트리는 의식이 이어졌다. 펄럭―, 떨어지는 옷가지를 아래에서 기다리던 내관들이 받아 들고 시신을 덮기 위해 안으로 들어갔다. 한 명의 임금이 이렇게 생을 다했다.

담월은 대조전 앞뜰에 부복한 채 곡을 하는 신료들의 가장 끄트머리에 서 있었다. 그녀는 이따금 고개를 들어 결의 모습을 찾았다. 대조전 안, 아비의 시신 앞에 있을 결의 모습은 쉬이 보이질 않았다.

분명 무척이나 힘들고 마음 아파할 텐데…… 담월은 당장이라도 달려가 그의 곁에 있고 싶었다. 하지만 그럴 수 없는 상황이요 처지인 것을. 만약 그녀가 결의 내자였다면 지금 곁에서 같이 눈물을 흘리는 위로는 할 수 있었을까.

곡을 하는 목소리들이 쉬어갈 때가 되어서야 대조전의 문이 열리고 탄헌군이 모습을 드러냈다. 그는 국장을 위해 긴급히 상참을 열겠다는 말을 남기고 중화당으로 떠났다. 그 때문에 사관들도 서둘러 이동해야 했지만 담월은 차마 가지 못하고 서성였다. 그 모습을 본 강현이 그녀에게 다가왔다.

"대군마마를 뵙고 가려고?"

"네. 제가 위로가 될 수는 없겠지만, 그래도 얼굴은 보고 가고 싶어서요."

"그래. 상참에 갈 준비는 내가 하고 있을 테니까 늦지는 마. 첫, 조금만 빨리 눈치챘어도 늦진 않았을 텐데."

강현은 혀를 차고 담월의 어깨를 두드린 후 먼저 떠났다. 다른 신료들도 자리를 떠나는 와중에도 그녀는 꿋꿋이 결이 나올 때까지 기다렸다. 이윽고 대조전 앞뜰이 한산해지고 나서야 담월은 결이 나오는 모습을 볼 수 있었다.

"대군마마—."

"……아, 와 있었군요."

얼마나 울었을까, 그의 얼굴엔 눈물자국이 역력했다. 손을 뻗어 아직 속눈썹에 맺혀 있는 눈물을 닦아주고 싶었지만, 결을 따르는 내관과 궁녀들이 그의 뒤에 서 있는 채였다. 담월은 결에게서 이도저도 아닌 거리를 유지한 채 어쩔 줄을 몰랐다. 어떤 말을 건네야 결이 자신에게 버팀이 되어 주었던 것처럼, 그를 위로할 수 있을까.

그녀가 겨우 말을 정하고 입을 열던 순간, 결이 그녀에게서 고개를 돌렸다.

"미안하지만 지금은 돌아가 혼자 쉬고 싶습니다. 국장 문제로 예문관도 바쁠 텐데, 어서 돌아가세요."

약한 모습을 보이고 싶지 않다는 사내의 자존심일까, 결은 그늘진 옆모습을 보이며 그녀를 스쳐 지나갔다. 경원대군을 따르는 행렬이 이어지고 조용한 모래 먼지가 일었다. 길게 늘어지는 결의 그림자를 바라보며 담월은 겨우 짜냈던 위로의 말을 삼켰다. 먼지 속에서 숨을 쉬어서인지 입이 쓰고 깔끄러웠다.

"어떻게 그럴 수가 있지……!"

사라진 경원대군에 대한 안타까움과 서운함은 탄헌군에 대한 분노로 이어졌다. 제아무리 사이가 좋지 않았다곤 해도 엄연히 아버지인데, 그런 분을 독살하다니―! 임금에 대한 사사로운 원한보다도 탄헌군의 천인공노할 행위에 대한 울분이 담월의 마음에 가득 찼다.

중희당에서는 국장과 왕릉 조성에 대한 논의가 이루어졌다. 종친과 신하들은 머리를 풀고 상복을 입게 되었고, 왕자들은 삼일 간의 금식을 명받았다. 또한 백성들에게 가는 포고문도 작성되었다. 화려한 장식과 노리개 없이 흰 옷만을 입어야 하며, 삼개월 간 혼인이 불가했고 살생이 금지되었다. 한동안은 궐 내외를 막론하고 처연한 분위기가 나라에 감돌 터였다.

육조도 덩달아 바빠졌다. 병조에서는 혹시 모를 반란을 대비해 호위를 증강시키고 예조는 상례를 준비했다. 국장을 위한 삼도감도 설치되었다. 그러나 이 모든 일보다 중요하게 진행된 것은 바로 즉위식이었다.

"전하께서 따로 유언을 남기시지 않았으니, 세자 마마께서 계승을 하시는 것이 옳은 법도라 사료되옵니다."

영의정이 탄헌군의 즉위를 주창하자 우의정도 따라 재청했다. 그동안 중립을 지키고 있던 이들이었으나, 임금의 죽음으로 확연히 그 방향을 결정한 모양이었다. 사실 틀린 말도 아니었다. 별다른 유언이 있지 않고서야 욱이 용상에 오르는 것은 당연한 수순이었다. 좌의정의 자리에 오른 지 얼마 되지 않은 소선은 조용히 침묵을 지켰다.

"그러면 관례대로 엿새 후, 세자 저하의 즉위식을 준비하겠습니다."

예조 판서가 나서서 그의 즉위식에 대한 이모저모를 제안했다. 임금이었던 형원이 언제 숨을 다할지 모르는 상황이었기 때문일까, 대신들은 침착하게 상례와 즉위 예식에 대한 일을 논했다.

그 모든 것을 기술하고 있는 담월만이 손을 덜덜 떨며 이 작금의 상황에 대한 화를 겨우 억누를 뿐이었다.

'모두들 속고 있는 거예요! 당신들이 왕위에 올리려는 이 사람이, 임금을 독살했다고요!'

하지만 제아무리 당찬 그녀여도 아무도 믿지 않을 사실을 함부로 입에 올릴 순 없었다. 그녀는 피가 날 때까지 입술을 깨물고 상참의 내용을 기록하는 데 집중하려고 애를 썼다.

길었던 논의가 끝이 나고 담월은 깊게 한숨을 쉬며 자리를 정리했다. 서둘러 예문관으로 돌아가려던 그녀를 탄헌군이 불렀다.

"잠시 내 침전에 들렀다 가도록 하지, 도 검열."

"……무슨 하달하실 말씀이 있으십니까?"

"아니, 내가 아니라 그대가 내게 할 말이 있는 것 같아 말이지."

욱의 짙푸른 시선이 자신을 향하자 담월의 눈동자가 떨렸다. 그녀가 임금의 승하에 대한 비밀을 알고 있다는 걸 눈치챈 걸까? 만약 그렇다면 피해도 소용은 없을 터였다. 그녀는 잠자코 욱의 뒤를 따랐다. 중화당에 도착한 후, 담월은 긴장한 기색으로 욱의 앞에 앉았다.

"도 검열을 제외하고 다들 나가 보게."

욱의 말에 내관들이 자리를 비웠다. 담월은 초조한 시선으로 바닥을 긁었다. 지난번의 일도 있고 해서 단둘이 있는 상황은 원치 않았는데—! 이 사실을 얘기하면 강현이 또 얼마나 잔소리를 할지 눈에 선했다. 그녀는 슬쩍 고개를 들고 눈치를 보았다. 그래도 지금 막 상을 당한 입장인데, 지난번처럼 농을 치진 않겠지 싶었다.

"그래, 어디 하려던 말을 해 보게."

"별것은 아닙니다. 그래도 부친이 돌아가셨는데 마마께서는 조금도 슬퍼하시지 않는 것 같아……."

담월은 말을 흐렸다. 아무리 그래도 탄헌에게 당신이 임금을 독살한 것이 아니냐고 따질 수는 없었다. 무례한 질문이었지만 그는 피식 웃었다.

"그래, 슬픈 기색이 없어서 의심스럽던가? 아바마마의 죽음에 내가 관련되어 있는 게 아닐까, 그런 생각을 했다는 얼굴이로군."

담월의 이마가 땀으로 촉촉이 젖어갔다. 대체 욱은 그녀에게서 어떤 답을 듣고 싶은 걸까. 정말 의심하고 있다는 것을 드러내 보여야 하는 걸까, 아니면 그 의심을 거두라 협박을 받고 있으니 잠자코 있어야 하는 걸까. 신중하게 그의 의중을 헤아려 보며 침묵을 지키자 다시금 욱이 입을 열었다.

"아까 대조전에 들어갈 때 보았네. 그대 홀로 곡소리를 내지 않고 있더군."

그는 피곤한 기색으로 관을 벗었다. 그는 눈가를 짓누르며 그녀에겐 시선도 주지 않은 채 물었다.

"정말 아바마마께서 돌아가신 게 슬프긴 한 건가, 담월?"

담월은 순간 제가 잘못 들은 게 아닌가 자신의 귀를 의심했다. 하지만 다시 곱씹어 보아도, 담원이 아닌 담월이었다.

"무, 무슨 소리신지—."

바짝 얼어붙은 입이 겨우겨우 모르는 척 말을 뱉었지만 탄헌은 아랑곳하지 않았다. 그는 고개를 들고 담월과 눈을 마주쳤다. 나른한 미소에서 질책의 기미는 찾을 수 없었지만 그것이 담월을 더욱 두렵게 했다.

"아니면 내 아우가 슬퍼하기에 슬픈 겐가? 그 아이는 하늘이 무너지듯이 울더군. 하지만 그것은 결의 슬픔이지 그대의 슬픔은 아닐 텐데."

"소인은, 저하께서 무슨 말씀을 하시는지 모르겠습니다."

담월은 겨우 시선을 피해 고개를 숙였다. 쿵쾅, 쿵쾅, 심장이 목구멍 밖으로 튀어나올 듯이 뛰었다. 하핫, 탄헌군은 그 모습을 보며 가벼이 웃었다.

"어디부터 얘기를 해야 할까. 지난번에 내가 의관과 만나는 모습을 그대들이 본 것은 알았지만 그냥 두었네. 그대라면 진실을 알게 되더라도 발설하지 않을 거라고 믿었으니까. 아바마마께선 그대의 집안을 멸문시킨 원수이지 않은가?"

"……처음부터, 알고 계셨던 건가요?"

"결이와 그대가 유르지크를 도망시켰을 때, 그곳을 지키고 있던 관원들이 그날 찾아왔던 궁녀의 초상을 그려 올렸지. 그 얼굴이 그대와 똑 닮아서, 처음에는 혹 숨겨 둔 여동생이라도 있나 싶어 조사를 좀 해 보았네. 그러다 알게 됐지, 그대가 사라진 도규언의 여식 도담월이라는 것을."

그것을 알려 준 자는 주원이었다. 경원대군을 습격했을 때, 그가 같이 있는 여인을 '담월'이라고 불렀던 것을 주원은 기억하고 있었다. 그리고 그녀의 얼굴이 '도담원'과 똑같다는 것까지도.

"오히려 내게 고마움을 표시하지 않을까, 솔직히 조금은 기대하고 있었다고 말 하지."

"어째서 제가 마마께 감사해야 하는 거죠?"

"아바마마께서 그대의 아비에게 죄를 뒤집어씌웠으니까. 그런 원수를 처리해 준 내게 고마워하는 건 당연하다고 생각하는데."

"진실로 마마께서 전하를 독살하신 겁니까? 어째서 그런 짓을……!"

원수는 원수였다. 그러나 결코 이런 방식을 원한 건 아니었다.

"그대는 아비의 죄상을 밝히기 위해 남복까지 하고 이 궐에 들어왔겠지. 담월, 너도 네가 원하는 바를 위해 위험을 무릅썼다. 그것과 별로 다를 바가 없는 것 같은데. 그렇게 생각하지 않나?"

탄헌의 말에 담월은 꿀 먹은 벙어리가 되었다. 비록 탄헌군은 그녀의 소원의 힘에 대해서는 모르는 모양이었지만, 담월은 스스로 소원으로 역사를 바꾸고자 하는 일이 탄헌군의 방식과 닮았다고 생각해 왔으니까.

담월이 말이 없자 욱은 손을 뻗어 그녀의 작은 손을 쥐었다. 아비의 목을 조른 것이나 마찬가지인 비정한 손이었음에도, 그 또한 사람이라는 듯 온기가 흘렀다.

"너라면 날 이해할 거라고 생각했다. 그랬기에 여인임을 알면서도 그냥 너를 내 곁에 두었지. 그 당돌함이 어디까지 가는지가 궁금하기도 했지만."

"……저하."

담월이 곤란한 목소리로 그의 손에서 제 손을 빼내려고 했지만 그럴 수가 없었다. 이처럼 피곤하고 힘든 기색이 역력한 채, 그녀의 작은 손을 부드럽게 쥐고 있을 뿐인데도. 어쩐지 이 손을 놓을 수 없을 것 같은 기분이 들었다.

"일전에 얘기한 적이 있지. 세자빈은 나에 못지않은 강한 면모를 가진 사람이라고. 그 사람은 내 약한 모습을 인정할 줄을 몰랐다. 아우도 마찬가지지. 그들은 늘 나를 태양과 같이 대했어. 내게 그늘이 있을 거라고는 생각하지 못했지. 그들과 함께일 때, 나는 자부심을 느끼면서도 늘 지쳐 있었다. 그늘을 겪어본 적 없는 사람은 뼛속까지 스미는 서늘함을 모르니까."

아, 이것이 이 사람이 가진 약함의 정체였구나. 담월은 속으로 탄식했다. 그녀가 보아 왔던 욱의 그늘은 그녀의 착각이 아니었다. 부왕의 증오와 세간의 무시에 상처 받았던 그의 어린 시절이 덧씌워진 것처럼, 욱은 그 어느 때보다도 부드럽고 여리게 말을 이었다.

"그러다 너를 만났다. 무도한 힘이 어린 시절을 헤집었지만 그래도 꿋꿋이 원하는 바를 향해 나아가는 너를."

담월은 입술을 꾹 깨물었다. 그의 다정함에 마음이 휩쓸릴 것 같았다. 부왕을 시해한 것은 결코 이해할 수 없었지만, 그 어린 마음의 처절함과 슬픔은 이해할 수 있을 것 같았다. 욱의 말처럼.

“이상하게도 네 옆에 있으면 내 모든 걸 털어놓게 되곤 했지. 내겐 그런 그늘이 필요하다. 내가 왕위에 오른 후에도, 어떤 형태로든 너를 내 곁에 두고 싶어. 원한다면 계속 예문관의 사관으로서 나를 보필해도 좋다.”

그렇게 말하며 욱은 담월의 작은 손 마디마디에 제 손을 끼웠다. 놓치지 않겠다는 듯 탐욕을 드러낸 손가락이 힘주어 그녀의 손등을 쓸었다.

“내 옆에 오기로 결정한다면, 즉위하는 즉시 네 아버지의 죄를 사해 주마.”

그녀에게 확실한 대답을 요구하는 말이었다. 담월은 쉽게 답하지 못하고 입술을 달싹였다. 그녀의 답을 기다리는 욱의 표정은 여유로웠지만 담월의 손을 감싼 그의 손에는 땀이 배어나고 있었다. 그리고 드디어, 담월이 입을 열었다.

“세자 저하. 저는, 용기 있는 것과 비열한 것은 다르다고 생각합니다. 저는 자신을 위해 남을 버리는 것은 이해할 수 없습니다.”

“—그 말인즉, 이 내가 비열하다는 거군?”

말이 떨어지기가 무섭게 담월의 손을 쥔 탄헌의 손에 무섭도록 힘이 들어갔다. 뼈마디가 부러질 듯이 아파왔지만 담월은 꾹 참았다. 입안을 꾹 씹으면서 버텨 보았지만 신음 소리가 새어 나갔다. 그 모습을 차갑게 내려다보던 욱은 그제야 그 손을 놓아주었다.

"그 무례함은 이번 한 번만 용서하도록 하겠다. 물러가라."

담월은 숨을 몰아쉬며 겨우 자리에서 일어났다. 손의 뼈마디가 얼얼했다. 하마터면 부러져 붓을 잡지 못할 뻔했다는 생각에 담월은 모골이 송연했다. 서둘러 중화당을 빠져나가는 그녀의 뒷모습에 서늘한 욱의 말이 달라붙었다.

"대답은 즉위식 날까지 기다리도록 하지."

담월은 서둘러 예문관으로 돌아왔다. 아직까지도 탄헌군의 시선이 등 뒤에 달라붙어 있는 것처럼 등줄기가 서늘했다. 하지만 그녀는 애써 아무 일 없었다는 듯 예문관의 문을 열었다. 또 무슨 일이 있었다는 걸 강현이 알았다간 그는 정말 뛰어가서 욱의 멱살을 잡을 것 같았으니까.

"저 왔습니다—, 왜 그렇게 다들 심각하세요?"

그러나 강현은 지금 담월의 일에 신경 쓸 상황이 아닌 듯했다. 강현뿐 아니라 나머지 두 검열도 무척 진지한 표정이었다. 강현은 그녀에게 문을 닫고 들어오라 손짓했다.

"세자가 전하를 시해했을지도 모른다는 말씀을 드렸어."

"그게 진짜라면 정말 심각한 문제야. 왜 세자가 무리해서 실록의 제작을 강행했는지 이제 이해가 가는군. 더 이상 실록에 남을 일이 벌어지기 전에 서둘러서 흠결 하나 없는 왕이 되려고 했던 모양이지."

"하지만 심증만으로는 어떻게 할 수 있는 게 없잖아?"

태진의 말에 유정도 동의했다. 이렇다 할 물증도 증인도 없는 상황에선 이런 말을 꺼내는 것 자체가 위험한 일이었다.

"……사실이긴 할 거예요. 좀 전에 탄헌군 마마에게 불려갔다가 얘길 들었어요."

"뭐? 진짜야?"

"자기편이 되어 달라며 얘기하셨어요. 하지만 제가 들은 것만으로는 어떻게 증언이 될 수는 없을 거예요."

담월이 어깨를 축 늘어트렸다. 그 말에 강현은 턱을 매만지며 생각에 잠겼다가 입을 열었다.

"지금이라도 대군마마께 말씀을 드려 볼까?"

하지만 담월이 고개를 저었다. 아까의 반응을 봐선 결에게 뭔가를 기대하긴 어려워 보였다. 부친을 막 잃은 그에게 그 흉수가 그토록 따르던 형님이었다는 말을 어떻게 할 수 있을까.

"지금은 그런 말을 들을 정신이 없으실 거예요."

"그렇다면 방법은 하나뿐이네."

"현이 너 설마, 탄헌군의 흉계를 알리는 벽보를 붙이려는 거냐?"

유정의 표정이 어둡게 굳었다. 혹시나 하는 말에 강현은 쐐기를 박았다.

"그거 외에 다른 방법이 있습니까? 아까 긴급 조회 때 두 정승이 탄헌군의 편으로 돌아섰다는 얘기를 들었습니다. 누가 우리 편이 되어 줄지 모르는 판국에 아무에게나 증거들을 들고 가느니 그 편이 훨씬 확실합니다."

"네 말이 일리는 있지만, 너무 위험해. 이 상황에서 그런 벽보를 붙였다간 끌려가서 문초를 받을 거라고."

"그치만 방법이 없지 않습니까!"

"잠깐만요, 강 형. 이쪽으로 좀 오세요."

얘기를 듣고 있던 담월이 강현의 팔을 잡고 구석으로 그를 끌었다. 강현은 왜 그러냐며 순순히 끌려와 주었다. 그녀는 살짝 발돋움을 해 그의 귀에 속삭였다.

"실록의 종이만 완성되면 소원을 빌어 역사를 바꿀 겁니다. 그러면 될 텐데 굳이 위험하게 벽보를 붙이실 필요는 없어요."

"……바보야, 그쪽이 더 위험하게 들린다고."

강현은 손가락으로 담월의 이마를 톡 두드렸다. 그리고 허리를 숙여 작게 속삭였다.

"너도 아직 지나간 역사를 바꿔 본 경험은 없잖아. 지난번에도 그랬지. 어떤 결과가 나올지 장담할 수가 없어서 두렵다고 말야."

"그건 그랬지만—."

"설사 그런 방법이 있다고 하더라도, 눈앞에서 이런 불의의 역사가 세워지는 걸 마냥 지켜 볼 수만은 없어."

담월은 강현을 막을 수 없음을 깨달았다. 사내가 한번 다짐한 뜻을 어찌 돌려세우겠는가. 더 이상 말리는 것이 오히려 실례가 되는 일이었다. 강현은 다시 유정과 태진의 앞으로 왔다.

"그럴 거면 같이 하자고. 벽보 쓰는 것도 일인데, 하나보단 두세 명이 같이하는 게 더 빠를 거 아냐? 설득력도 있을 테고."

담월과 강현이 귓속말을 나누는 동안 그 둘도 얘기를 마친 모양이었다. 태진도 결심했다는 듯 고개를 끄덕였다. 그러나 강현은 고개를 저었다.

"만약 일이 잘못되더라도 저 혼자의 이름으로 벽보를 붙였다면 저 하나로 끝날 수 있습니다. 하지만 두 명 이상의 검열이 이 일에 관여한다면 예문관은 끝입니다. 형님들은 남아서 예문관을 지켜 주셔야 합니다. 두 분은 예문관의 일에 대해 더 많이 아시니 제가 위험을 부담하는 것이 맞지요."

"그러면 제가 하면 되지 않겠습니까!"

담월이 나섰지만 강현은 그마저도 거절했다.

"너한테는 그보다 더 중요한 사명이 있잖아? 그쪽에 신경 쓰라고. 만약에 모든 것이 잘못됐을 경우에, 믿을 건 너밖에 없으니까."

그렇게까지 얘기한다면 담월은 할 말이 없었다. 그녀가 꿍한 얼굴로 물러서자 유정이 탐탁찮은 얼굴로 말했다.

"……좋아. 대신 적어도 돕게는 해 줘. 후배한테만 맡기자니 자존심 상한다고."

"그래. 그냥 대자보만 붙인다고 해서 끝날 일이 아니잖아? 시장 상인들에게 소문을 내는 건 내게 맡기라고. 자고로 이런 건 세간의 풍문에 한 자리를 잡아야 힘이 생기는 법이니까."

"그러면 저는 자보 쓰시는 걸 도울게요!"

강현의 고집 때문에 벽에 붙일 투서에 이름을 적는 것은 강현 혼자가 되었지만, 모두가 나서 그의 일을 나누었다. 혼자서 며칠 내로 해낼 수 있는 일이 아니었으니까. 그들에게는 시간이 별로 없었다.

"세자의 즉위는 엿새 후입니다. 즉위식이 치러진 후에는 더는 방도가 없을 수도 있어요. 왕자를 고발하는 것과 왕을 고발하는 것은 엄연히 다른 문제니까. 서둘러야 합니다."

그들은 강현의 말에 고개를 끄덕인 후, 사초에서 탄헌군을 고발할 내용을 샅샅이 뒤져 골라내기 시작했다.

임금인 형원이 서거한 지 닷새째, 결은 아침부터 일찍 일어나 있었다. 빈전도감에서 내일 입을 상복을 완성해 왔기에 미리 입어 보기 위해서였다. 흰 무명으로 된 최복(衰服)을 갖춰 입고 나자 정말 부왕이 승하했다는 실감이 났다. 비록 누군가에겐 증오의 대상이요, 결에게도 해명할 것이 많은 이긴 했지만 누구보다도 자신을 아꼈던 아비였기에 그는 마음이 무거웠다. 그리고 동시에, 형님인 탄헌이 내일 임금으로 즉위한다는 사실도 다가왔다.

좌의정의 난을 평정한 이후 자신의 세를 불려 탄헌군과 동등하게 맞서 보려고 했지만 너무 운이 없었다. 이 시점에 부왕이 승하할 거라고는 생각지도 못했으니까. 임금의 자리에 올라 담월과 그 가족의 누명을 벗겨 주겠다는 약속은 이루지도 못한 채 끝나게 되는 것일지. 결은 여러 가지 생각으로 마음이 복잡했다.

"옷을 갈아입고 빈전으로 가겠다."

결의 말에 궁인들이 서둘러 환복을 도왔다. 옷매무새를 가다듬은 후 그는 임금의 시신을 모셔놓은 빈전, 대조전으로 향했다. 그런데 궐내의 분위기가 이상했다. 내관이며 궁인들은 저들끼리 모여 수군거리고 있었고, 대신들은 저마다 큰 종이를 붙들고 그 안의 글씨를 읽기 여념이 없었다. 며칠간 임금의 승하로 궐내의 분위기가 어수선하긴 했지만 그것과는 느낌이 달랐다.

"그대들이 보고 있는 내용이 무슨 내용입니까?"

결은 가장 가까이에 있는 신하들에게 다가갔다. 그들은 화들짝 놀라 결에게 허리를 숙이며 대답했다.

"……좀 흉한 일이라 모르시는 게 나을 듯합니다."

"모르는 게 나을 거라니, 그런 게 어디 있습니까. 상세히 얘기하십시오."

모두가 대답을 주저하던 중 한 사람이 나서서 결에게 상황을 설명해 주었다.

"오늘 아침 대궐 벽부터 시장에 이르기까지 투서가 붙었습니다."

"투서가? 무슨 일이기에 이 어수선한 시국에 그런 벽보가 붙는단 말입니까?"

"그것이…… 탄헌군 마마께서 전하를 독살하도록 사주했다는 내용의 벽서입니다."

누가 누구를 독살했다—? 결의 미간이 눈에 띄게 찌푸려졌다.

"그 벽보 좀 줘 보세요."

신하들이 머뭇거리며 그 투서를 결에게 내밀었다. 벽보는 결도 익히 아는 사람의 이름으로 시작했다.

예문관 검열 강현 삼가 여러 대신들께 이번 전하의 승하에 미심쩍은 부분이 있음을 아룁니다. 소인은 지난 몇 년에 걸친 사초에서 세자가 의관 김우식을 만나 수상한 약을 전했다는 사실을 찾아냈으며, 그것이 전하께 독으로 작용하였음을—.

결은 그 투서의 내용을 읽다가 그만두었다. 내용도 내용이었지만 무엇보다도 결의 시선을 사로잡는 것이 있었다. 그것은 이 투서의 서체였다. 이것은 분명 담월의 글씨였다. 이 일에 그녀가 연루되어 있는 것이 틀림없었다.

"이 벽보가 어디까지 퍼진 것입니까?"

"지금 근위병들이 남은 것은 전부 벽에서 떼어 냈습니다. 세자 저하께는 좀 전에 전달이 되었고, 해괴한 소문을 퍼트린다 하여 강 검열을 잡아들이라는 명령이 의금부로 내려간 참입니다. 듣기로는 죽지만 않으면 팔다리 하나쯤은 다쳐도 괜찮다는 사족이 붙었다더군요."

결은 화급히 빈전으로 가던 방향을 옮겼다. 돌아가 옷을 갈아입고 궐을 나가 담월을 찾아내야 했다. 지금 이 투서에는 강현의 이름밖에 없었지만, 누군가 결처럼 그녀의 글씨를 알아보는 이가 있을지도 몰랐다.

'바보같이, 이런 일이 있으면 내게 얘기를 했었어야지……!'

하지만 뒤늦게 후회해도 소용없었다. 그가 할 수 있는 건 오직 담월과 강현의 소재를 의금부의 나졸들보다 빨리 파악하는 것뿐이었다.

의금부의 나졸들은 크게 소리를 지르며 저잣거리를 뛰어다녔다. 그 숫자가 얼마나 많은지 한 거리 너머에서도 나졸들이 뛰어 다니는 땅울림이 느껴질 정도였다. 큰 대로에서는 아예 사람들을 줄지어 세워 놓고 신원을 확인하고 있었다. 쓰개치마를 쓰고 길가의 동태를 살핀 담월은 조심스럽게 깊숙한 골목으로 돌아왔다.

"이제 조금만 더 가면 되는데…… 당장 바로 앞의 길목을 넘어가는 게 문제네요."

담월은 걱정스러운 얼굴로 강현을 보았다. 그는 머리를 풀고 삿갓을 깊게 눌러쓴 채였다. 지닌 것은 봇짐 하나요, 낡은 흰 옷을 입은 행색이 양반이라기보다는 영락없는 방랑 거사였다. 담월도 혹시 얼굴을 아는 인사가 알아볼까 싶어 여복을 하고 나온 차였다.

"수염 씨를 안가에 두고 온 게 천만다행이군. 조심해야 될 때는 본능적으로 아는 것 같지만, 이런 상황에서 그런 사람을 데리고 다니는 건 부담이니까 말이야."

"아, 나졸들이 다른 골목으로 사라졌어요. 서둘러요."

두 사람이 대로를 지나가려는 순간, 누군가 담월의 팔을 붙잡았다.

"찾았다―."

그녀는 화들짝 놀라 뒤를 돌아보았다. 너무 놀라 소리도 나오지 않았다. 평소에 궐 밖으로 나올 때 입던 것보다 훨씬 수수한 차림의 결이 그곳에 있었다.

“역시, 두 사람 여기에 있었습니까?”

“대군마마!?”

“마마께서 여긴 어찌…….”

담월과 강현이 놀라 물었지만 결은 우선 그들의 팔을 잡고 다시 안쪽으로 끌었다.

“쉿, 목소리를 낮춰요.”

아까 길에서 사라졌던 나졸들이 다시 반대쪽 길을 지나가고 있었다. 그들이 완전히 사라진 후에야 담월은 다시 물었다.

“저희가 여기 있는지는 어떻게 아셨어요?”

“강 검열의 집은 이미 의금부의 사람들이 가득하더군요. 시간을 따져 보니 아직 도성을 빠져나가진 못했을 거 같고, 일단 내 안가로 향하고 있는 게 아닐까 해서 이쪽으로 오는 길을 쭉 따라오고 있었습니다.”

결의 말이 정답이었다. 벽보를 붙인 후 빠르게 짐을 챙겨 결의 안가로 도망쳤다가, 도성의 어수선한 분위기가 가라앉으면 성문을 빠져나가는 것이 그들의 계획이었다. 다만 예상보다 추격 명령이 빨리 떨어졌다. 원래대로라면 벌써 안가에 도착해 있어야 할 시간이었다.

강현이 결에게 궁금했던 점을 물어보았다.

“궐내의 분위기는 어떻습니까?”

"어떻긴요. 무척 어수선합니다. 일단은 누구도 그걸 사실로 받아들이고 싶지 않아하는 분위기입니다. 사실이라 한들, 당장 내일이 즉위식이니까요."

"그렇군요…… 누구 하나는 나서리라 생각했는데."

강현이 아쉬워하자 결이 답답하다는 듯 탄식했다.

"대체, 그런 일이 있으면 나한테 왔어야 하는 거 아닙니까? 내가 그대들에게 그토록 신뢰를 주지 못하는 사람이었다니."

"결, 그런 게 아니라……."

담월이 애써 변명하려 했지만 결이 손을 내저었다.

"물론 상심한 나를 배려했다는 건 알겠어요. 하지만 사안이 사안이니까요. 그보다, 강 검열이 쓴 내용은 정말 사실입니까?"

"네, 사실입니다. 월이는 세자에게서 직접 독살을 시인하는 말을 들었다고 하더군요."

담월이 고개를 끄덕였다. 혹시나 했던 결의 얼굴에 씁쓸함이 어렸다. 목적을 이루기 위해서라면 다소 과하게 손을 쓰는 형님이라는 것은 알고 있었다. 하지만 그것이 혈육에게까지 미치다니…… 언제 자신도 그런 처지가 될지 모른다는 생각에 결은 소름이 돋았다. 이젠 정말, 욱을 형님이 아니라 베어야 할 적으로 보아야 하는 것이다.

"일단, 서둘러 안가로 도망칩시다. 이렇게 있다가는 들통 나겠어요."

그는 애써 쓰린 속을 달래며 몸소 나섰다. 골목 앞까지 나가 나졸들이 사라졌음을 확인한 후 그는 담월과 강현에게 손짓했다. 두 사람은 곁을 따라 대로 너머의 골목으로 바삐 걸음을 옮겼다. 그때,

"거기, 잠깐 멈추시오!"

어디서 나타난 것인지 나졸 하나가 그들을 불렀다. 분명 다들 다른 골목으로 간 줄 알았더니, 인파에 섞여 한 명이 남아 있었던 모양이었다.

"어쩌죠?"

담월이 걸음을 멈추지 않으며 물었다. 여기서 서지 않으면 의심을 살 터였다. 강현은 주변을 둘러보았다.

"안가까지 얼마 남지 않았는데, 뛰는 게 낫지 않겠습니까?"

"그럽시다. 어차피 저자가 다른 이들을 불러도 모이는 데 시간이 꽤 걸릴 겁니다. 저 거리 너머의 인파 속으로 숨지요."

"이보시오—! 거기 멈추라니까!"

세 사람은 뒤의 나졸이 부르는 소리에도 멈추지 않고 더욱 걸음을 빨리 했다. 담월도 치마를 모아 쥐고 뛰듯이 걸었다. 골목에 지나다니는 사람이 꽤 많았기에 그들을 쫓아오던 나졸은 사람 속에 섞여 빠져나오지 못하고 있었다.

"좋아, 따돌린 것 같군요."

그러나 문제는 골목을 빠져나왔을 때 발생했다. 이전의 거리

에서 사라졌던 나졸들이 그들이 빠져나온 대로에서 행인들을 확인하고 있었다. 그리고 뒤에서 큰 외침이 들려왔다.

"도망치는 자가 있다! 저기 세 남녀를 잡아라—!!!"

그 목소리에 대로에 있던 나졸들의 시선이 그들에게 모였다.

"뜁시다!"

결의 외침이 허공 속으로 흩어지기도 전에 세 사람은 재빨리 뛰었다. 방향은 안가가 있는 쪽이었다.

"수상한 자다, 잡아라—!!!"

"도주하는 강현을 잡으면 세자 저하께서 큰 포상을 내리신다고 했다!"

나졸들이 벌떼와 같이 그들의 뒤를 따랐다. 담월은 숨을 헉헉 몰아쉬며 뛰었다. 도망치는 것이라면 자신이 있다고 생각했는데, 도성 생활을 일 년 남짓 했다고 뛰는 것이 예전 같지가 않았다. 치마가 아니라 남복이었으면 훨씬 나았을 텐데……! 하지만 그녀는 이를 악물고 뛰었다. 자신 때문에 발목을 잡힐 순 없었다.

골목에서 골목으로 옮겨 다니며 그들은 열심히 도망쳤다. 하지만 그들의 소란이 도성 안의 나졸들을 전부 불러 모으고 있는지, 이 골목으로 들어서도 저 골목으로 들어서도 군관들이 길을 막아섰다. 택할 수 있는 길은 점점 적어지고 있었다. 바짝 좇아오던 이들은 이제 손에 들고 있던 육모방망이마저 그들을 향해 던지고 있었다.

'이대로 가다간 셋 다 잡힌다.'

강현의 머릿속으로 그런 생각이 스쳐 지나갔다. 조금 더 가면 경원대군의 안가가 있었지만 안가는 어디까지나 알려져 있지 않을 때나 안가였다. 이렇게 군관들을 줄줄이 이끌고 가면 소용이 없었다.

순간 뒤에서 나졸이 던진 육모방망이가 퍽, 하고 강현의 뒷머리를 맞췄다. 그 충격에 삿갓이 나가떨어졌다. 그는 머리를 부여잡으며 휘청거리면서도 앞을 향해 달렸다.

"크윽—!"

"저자가 강현이다! 저자를 잡아라!"

삿갓이 벗겨져 얼굴이 드러나는 바람에 군관 중 하나가 강현을 알아보았다. 뒤에서 쫓아오는 이들의 기세는 더욱 거세졌다. 뛰면 뛸수록 강현은 머리가 어지러웠다. 눈앞이 흐려왔다. 아무래도 아까 방망이에 머리를 맞았을 때 급소에 가까운 곳을 맞은 모양이었다.

'만약—, 여기서 셋이 다 잡히면 큰일이야. 나는 물론이고 대군마마는 주모자로 몰리겠지. ……월이도 무사하지 못할 거다.'

그 와중에 또다시 방망이 수 개가 날아들기 시작했다. 좀 전에 강현을 맞추었기 때문인지 더욱 힘 있게 날아오고 있었다. 강현은 그중 담월을 맞출 듯 날아오던 것을 향해 몸을 날렸다.

"오라버니!"

"강 검열!"

방망이에 어깨를 맞은 강현은 그 자리에서 쓰러졌다. 다시 몸을 일으키려고 했지만 쉽지 않았다.

"전 두고 도망치십시오, 이대로는 모두 붙잡힙니다!"

강현의 말에 결의 눈동자가 떨렸다. 그는 지금 스스로 미끼가 되어 두 사람을 도망치게 만들려고 하고 있었다. 그의 눈에 서린 결심을 본 결이 담월의 팔을 붙잡았다. 나졸들은 코앞까지 와 있었다. 고민을 할 겨를이 없었다. 하지만 그들의 뜻을 순순히 따를 담월이 아니었다.

"오라버니를 두고 갈 수는 없습니다! 일전에 다하지 못한 소원이 있지 않았습니까!! 이번에 들어 주세요, 같이 도망쳐요!"

그녀는 결의 손에 끌려가면서도 강현에게 손을 뻗었다. 하지만 그는 쓰게 웃었다.

"담월아, 아무래도 그건 그때 들어준 것으로 하자."

그녀의 표정이 파사삭 부서졌다.

"마마, 담월이를 부탁합니다!"

"알겠네!"

결이 담월의 팔을 잡아끌었다. 나졸들은 목전에 와 있었다.

"월아, 살아야 한다! 살아, 살아서—!"

행복해져야 한다, 담월아.

강현은 울며 멀어지는 담월의 얼굴을 보며 중얼거렸다. 그녀가 자신을 위해서는 저렇게 울어 주는구나, 그 얼굴을 마음에 새기고 또 새기면서.

넌 처음엔 참으로 고까운 녀석이었다. 세상 물정도 모르는 것이 매사 무서운 줄도 모르고 나서기만 하고, 그런데도 곧잘 해내는 것을 보면서 나는 너를 질투했다. 하지만 인정할 수밖에 없었지. 네 진지한 자세를 보면서, 그리고 점점 예문관의 위상을 올리는 것을 보면서.

너는 내게 학문으로서는 적수요, 사관으로서는 지기였다. 그런 주제에 사내라면 응당 해내야 할 것들은 또 모자라서 괜히 마음 쓰게 하는 녀석이었지.

그는 자신의 어깨에 맞아 떨어져 나간 육모 방망이를 쥐어 들었다. 아직 머리가 어지럽고 어깨가 시큰거렸지만 담월과 경원대군이 무사히 빠져나가려면 그가 조금 더 버텨야 했다.

"그래, 내가 강현이다! 나를 잡아라! 잡을 수 있다면!"

제대로 무예를 배운 적이 없었기에 방망이는 이리저리 방향을 잃고 휘둘러졌다. 그렇지만 나졸들은 쉽게 그를 넘어 담월과 결을 추격할 수 없었다.

끝내 마음에 품고 갈 여인이었다, 너는. 글쎄, 네가 내 사촌누이만 아니었다면 한 번쯤 미친 척 너를 마음에 품고 있다 얘기할 수 있었을까. 우리가 혈연이 아니었다면 너는 한 번이라도 나를 애틋해했을까.

그래도 우리는 뜻이 잘 맞는 편이었잖아. 누구보다 많은 시간을 함께했었지. 어쩌면 세간의 눈 따위는 모른 척하고 우리는 정인이 될 수도 있었을 테다.

하지만 담월아, 나는 그럴 만한 용기가 없었다. 일가가 무너지고 다른 이름을 쓰며 사는 너를 눈 딱 감고 내 것으로 만들 수도 있었겠지만 그럴 수가 없었다. 유일한 혈연이라며 내게 기대는 네게 차마 그럴 수가 없었다. 네 기대, 신뢰를 무너트릴 수가 없었어. 그래서 내가 널 위해 할 수 있는 건 고작 이런 것뿐이구나.

월아. 다음 생이라면 내게 한 번만 애틋해 줄 테냐.

강현의 팔에서 점점 힘이 풀려 갔다. 그가 휘두르는 방망이를 피한 나졸 하나가 그의 품으로 파고들어 가슴팍을 후려쳤다. 그와 동시에 수십의 나졸이 방망이를 들어 그를 후드려 팼다.

"강현을 잡았다!"

강현은 온몸에서 느껴지는 통증에도 정신을 놓지 않으려고 애를 썼다. 그리고 모든 나졸들이 강현을 잡았다는 사실에 담월을 추격하지 않고 있는 것을 확인한 후, 그는 그제야 안심하고 눈을 감았다.

강현의 희생으로 담월과 결은 무사히 그 자리를 벗어났지만, 그렇다고 해서 그들의 도주가 쉽게 풀린 것은 아니었다. 계속해서 뒤를 돌아보며 걸음이 늦어지는 담월을 끌고 안가까지 도착한 결은 미간을 찌푸렸다. 벌써 이쪽에도 나졸들이 깔려 있었다.

"그자와 함께 도망치던 자들이 이쪽으로 향했다고 한다! 샅샅이 뒤져라!"

이대로 안가로 갔다가는 자칫 붙들릴 수도 있었다. 결은 담월을 팔을 끌며 방향을 옮겼다.

"여기는 안 되겠습니다. 다른 쪽으로 가죠."

"갈 수 있는 곳이 있나요?"

"나를 믿고 따라와 주세요, 담월. 강 검열이 내게 부탁한 것이 아니더라도 그대가 붙잡히게 하진 않을 것입니다."

결의 말에 담월은 고개를 끄덕이고 그의 뒤를 따랐다. 한참을 돌고 돌아 도착한 곳은 일전에도 와 본 적이 있는 결의 사가, 경운궁이었다.

"세상에, 마마! 기별도 없이 경운궁엔 어쩐 일이십니까? 옷차림은 또 왜 이러셔요?"

경운궁의 궁인은 그들을 서둘러 문 안에 들였다.

"내 옷을 한 벌 가져오고, 이 여인에게도 갈아입을 옷을 내주시오. 달려오느라 많이 엉망이 됐으니…… 그리고 누군가, 특히 의금부의 관원들이 들어오기를 청한다면 절대 들이지 마세요."

결은 단호하게 명령을 내렸다. 갑작스러운 주인의 방문에 궁인들은 바삐 움직였다. 그는 담월을 데리고 가장 안쪽의 전각으로 향했다.

"일단 이곳에 있으세요. 강 검열이 끌려갔으니 아마 예문관의 사관들 모두 일에 가담했다는 의심을 받을 터, 일이 잠잠해질 때까진 숨어 있는 게 좋을 거예요."

"하지만 현이 오라버니는 어쩌죠? 결, 제발 그를 살려 줘요……!"

담월이 결의 팔을 붙잡으며 애걸했다. 그는 담월을 끌어안으며 그녀를 달랬다.

"일단 담월의 안전이 우선이에요. 그대까지 붙잡힌다면 강 검열의 마음도 편치 않을 겁니다. 나도 우선 나졸들에게 눈에 익은 옷을 갈아입은 후 궐에 들어가야 해요."

차분한 그의 말에 담월은 천천히 안정을 되찾았다. 그녀의 숨소리가 고른 박자로 되돌아가는 것을 느끼며 결은 다시금 약조했다.

"아직 시간이 있어요. 아무리 형님이라도 즉위식을 앞두고 즉결로 처분을 내리시진 않을 겁니다. 최선을 다할게요, 나를 믿고 여기서 기다려 줘요."

결은 담월의 등에서 천천히 손을 떼었다. 그녀의 얼굴은 여전히 물기에 젖어 있었지만 한결 잔잔해져 있었다. 수면에 물 한 방울을 떨어트려 파문을 일으키듯, 결은 그녀의 입술에 가볍게 닿았다가 떨어졌다.

"결……."

"더는 누구도 슬프지 않았으면 좋겠습니다. ……다녀올게요."

모두에게 다가오는 슬픔을 걷어내기 위해서는 결은 한 가지 결심을 해야 했다. 그것은 그가 지금껏 살아오면서 했던 그 어떤 것보다도 큰 다짐을 필요로 했다.

궁인들이 담월을 갈아입힐 옷을 들고 왔다. 결은 그들에게 담월의 말을 자신의 말처럼 들으라 명을 내린 후, 그도 옷을 갈아입기 위해 다른 방으로 옮겨 갔다. 평상시 궐 밖으로 나올 때 입는 기품 어린 왕자의 옷을 갖춰 입은 후, 서둘러 전각을 나서려는데 이상한 소란이 그의 귀에 들려왔다. 그것은 문 쪽에서 시작해 점점 더 안쪽으로 울렸다. 사람들의 발소리였다.

"대군마마—!!!"

경운궁의 남자 하인이 헐레벌떡 결에게 뛰어왔다. 결은 그의 표정에서 심상치 않음을 읽었다.

"무슨 일이냐!"

"의금부의 사람들이 쳐들어 왔습니다요! 저희가 아니 된다 막았지만 도사님이 막무가내로 밀고 들어오셔서……! 마마께서 데려온 아씨가 있는 전각으로 갔습니다요!"

그 말에 결은 담월이 있는 곳으로 뛰었다. 대체 어떻게 알고 온 거지? 그들의 뒤를 밟았나? 전각 앞에 도착하자 궁인들이 의금부 사람들을 안에 들일 수 없다는 듯 그들을 막아서고 있었다.

"안을 둘러만 본다는데 왜들 이러시오! 비켜 주시오!"

"아니 된다 말하지 않았습니까!"

의금부 도사는 난처한 기색을 보였다. 이곳은 엄연히 왕자의 사가. 양반가의 하인을 대하듯 궁인들을 대할 수는 없었다. 하지만 내일 임금으로 즉위하는 세자 탄헌군이 직접 내린 명령이었다. 하는 수 없이 그는 검을 빼 들어 궁인의 목을 겨누었다.

"탄헌군 마마의 명이오. 감히 세자 저하께 누명을 씌운 자로 추정되는 이가 이곳으로 도망쳤을 가능성이 있소. 비키지 않는다면 나도 어쩔 수 없소이다!"

의금부 도사는 칼끝을 더욱 가까이 들이밀었다. 하지만 궁인들은 꿈쩍도 하지 않았다. 그들의 목에서 핏줄기가 주르륵 흘러내려도 팽팽한 대치가 계속되었다. 정말 하나쯤은 피를 보아야 하나 도사가 고민하고 있을 때, 결이 나타났다.

"내 궁에서 감히 검을 들고 무엇 하는 짓이냐!"

"대군마마—?!"

당연히 궐 내 주영각에 있으리라고 생각했던 경원대군의 등장에 도사는 당황해 검을 거두고 허리를 숙였다.

"여기 계신 줄은 몰랐습니다."

"요새는 주인이 없으면 함부로 칼을 들고 피를 보아도 되나 봅니다?"

결이 비아냥거리며 그의 앞을 막아섰다. 낯이 익은 도사였다. 성이 윤씨였던가, 품계는 낮지만 욱과 개인적으로도 친분이 있는 것으로 알고 있었다. 과연 함부로 왕자의 사가를 뒤적일 배짱이 있을 만했다.

"그래서, 칼까지 빼어 들고 내 궁을 휘젓는 이유나 묻지요. 무슨 일입니까?"

결은 알면서도 물어보았다. 윤 도사는 경원대군의 말에 압도당한 듯 말을 버벅였다.

"예, 그, 그러니까…… 감히 세자 저하를 음해하는 벽보를 붙인 이들을 찾고 있습니다. 주모자인 강현은 찾았으나 결코 혼자 한 일이 아닌 듯하여, 나머지 검열들을 찾아다니고 있었습니다. 그중 검열 도담원이 마마와 친분이 있다는 얘기를 들어 혹 여기 숨어 있지 않은가 해서……."

"여기엔 없습니다."

결이 그의 말을 자르고 단호하게 말했다.

"그렇게 말씀하셔도 제 두 눈으로 확인하지 않으면 돌아갈 수 없습니다, 마마."

"형님의 권세를 업고 너무 무례한 것 아닙니까?"

"마마께서야말로 형님이시자 이 나라의 세자께서 모욕을 당하셨는데, 어찌 이러시는 겁니까! 전각의 안을 확인만 하고 돌아가겠습니다. 그 정도는 용납해 주시겠지요?"

"그건 미리 내게 허락을 구한 자에게나 해 줄 수 있는 용납입니다. 주인이 없다고 다짜고짜 칼을 꺼낸 자에게 해당되는 얘기가 아니지요."

사실상 도사의 청은 그리 무례한 것은 아니었다. 일반적인 상황이었으면 결은 그에게 길을 비켜 주었으리라. 하지만 그는 더 이상 욱을 용서할 수 없었고, 또한 담월을 지켜야 했다.

결코 비킬 생각이 없어 보이는 경원대군의 모습에 도사는 이를 악물었다. 경원대군이 이리 나오는 것을 보니 정말 저 전각 안에 도담원이 있는 모양이었다. 그렇다면 그도 더더욱 물러설 수 없었다. 더군다나 더 이상 볼 것도 없는 왕자가 아닌가. 그가 모시는 탄헌군이 내일 즉위한다면 그는 더 이상 왕이 될 수도 없는, 그저 왕실의 친족 중 하나가 될 뿐이었다. 그는 마음을 다잡았다. 지금 탄헌군이 극도로 분노한 이 상황에서 도담원을 붙잡아 간다면 큰 공으로 인정받을 수 있을 터였다.

"대군마마, 정 이러시면 소인은 억지로 마마를 제치고 지나갈 수밖에 없습니다!"

그는 위협적으로 칼을 들어 올렸다. 하지만 결과는 거리가 꽤 있었기에, 어디까지나 협박인 셈이었다. 그 모습에 결은 한숨을 내쉬었다.

"무례한 자와는 도무지 말이 통하지 않는군요. 그렇다면 나도 그대의 방식으로 하겠습니다."

도사의 협박에도 덤덤한 경원대군의 모습에 되레 도사가 당황했다. 결은 천천히 앞으로 걸음을 옮겼다. 검 끝이 그의 목에 닿을 때까지.

"그대가 나에게 칼을 겨눈다면 그것은 분명 무례한 일입니다."

그는 곁눈질을 하며 제 목 옆에 들어온 검을 보았다. 그리고 손을 들어 그 검의 면을 두 손가락으로 잡고, 천천히 밀어냈다.

"으윽……."

단순히 힘으로 인해 밀려나는 것이 아니었다. 일생 무예를 연마한 무관이 고작 스물 남짓한 사내의 힘에 밀릴까. 그러나 도사는 검을 쥔 손에 힘이 빠져 가는 것을 느꼈다. 그것은 평생 검을 쥐고 산 자의 본능과 같은 것이었다. 지금 이빨을 들이대면 되레 목을 뜯길지도 모른다는 두려움이 스멀스멀 올라왔다.

결은 검을 밀어낸 뒤 조금 더 그에게 다가갔다. 그리고 그의 손에서 검을 빼어 자신이 쥐었다. 결은 도사에게서 두어 걸음 물러나 검의 이모저모를 살폈다. 관리가 잘 되었는지 면이 매끈했다. 그 검 날 위로 경원대군 이결의 매서운 눈빛이 비추었다.

그리고 순간, 결은 도사의 목에 검을 겨누었다.

"그렇다면 내가 그대 목에 칼을 대는 것은 어떠합니까. 감히 대군의 사저를 멋대로 휘저으려는 이를 베는 것은 무례합니까?"

"크흡……."

도사는 자신이 어리게만 여겨 왔던 이 왕자에게서 무시 못 할 압력을 느끼고 있다는 사실을 믿을 수가 없었다. 단순히 경원대군이 검을 들고 그의 목을 겨누고 있기 때문만은 아니었다. 그는 체술 만으로 대군을 제압할 자신이 있었다. 있었는데…… 감히 몸을 움직일 엄두가 나지 않았다.

"……지금은 물러나겠습니다. 하지만 세자 저하께 이 일은 반드시 말씀드릴 것입니다. 가자!"

도사의 손짓에 그들은 빠르게 철수했다. 결은 그들이 완전히 전각에서 물러나는 것까지 확인하고 나서야 빼앗은 검을 멀리 던져 버렸다.

"서둘러 궐에 들어가야겠군. 대체 상황이 어떻게 되어 가고 있을지……."

그는 전각을 한 번 바라보았다가 밖을 향해 움직였다. 마음 같아서는 안으로 들어가 놀라지는 않았는지 묻고 싶었지만, 그보다는 강현의 생사를 확인하고 그를 구해 주는 것을 담월은 더

바랄 것이었기에.

결이 경운궁의 문을 막 나섰을 때였다. 저 멀리서 서둘러 말을 타고 달려오는 자의 낯이 익었다. 그는 서툰 솜씨로 결의 앞에서 말을 멈추고 훌쩍 뛰어내렸다. 한섬이었다.

"안가에 갔는데 계시질 않아서 혹시나 해서 와 봤더니, 여기 계셨군요!"

"의금부에 가서 동태를 살피고 있으라 했더니, 왜 여길 온 겁니까?"

결의 물음에 한섬은 어두운 낯으로 입을 열었다.

"동태를 보고 말고 할 것도 없습니다. 강현 검열님이 잡혀 오자마자 바로 국문이 시작됐고, 그분은 끝까지 자신의 단독으로 한 일이다 외치시다가…… 분노한 세자 저하에 의해 바로 참형을 당하셨습니다요."

"혼자 있고 싶습니다."

결은 문을 열려다 말고 멈추었다. 얇은 문풍지 너머로 들려온 담월의 목소리는 슬픔을 꾹꾹 밟아 다진 듯 단단했다. 그는 한숨을 쉬고 살짝 열었던 문을 닫아 주었다.

강현을 구해 주겠다고 약조까지 했지만 너무 늦어 버린 것을, 의금부 도사와 대치하며 버렸던 시간을 아쉬워해도 어쩔 수 없었다. 그를 그대로 두었으면 담월까지 끌려갈 뻔했으니까. 욱을 모욕한 죄목에 더해 여인의 몸으로 모두를 속이고 조정에 들어오고, 심지어 그 정체가 도규언의 딸이라는 것까지 밝혀진다면 결이 목숨을 바쳐도 담월을 구할 수 없었다. 어쩔 수 없는 선택이었다.

"일단 나는 궐 안으로 들어가 보겠습니다. ……강 검열의 시신이라도 수습할 수 있도록 노력해 보지요."

얇은 방문 너머로 결의 가라앉은 목소리가 들려왔다. 이어 발걸음 소리가 멀리 떠나갔다. 그 소리가 사라지고 나서도 담월은 한참이나 그 자리에 앉아 있었다. 그녀의 주변은 너무나도 고요해서 마치 그곳만 시간이 멈춰 있는 것 같았다. 담월의 표정도 그랬다. 강현의 죽음을 전해 들은 그때부터 그녀의 얼굴엔 눈물 한 방울 흐르지 않았다. 그저 그늘진 채 얼어붙어 있었다. 파사삭, 부서지기 시작하면 그 어떤 크나큰 일이 벌어질 것처럼.

이윽고 담월은 일어났다. 그녀가 전각 밖으로 나오자 문밖을 지키고 있던 궁인이 놀라 다가왔다.

"뭐 필요한 것이라도 있으신가요?"

"옷 한 벌이 필요합니다."

옷이요? 되묻는 궁인에게 담월은 고개를 끄덕였다.

"그대가 입고 있는 것과 같은, 궁녀의 옷이 필요해요."

궁인은 담월의 말에 의아해했지만, 그녀의 말이라면 뭐든지 들어 주라는 경원대군의 말도 있었기에 바로 담월의 몸에 맞는 옷을 가져와 입는 것을 도와주었다. 곧 그녀는 누가 봐도 경운궁의 나인과 다를 바 없는 차림새가 되었다.

"잠시 나갔다 오겠습니다."

"아씨! 대군마마께서 아씨를 잘 지키고 있으라 하셨는데……!"

궁인의 말이 담월의 걸음을 붙잡았다. 그녀는 몇 번 주저하며 입을 달싹이다가, 겨우 소리 내어 마지막 말을 전했다.

"……아마 저를 찾을 필요는 없을 겁니다."

한낱 계집아이의 말에 담긴 비장함에 궁인은 차마 그녀를 잡지도 못한 채 멀리 떠나가는 등을 멍하니 바라만 보고 있었다.

궁녀 옷을 입은 담월이 궐문을 통과하는 것은 그리 어렵지 않았다.

"……경운궁에서 왔다고?"

"네. 대군마마의 심부름을 왔습니다."

문지기들은 별 의심 없이 그녀를 보내 주었다. 분명 처음 보는 궁녀인데 무척 낯이 익다는 중얼거림이 뒤따랐지만 다시 와서 그녀를 붙잡지는 않았다.

걸음을 서두르려고 애썼지만 한 걸음 한 걸음이 너무나 무거웠다. 혹시나 그녀를 알아보는 사람이 있을까, 주변을 살피며 걸었기에 움직임은 더욱 느렸다. 하지만 그런 조심도 무색했다. 뒤에서 누군가 그녀를 불렀다, 그녀의 이름으로.

"도 검열?"

담월은 멈칫했다. 하지만 멈추지 않고 계속 걸었다. 뒤에서 그녀를 부른 사내가 스스로 착각했겠거니 하고 돌아서기를 기대하면서. 그러나 성큼성큼 다가온 그는 손을 뻗어 그녀의 어깨를 붙잡았다.

"—익위사 나으리 아니십니까."

그녀를 붙잡은 이는 탄헌군의 수하인 익위사 김주원이었다. 담월은 몸을 돌리며 서둘러 고개를 숙였다. 평소에 관복을 입었을 때 내던 소리보다 더 높고 여린 소리를 내었다. 들킨 걸까, 어떻게 알아 본 거지. 주원의 손에 붙들린 어깨가 잘게 떨렸다. 주원은 그런 그녀를 내려다보다가 손을 떼었다.

"……사람을 잘못 본 것 같군요. 가 보십시오."

주원은 복잡한 얼굴을 한 채로 한 걸음 물러섰다. 지금 그의 앞에 궁녀의 차림을 하고 있는 자는 그를 살려 주었던 도담원이 틀림없었다. 주원은 일전에도 경원대군과 함께 있는, 여인의 모습을 한 그를 본 적도 있었다. 무슨 사정인지는 알 수 없었지만 빚을 졌으니 이 정도는 넘어가는 것이 도리일 듯싶었다.

"감사합니다, 그럼 이만……."

담월은 놀란 가슴을 쓸어내리며 서둘러 자리를 빠져나가려고 했다. 하지만,

"어딜 갔나 했더니 여기 와 있었군, 주원."

"저하……!"

담월은 그 말에 화들짝 놀라 뒤로 돌았다. 언제 왔는지 탄헌군이 다가와 있었다. 주원이 미안합니다, 중얼거렸지만 이내 욱의 말소리에 묻혀 버렸다.

"그리고, 또 어디론가 사라졌던 사람도 여기 있군."

"……탄헌군 마마."

탄헌을 부르는 담월의 차갑게 얼어붙었던 눈이 파사삭 부서질 듯 떨렸다. 욱은 그녀에게 다가오며 궁녀의 옷을 입은 담월의 위아래를 느긋하게 훑어보았다. 흡사 겁에 질린 사냥감을 주시하는 범과 같았다.

"과연 생각했던 대로군. 관복보다 그쪽이 훨씬 잘 어울려."

욱은 그녀의 머리에 길게 늘어진 붉은 댕기를 만지작거렸다. 강현의 벽서에 담월이 연루되어 있음은 눈치채고 있었다. 예문관의 누군가와 함께한 것이 아니냐는 물음에 강현은 결코 입을 열지 않았었다.

'다른 검열들은 제집에 있었지만 도담원은 어디로 도주라도 한 것인지 도통 찾을 수가 없더군. 그와 결탁하여 벽서를 붙인 것이 아닌가, 강 검열?'

'오로지 소신의 독단입니다, 탄헌군 마마.'

입에서 피를 토해 내면서도 결코 욱을 세자 저하라고 부르지 않던 강현이 희게 질린 담월의 얼굴에 겹쳐 보였다. 어디에 숨어 있다가 이제야 들어왔는지, 이 와중에 왜 농담처럼 얘기했던 궁녀의 옷을 입고 궐까지 들어온 것인지.

"추가로 실록의 종이를 얻으러 궐에 들어온 것인가?"

"실록의 마지막 장의 내용이 바뀌었으니 새로 적을 종이가 필요하지 않겠습니까."

"—그렇군."

날이 선 대답에도 욱은 만족스럽게 웃었다. 그토록 꼿꼿하게 굴던 담월이 파들거리며 제게 대답하는 모습이 그늘 아래 낮게 핀 꽃을 우두둑 뜯어낼 때의 무도한 기쁨을 느끼게 했다. 뜯어낸 풀꽃의 냄새를 맡듯 그는 댕기를 당겨 그 향을 맡았다. 여인의 향이 덧입혀지니 더욱 탐스러웠다. 이 상황의 만족스러움에 그는 담월의 행동이 수상쩍다는 사실마저 잊었다.

"나로서도 원치 않는 죽음이었네. 즉위식 전날을 피로 물들이고 싶진 않았지만, 그 사실이 내 실록에 쓰이는 것보단 아바마마의 실록에 쓰이는 것이 나았으니까 말이지."

욱이 강현의 죽음을 언급하자 담월의 표정이 변했다. 겹겹의 얼음처럼 굳어 있던 표정이 기어코 파삭—, 부서졌다. 얼어붙은 강가의 얼음이 부서지면 물이 차오르듯이, 이미 흘러 넘쳤어야 했으나 애써 참고 억누르고 가둬 두었던 눈물이 눈가에 가득 고였다.

'이거, 한 마디 더 했다간 아주 울려 버리겠군.'

욱은 입가에 미소를 지우고 담월의 얼굴에 손을 뻗었다. 꽃을 더욱 생생히 즐기기 위해서는 가벼이 물을 뿌리면 그뿐, 물에 아주 담가 버리면 흉한 모습이 되니까. 담월은 제 눈물을 닦아 내는 욱의 손을 쳐낼 수 없었다.

"손을 치워 주십시오. 피 냄새가 납니다."

담월은 뾰족하게 부서진 얼음조각을 씹어내듯 뱉었다. 그 차가운 말에 욱은 순순히 손을 떼어 주었다. 하지만 변명과도 같은 말을 덧붙였다.

"때론 원하는 것을 위해서는 대가를 치러야 하는 법이지. 그것이 비록 혈족의 피라고 할지라도."

"……그러면 제가 소중한 사촌의 죽음으로써 얻을 것은 무엇입니까, 저하?"

드디어 나를 보는가, 욱은 물기를 짜낸 얼굴로 고개를 들어 저를 보는 담월을 지그시 내려다보았다. 눈물을 비운 그늘에는 갈망이 가득했다. 무엇을 간절히 원하기에 그토록 갈증 어린 얼굴을 하고 있는 건가. 욱은 곰곰이 생각하다가 그녀가 원하는 답을 내놓았다.

"내가 왕이 되면 네 아비의 죄 따위는 사해 주마. 대신 내 빈이 되어 왕의 아이를 낳아라. 내 그 아이를 후계자로 삼아주지."

"……저하의 아이를 말입니까?"

갑작스러운 말에 담월은 놀라 되물었다. 이런 상황에 또 늘

하던 농담인가 했지만 말투도 표정도 결코 농이 아니었다. 그녀는 인상을 쓰며 중얼거렸다.

"이미 빈궁께서 회임을 하고 계신데 그게 무슨……."

"너의 아이가 그보다 훨씬 왕의 자리에 어울릴 테니까."

욱은 담월에게 바짝 다가섰다. 한 팔로도 그녀를 옭아맬 수 있는 거리였다.

"—스스로와 나라의 운명을 예언할 수 있는 왕이라니, 그보다 더욱 왕다운 이가 있겠느냐."

욱은 제 손으로 담월의 뒷목을 감쌌다. 얼핏 보면 서로 끌어안은 두 사람처럼 보였으리라. 담월의 목을 쓰다듬는 손길은 소름이 돋을 정도로 부드러웠다. 하지만 그녀는 잘 알고 있었다. 시선을 피하는 것을 용납지 않는 저 푸른 눈의 범이 하는 이 얘기를 거절했다가는 그대로 목을 분질러 죽음을 당하리라는 것을.

"……일전에 아버지께서 저에 관한 예언을 받으신 적이 있습니다."

"호오—, 그대에 대한 예언이라. 무슨 내용이었지?"

호기심 어린 숨소리가 담월의 속눈썹을 간지럽혔다.

"하늘을 보고 피어날 붉은 꽃의 싹이 트니, 이내 북궐(北闕)에서 피어나리라, 라는 내용이었습니다. 이제, 그 뜻을 알 것 같아요. 그 뜻은—."

"내가 맞춰 보지."

담월의 예언을 들은 욱은 미소를 지으며 읊었다.

"북궐은 정궁인 경복궁을 뜻하고, 여인을 뜻하는 꽃이 다른 곳도 아닌 하늘을 보고 핀다…… 그것은 하늘의 뜻인 임금을 섬기게 된다는 것이니, 곧 왕의 여인이 될 거라는 예언이로군."

담월은 쓰게 웃었다. 그녀는 이 예언을 그저 여인으로서 궐에 들어와 일하게 된 그녀의 꼬인 운명을 뜻하는 것으로만 생각했을 뿐이었다. 하지만 이런 상황에 처하니 어느 쪽이 진짜 예언의 뜻인지 혼란스러웠다. 정말, 그녀는 탄헌의 여인이 될 운명이었던 걸까.

"이 예언을 입에 담는다는 것은, 내 제안을 따르겠다는 뜻으로 받아들여도 되겠지."

욱의 손이 체념한 듯 축 늘어진 담월의 어깨로 내려왔다. 두터운 관복으로 덮었을 때는 그래도 썩 소년 같긴 하더니, 얇은 저고리 위로 매만져 보니 둥글고 부드러운 것이 완연한 여인의 몸이었다.

"대신, 부탁이 있습니다."

"부탁이라, 무엇이지?"

담월은 입술을 꾹 깨물며 욱의 손길을 견뎌 냈다. 이곳이 실내가 아니라 밖이어서 다행이었다. 그랬더라면 이 사내는 당장이라도 그녀의 옷고름을 풀어냈으리라.

"안 그래도 검열의 숫자가 부족한 이 때, 한 명이 더 줄었습니다. 저마저 빠진다면 실록의 편찬이 지연될 테니 적어도 그 일을 마칠 때까지는 기다려 주십시오."

순간 담월의 얼굴은 여인의 것이 아닌, 욱이 알던 당당하고 곧은 사내의 것이 되었다. 아니, 사내 차림으로 늘 보아왔기에 그렇게 느끼는 것인가. 당장이라도 목을 비틀릴 것 같은 상황에서도 반듯한 담월의 모습은 남장을 하고 있든 여복을 입고 있든 참 한결같았다.

이 여인은 알고 있을까, 그것이 이욱과 같은 사내의 마음을 더욱 동하게 만든다는 것을. 본디 꽃은 꺾여 비틀릴 때 가장 향이 짙은 법이었으니, 욱은 그 순간을 고대하며 여린 꽃을 조금 더 즐기기로 했다.

"좋다. 이건 그 약속의 증표로 받아 두지."

어깨를 쓸던 손이 다시 목 뒤로 돌아가, 그녀의 머리에 매여 있던 붉은 댕기를 잡아끌었다.

"돌아가자, 주원. 시간을 너무 지체했다."

욱의 말에 저만치 물러나 있던 주원이 다가왔다. 그는 담월을 힐끗 보았다가 성큼성큼 걸음을 옮기는 자신의 주인을 따랐다.

담월은 탄헌군이 저 문 너머로 완전히 사라지고 나서야 서둘러 뛰었다. 그에게 붙잡히는 바람에 너무 시간을 오래 끌었다. 지금쯤이면 결이 그녀가 경운궁을 나섰다는 연락을 받았을지도 모른다. 그에게 붙잡혀서는 안 됐다, 그럴 수는 없었다. 그의 얼굴을 보는 순간, 담월의 결심은 눈 녹듯이 부서져 내릴 테니까.

그녀는 결국 조지소에 도착했다. 박 별제는 평소보다 그늘진 얼굴로 조지소를 정리하다가 헉헉거리며 뛰어온 담월과 눈이 마주쳤다.

"……도 검열? 뭐요, 그 차림은?"

"지난번에 분명, 탄헌군 마마가 쓰신 허가문을 갖다 드렸었지요. 제가 여복을 하고 오면 실록의 종이를 더 주어도 된다는 허가문 말입니다."

"아, 아아 그랬지. 그랬었지. 그래도 설마 진짜로 여인네처럼 하고 올 줄은 몰랐는데. 잠시만 기다리소."

박 별제는 당황하며 창고로 들어갔다. 그동안 담월은 숨을 골랐다. 이제 이 종이만 챙겨 돌아가면 준비는 끝난다.

박 별제는 오래지 않아 몇 장의 종이를 돌돌 말은 두툼한 두루마리 하나를 들고 돌아왔다. 담월은 그 종이를 받아 든 후 바로 몸을 돌렸다. 멀어지는 그녀의 등을 보며 박 별제가 중얼거렸다.

"강 검열하고 사촌지간이라더니, 충격이 큰가. 얼굴이 아주 희게 질렸어—, 뭔가 큰일을 낼 얼굴인디…… 거참."

담월은 결의 안가에 도착했다. 구석진 곳에 있는 줄을 당기자 대문과 연결된 걸쇠가 풀렸다. 문을 열고 들어가자 지난번 이후로 계속 이곳에 머물고 있던 수염 씨가 눈을 동그랗게 뜨고 담월을 쳐다보았다.

"미안해요, 오늘은 식사를 들고 온 게 아니에요."

담월은 문을 닫고 안으로 들어갔다. 좌의정의 난 때 갖고 온 붓과 먹이 이곳에 있었다. 그녀는 필묵함을 풀고 제 벼루에 먹을 갈기 시작했다. 벅벅—, 먹 가는 소리만이 해 지는 좁은 안가에 가득했다. 숨소리조차 그 소리에 묻혀 버렸다.

칠 년 전, 죽은 가족들을 살리기 위해 소원부를 썼던 때가 아득한 옛날처럼 느껴졌다. 어린 나이에 성치도 않은 몸으로, 정해진 운명을 바꾸기 위해 필사적으로 소원부를 써 내려갔던 그때의 기억. 담월은 아련한 그것을 더듬으며 붓을 들었다. 붉은 모필에 검은 먹이 꾸역꾸역 배어 들었다.

그때와는 달랐다. 싸구려 지필묵이 아니라 아버지가 갖고 있던 세 가지 신물이 있고, 그녀의 상태도 충분히 온전했다. 소원을 빌기 위해 부족한 것은 아무것도 없었다. 그리고 담월은 소원부를 써 내려갔다. 그녀가 잃은 모든 것을 위해.

'혹여 운명을 거스르거나 이미 정해진 바를 바꾸려 들었다간 큰일이 날게다.'

아버지, 용서하세요. 남기신 마지막 뜻을 소녀는 거스르고 있습니다. 하지만 이럴 때 쓰지 않는다면, 무엇을 위한 소원의 힘이란 말입니까. 질책의 말은 다시 만난 그때에 듣도록 하겠습니다. 부디, 살아 돌아와 제게 있는 대로 호통을 쳐 주세요.

현이 오라버니, 그리고 소화. 우리는 다시 만나게 될 거예요. 비록 우리 만났던 모습과는 다른 날, 다른 시각, 그 어떤 형태로 만나게 될지는 모르겠지만, 저는 믿어요.

대군마마. ……결. 우리의 운명이 다시 쓰여도, 난 언제 그 어떤 모습으로든 그대를 마음에 품고 있을 거예요. 설령 우리가 이보다도 더 못한 사이로 만나게 된다고 해도.

담월의 거침없는 글씨가 실록을 위해 만들어진 종이 위를 누볐다. 글자 하나하나가 젖어 들고 강대한 힘의 기류가 일어나기 시작했다. 불꽃이 튀기 시작했다. 하지만 담월은 그 모습을 볼 수 없었다.

도성에는 검은 구름이 자욱하니 끼었다. 그리고 이내 먹물이 떨어지듯 어둔 비가 쏟아지고, 커다란 번개가 땅을 쪼갤 듯 내려치기 시작했다.

번쩍— 어두운 하늘에 큰 번개가 줄지어 내리쳤다. 뒤이어 콰르릉—, 천둥소리와 함께 소원부는 벼락을 맞은 듯 화르륵 타오르기 시작했다.

"흐윽……! 아아악—!!"

그와 동시에 담월은 눈이 타들어 가는 통증을 느끼며 앞으로 쓰러졌다. 눈에서부터 손끝 발끝에 이르기까지 모든 혈관이 타오르는 것 같았다. 그녀는 숨을 헐떡이며 온몸을 웅크렸다. 그

때, 문이 벌컥 열리며 수염 씨가 들어왔다.

"흐윽—, 허억—."

그는 놀란 얼굴로 기어들어 왔다. 담월의 비명 소리를 들은 모양이었다. 그는 열이 펄펄 끓는 담월의 주변에서 어쩔 줄 모르고 그 옆을 빙글빙글 돌았다. 그러다 바싹 타오르던 소원부를 밟고 미끄러졌다. 놀란 비명 소리와 함께 그는 담월이 소원부를 쓰던 자리 위에 엎어졌다. 그 손에, 세 개의 신물이 모두 닿았다.

"흐윽…… 흐읍……."

눈이 터질 것 같은 아픔 속에서, 담월은 자신을 부르는 목소리를 들었다. 다, 담월아……! 어딘지 익숙하면서도 멀고, 낯설면서도 그립게 느껴지는 목소리였다.

"월아, 정신 차려라. 월아!"

하지만 담월은 그를 애타게 부르는, 온전히 정신을 되찾은 오라비 담건의 품에서 고개를 떨구었다.

이룰 수 없는 소원을 담은 소원부는 이미 다 타올라 한 줌의 재가 되어 버린 후였다.

가을답지 않게 쏟아지는 폭우와 끊임없이 내리치는 벼락에 궐내는 소란스러웠다. 빗속을 헤치고 바삐 걸음을 옮기던 결은 문득 그 자리에 멈춰 섰다. 그리고 쏟아지는 비와 번개를 유심히 바라보았다. 이런 심상치 않은 번개를 그는 일전에도 경험한 적이 있었다.

"한섬, 지금 경운궁으로 가서 담월이…… 아니, 안가로 가서 그녀를 찾아보라."

"안가에 말입니까?"

어찌 잊으랴, 이 비와 내리치는 번개와 흐드러진 도화를. 빗방울이 결의 손바닥 위로 떨어지며 차게 부서졌다. 그는 빗물이 고인 손으로 주먹을 쥐었다.

"……그녀가 소원을 빈 모양이니까."

끝까지 담월에게 믿음을 주지 못한 건가, 결은 깊게 한숨을 내쉬었다. 이리 비가 오고 번개가 치는데 아무것도 바뀌는 것이 없다. 그녀의 소원이 실패한 것이다. 실패든 성공이든 그 어느 쪽도 결에게는 씁쓸했다.

"마마께서는 가지 않으십니까?"

"……나는 해결해야 할 일이 있다."

새벽까지 비가 내리는 중에도 의금부에서는 빽빽하니 연기를 피어 올렸다. 강현의 벽보를 태우는 연기였다. 비가 그치고 새 태양이 뜰 때까지도 연기는 쉬이 걷히질 않았다.

벽보는 전부 수거되고 강현의 목숨 하나 잃는 것으로 사태는 마무리된 듯했다. 하지만 도성의 술렁임은 탄헌군도 어찌할 수 없었다. 즉위식을 준비하는 새벽 내내 내관이며 궁녀들이 입방아를 찧었고, 그 빗속에서도 대신들은 서로를 만나 세자의 처사에 대해 의논을 나누었다.

그래도 날은 밝았다. 빗물이 마르지도 않은 대전 앞에 조복을 입은 신하들이 자리를 찾아 섰다. 그때까지도 흐리던 하늘은 천천히 구름이 걷히기 시작했다. 아침볕과 찬 가을바람 사이로 악대의 거문고 소리가 울려 퍼졌다. 영의정은 저 드높은 곳에서 주인을 기다리고 있는 어좌를 바라보며 제 옆의 소선에게 말을 걸었다.

"이러니 저러니 해도 결국은 그분께서 왕위에 오르시게 되는군요."

"……어제 예문관 강 검열에 대한 무자비한 처결로 인해 대신들 사이에서는 마마의 성군으로서의 자질에 대해 말이 많습니다."

"그렇다 한들 어찌하겠습니까, 좌상. 오늘이 즉위식입니다. 탄헌군 마마께서 임금이 되시고 나면, 그 누가 그 일에 대해 문책을 할 수 있겠습니까?"

영상의 말은 틀린 바가 없었다. 소선은 굳은 얼굴로 고개를 끄덕였다.

"그건 그렇지요. 감히 전하께 죄를 물을 순 없는 노릇이니까요."

소선의 말에 그는 무어라 한 마디를 덧붙이려다가 입을 다물었다. 드디어 대례가 시작되었다. 늘 몸져누워 있던 중전이 자리로 올라왔다. 그녀의 손에는 옥새가 단단히 들려 있었다. 악대의 연주가 한층 웅장해졌다.

드디어, 탄헌군 이욱이 대례복을 입은 차림으로 걸음 했다. 한 걸음 움직일 때마다 면류관의 주렴들이 부딪치며 차르르 소리를 냈고, 그의 발이 앞으로 나아갈수록 양옆으로 시립한 대신들이 차례로 허리를 숙였다. 그는 이 나라의 진정한 주인이 되는 중이었다.

욱은 서두르지 않았다. 긴장과 흥분으로 잠을 못 이룬 탓에 눈이 뻑뻑한지 옥좌가 한없이 멀어 보였고 마음은 조급하기 그지없었지만 그럴수록 차분함을 유지하려고 애썼다.

아비가 원치 않았던 자식이요, 어미를 잡아먹고 태어난 금발과 푸른 눈의 괴물. 몇 번이고 죽어 시체로 돌아오라 던져진 사지에서 핏발 선 눈으로 기어 올라온 독하디독한 소년. 의심과 의혹으로 점철된 시선들을 힘으로 술수로 하나둘 바꾸어 온, 오로지 그 자신의 힘이 믿을 수 있는 전부였던 사내, 탄헌군 이욱. 그가 드디어 오늘, 이 나라의 정점에 선다.

욱은 대좌를 눈앞에 두고 잠시 멈추었다. 그리고 깊게 심호흡을 하고 천천히 주변을 돌아보았다. 이제 이 모든 시선을 그의 발아래 두게 되는 것이다.

"……없군."

"저하, 왜 그러십니까?"

옆에서 고운 대례복을 갖춰 입은 세자빈이 심상치 않은 표정이 된 그의 지아비에게 물었다. 이제 옥좌에 오르기까지 단 한 발짝 남았을 뿐인데 어째서 저런 얼굴인 것인지.

욱은 반대로 고개를 돌려 소선에게 물었다.

"경원은 지금 어디에 있지?"

분명 곁이 서 있어야 할 자리에 그가 없었다. 자신이 왕이 되지 못했다는 이유로 이런 예식에 불참할 아이가 아닌데. 욱은 다시금 곁의 빈자리로 고개를 돌렸다. 무척이나 중요한 것을 놓고 온 것처럼 마음 한구석이 꺼림칙했다. 소선은 올 것이 왔다는 듯 고개를 깊이 숙였다.

"대군마마께서는 지금……."

소선이 입을 열자 욱은 다시 그에게로 시선을 돌렸다. 뜸을 들이는 그의 모습이 어쩐지 불길했다. 그가 아는 소선은 결코 말을 주저하는 자가 아니었다.

"임금을 시해한 죄인을 붙잡기 위해 오고 계십니다."

"뭐라……?"

그 순간 사방의 문에서 큰 함성 소리와 함께 수많은 병사가 우르르 뛰어 들어왔다.

"우와아―!!!"

"대역죄인을 잡아라!!!"

나인과 내관들은 당황하여 어찌할 바를 몰랐지만 대신들은 그대로 자리를 지키고 있었다. 우왕좌왕하는 이들은 몇 안 되는 소수였다. 쏟아져 들어온 군사들이 탄헌군과 세자빈, 그리고 몇몇 신하들을 포위하고 창과 검을 겨누었다.

이 상황에서도 욱은 침착함을 잃지 않았다. 그는 가라앉은 시선으로 그를 둘러싼 군사들을 훑었다.

"감히 누구의 명으로 이런 짓을 하는 것이냐. 칼을 치워라—!"

한때 양 국경의 적들을 호통만으로 벌벌 떨게 했던 이의 호령에도 병사들은 누구 하나 물러서지 않았다. 오히려 그의 목에 더욱 가까이 창을 겨누기까지 했다. 그제야 욱의 표정이 심각함에 물들어 갔다. 대치는 팽팽하게 이어졌다.

그리고, 경원대군 이결이 모습을 드러냈다. 모두의 시선이 그에게로 향했다. 대신들도, 병사들도, 내관과 나인들도, 그리고 욱의 시선까지도.

모두가 처음 보는 사람처럼 결을 바라보았다. 싸늘하고 냉랭하게 굳은 얼굴, 거리낄 것이 없는 걸음걸이, 그리고 단호한 시선까지. 그것은 분명 이 자리에 있는 누구도 보지 못했던 모습이었다. 그것은 다정하고 부드러운 것과는 다른, 그러나 왕에게는 절대적으로 필요한 지배자의 모습이었다.

결은 탄헌이 걸었던 그 길을 따라 걸었다. 그의 형님이 왕위에 오르고자 걸었던 길 위를. 그리고 병사들이 탄헌을 에워싸고 있는 곳까지 도달했다.

"뭣들 하고 있습니까, 어서 오라를 매십시오."

"경원, 이게 무슨 짓이냐—!"

하지만 결은 욱의 말에도 아랑곳하지 않았다. 그의 시선엔 흔들림이 없었다. 욱의 말에 답하는 대신, 결은 몸을 돌려 자신에게로 향한 모든 시선들을 슥 훑어보았다. 그리고 그들을 향해 입을 열었다.

"대신들은 들으라—! 나 경원대군이 지금 안하무인하게도 임금을 독살하고 왕위에 오르려는 대역죄인 탄헌군 이욱을 포박하고자 한다. 이미 의관에게서 몇 년에 걸쳐 아바마마에게 독이 되는 약재를 바치라 명 받았다는 사실을 확인했다."

덤덤하고 무게 있게 이어지는 말에 대신들은 숨을 삼켰다. 결의 말은 강현이 목숨을 걸고 밝혔던 진실과 닿아 있었다. 그 누구도 한 마디, 한 마디 탄헌의 죄를 밝히는 결의 말에 끼어들지 못했다. 심지어 욱조차도, 태산과도 같이 제 앞을 막아선 결의 그림자에 숨이 막힐 것 같은 기분을 느끼고 있었다.

"이의 있는 자, 있는가."

그 어디에서도 반대의 말은 나오지 않았다. 오로지 침묵과 그 사이로 흐르는 차디찬 바람 소리만 있을 뿐이었다. 그 어리던 왕자가 이렇게 서슬 퍼런 위엄을 보일 정도로 성장했단 말인가. 모두가 눈으로 보고도 믿을 수 없다는 표정을 지었다.

암묵적인 동의나 다름없는 침묵이었다. 결은 다시금 대신들을 둘러보았다. 아바마마를 향한 그대들의 여전한 충심에 감사하오, 그렇게 말한 후 결은 몸을 돌렸다. 시린 하늘보다 차가운 욱의 시선을 결은 피하지 않았다. 두 시선이 마주친 자리에서 불꽃이 이는 것 같았다. 하지만 이미 승리는 결의 것이었다.

"의금부로 데려가 옥에 가두어라. 내 친히 그에게 죄를 물을 것이다!"

놓아라—, 무엄하다! 관군들이 포박을 마치기까지 약간의 실랑이가 일었다. 하지만 제아무리 무예에 뛰어나다 한들 수십의 병사를 맨 손으로 이길 수는 없는 법이었다. 세자와 세자빈, 그리고 일부 신하들이 포승줄에 묶여 끌려 나간 대전에서 결은 다시금 외쳤다.

"규범에 어긋나는 것은 알고 있으나, 즉위식은 죄인의 처결을 끝낸 후 다시 논의하도록 하겠습니다. 이만 다들 물러나도 좋습니다."

결의 말에 좌중은 웅성거리다가 흩어지기 시작했다. 아직 얼떨떨한 얼굴로 계속 자리에 서 있는 이들도 있었다. 영의정 또한 그들 중 하나였다. 소선은 자리를 뜨려다가 아직도 무슨 일이 일어난 건지 상황을 파악하지 못한 그에게 다가갔다.

"아까 말씀하셨지요, 전하께 어찌 죄를 묻겠냐 말입니다."

그는 입을 다물지 못한 채로 소선에게 고개를 돌렸다.

"대군마마께서는 처음부터 임금이 된 탄헌군에게 죄를 물을 생각이 없으셨습니다."

소선은 그에게 그리 말을 남기고 다시 몸을 돌렸다. 결이 옥좌의 앞에서 중전에게 작금의 일을 소상히 설명하고 있었다. 그의 존재 하나만으로도 이 넓은 대전 앞뜰이 가득 차는 느낌이었다.

제3장

왕의 예언

담월이 눈을 뜬 것은 탄헌군이 귀양을 간 직후였다. 눈을 뜬 그녀의 곁을 수염 씨가 지키고 있었다. 눈이 마주치자 그가 물었다.

"정신이 들어?"

"……수염 씨?"

담월은 그녀가 꿈을 꾸고 있나 싶었다. 머리도 띵하고 눈앞이 흐렸다. 처음으로 들어 보는 수염 씨의 목소리도 몽롱하니 꿈속에서 듣는 것 같았다. 다소 발음이 새고 억양이 기이했지만 따뜻하게 느껴져서 더욱 그랬다.

"……꿈인가 봐…… 수염 씨가 말을 해……."

반밖에 뜨지 않은 눈으로 자신을 보며 웅얼거리는 담월이 귀여워서 담건은 그만 푸스스 웃어버렸다.

"어쩌지, 한섬? 날 보더니 꿈인 줄 아는데."

담건이 반대편에 앉아 있던 한섬에게 말을 걸자 그도 한숨을 푹 쉬며 끄덕였다.

"보름 전 안가에 도착했을 때, 도런님이 담월이 쓰러졌다고 말을 하기에 저도 꿈인가 했습니다."

도련님? 그게 무슨 소리지? 담월은 미간을 찌푸리며 끄응, 앓는 소리를 냈다. 깨어나고 시간이 조금 흘러서인지 차츰 눈앞이 맑아졌다. 손끝에도 천천히 감각이 돌아오고 있었다. 담월이 몸을 일으키자 한섬이 그녀를 부축했다.

"담월아, 몸은 좀 어때?"

한섬의 말에 담월은 정신없이 두리번거렸다. 그녀가 누워 있는 곳은 결의 안가였고, 저 멀리 그녀가 썼던 신물들이 가지런히 놓여 있었다. 모든 것이 변하지 않은 그대로였다. 담월은 한섬을 바라보며 물었다.

"한섬 오라버니…… 바뀐 건, 없는 건가요?"

적어도 가장 바라 왔던 한 가지는 이루어졌기를 빌며.

"……네 소원은 이루어지지 않았어."

한섬은 고개를 저으며 대답했다. 그 대답이 담월의 기대를 시들게 할 것을 알았지만 어쩔 수 없었다. 그는 소원부는 불타 한 줌의 재가 되었고, 담월은 쓰러진 채 고열에 시달리며 보름을 누워 있었다는 말까지 전했다.

"그랬군요. ……그때도 그랬었죠. 칠 년 전, 아버지와 오라버니를 살리기 위한 소원을 빌었을 때도요. 그때는 그저 제 힘이 약하고 신물을 쓰지 않아서라고 생각했지만…… 이미 정해진 사람의 운명을 바꿀 순 없었던 거예요. 흙으로 돌아간 이를 다시 되살릴 수는 없는 거니까."

"담월아……."

한섬이 위로하듯 그녀를 불렀지만 담월은 고개를 돌리지 않았다. 이불을 그러모은 손에 힘을 주고 고개를 숙일 뿐이었다.

"전부 부질없는 짓이었네요. 하핫―."

담월은 허탈하게 웃었다. 이루어지지 않을 꿈을 위해 여태껏 포기하고 희생한 것들은 슬픔이 되어 뿌옇게 눈앞을 가렸다. 바람 빠진 웃음소리가 이내 삼키지도 못할 울음이 되어 방안을 흐느낌으로 가득 채웠다. 그녀의 눈물에 수염 씨가 당황하며 담월의 손을 붙잡았다.

"잠깐만, 전부 다 이뤄지지 않은 건 아니라고!"

"흐윽, 끄윽―. 그게, 무슨 소리…… 흐읍……."

담월은 한번 터진 울음을 주체하지 못한 채로 수염 씨를 돌아보았다. 그는 분한 듯, 속상한 듯 미묘한 얼굴을 하고 있었다.

"으아―, 일단 울지 마. 눈물 좀 닦아 내고 얘기하자, 으이구."

"네─, 흑끕─."

그는 한 번도 우는 여자를 달래 보지 못한 것이 틀림없었다. 어찌해야 할지 모르겠다는 듯 우왕좌왕하는 모습에 담월은 울음이 가시지 않은 얼굴로 피식 웃어 버렸다. 그녀는 조금 차분을 되찾은 후 그에게 물었다.

"수염 씨는 대체 어떻게 된 거예요? 갑자기 정신을 되찾은 건가요?"

그녀의 순수한 물음에 그는 머리를 벅벅 긁었다.

"역시─, 얼굴이고 목소리고 이래서야 날 알아보는 건 무리인가?"

그는 머쓱하게 웃었다. 그래도 조금은 기대를 했다. 이렇게 얼굴이 기괴해지고 목소리가 새어 나와도, 담월이라면 자신을 알아보지 않을까 하는 기대를. 하지만 그랬다면 이미 예전에 알아봤겠지.

"역시 이 덥수룩하게 자란 수염이 문제일지도……."

그는 섭섭한 듯 중얼거리며 거칠게 제멋대로 자란 수염을 쓰다듬었다.

"아무리 그래도 칠 년 만에 보는데 한눈에 알아보는 쪽이 더 신기합니다, 담건 도련님."

"무슨 말이에요, 한섬 오라버니. 담건이라니요…… 그건 제 오라버니의 성함인데……."

담월이 놀란 눈으로 한섬을 보자 그는 옅게 미소를 띠며 고개를 끄덕였다. 그녀가 옳게 들었다는 뜻이었다. 담월의 시선이 다시 천천히 반대로 돌아갔다. 그 시선이 한 몸에 쏟아지는 것이 쑥스러웠는지 담건은 멋쩍게 웃었다.

"오랜만이다, 월아."

"오라버니……? 진짜 오라버니세요……?"

"그래, 나다. 어릴 적 너에게 논어를 읽어 주던 걸 기억하니?"

담건은 그들의 추억을 얘기하며 담월의 얼굴에 손을 뻗었다. 그리고 눈물에 젖은 뺨을 닦아내 주었다.

"정말 너무한데. 나야 인사불성의 상태였다지만 네가 날 끝까지 못 알아보다니. 이 오라비는 너무 섭섭해요?"

"아니 그게, 전혀 생각하지 못했어요. 돌아가신 줄로만 알아서…… 세상에……."

담월은 믿을 수 없다는 눈을 한 채 손을 뻗어 담건의 얼굴을 매만졌다. 그토록 오매불망 그리워해 왔던 친형제가 바로 옆에 있는 사람이었다니…… 일그러진 입과 짓눌린 눈썹을 손으로 쓸면서 그녀는 눈물을 삼켰다.

"못 알아봐서 죄송해요…… 이렇게 다시 만날 거라곤 정말, 생각하지 못 했어요—."

우는 건지 웃는 것인지 모를 얼굴을 하며 울먹이는 얼굴에 담건은 어쩔 수 없다는 듯 피식 한숨 쉬었다.

"기뻐하든지 슬퍼하든지 하나만 해라. 그래도 기왕이면 이렇게 살아 다시 만났으니, 이 오라버니는 월이 네 기쁜 얼굴을 보고 싶은데."

"네—, 네—. 오라버니……!"

애써 웃어 보이려 했지만 그보다는 퇴적된 슬픔이 울컥 치밀어 오르는 것이 빨랐다. 마음속에 품고 있던 가장 큰 소망마저 덧없이 스러진 이 때 나타난 한 줄기 빛과 같은 희망.

"못 보던 사이에 울보가 다 됐네. 이리 와라."

담월은 그가 크게 벌린 팔 안에 스스럼없이 안겼다. 오랜만에 느끼는 가족의 온기에 눈물은 봄비처럼 흐르고 미소는 봄볕보다 따스했다. 남매의 해후를 지켜보던 한섬은 괜히 코끝이 찡해져 저도 눈가를 훔쳤다.

담월이 눈물을 그치고 진정하고 난 후, 그녀는 담건에게 있었던 일을 들을 수 있었다.

"형장으로 가기 전 날, 옥사에 갇혀 있는데 세자와 그 부하가 찾아왔지. 부하는 나와 비슷한 사람을 기절시켜서 데리고 왔더라고."

담건은 눈을 가늘게 뜨며 옛 일을 떠올렸다. 워낙 오래전의 일이기도 하고, 정신을 잃고 산지가 워낙 오래 되어 기억이 흐릿했다.

"그 이후로 정신을 잃어서 자세한 것은 생각이 안 나. 나를 빼

돌리면서 그가 중얼거리던 것 정도만 생각 날 뿐이야. 예언을 믿지는 않지만 자신한테 언제 유리하게 쓰일지 모르니까, 하면서 나를 그 외딴 집으로 끌고 갔었지. 거기 다른 녀석도 하나 있었던 거 같은데. 내가 대체로 정신을 못 차리고 있어서 이렇다 할 대화는 해 본 적 없지만…….”

“유르지크 말씀이죠? 그는 자기 고향으로 돌아갔어요.”

“그래? 그랬군. 그자도 살아서 자기 가족을 만나게 됐구나……. 결론적으로는 그 세자한테 고맙다고 해야 하려나. 어차피 귀양을 가 버렸지만…….”

“귀양이요?”

담월은 자신이 뭔가 잘못 들은 건가 귀를 의심했다. 그녀가 자리에 누워 있었던 사이에 대체 무슨 일이 있었기에? 그 물음에 대한 대답은 담건이 아닌 한섬이 대신했다.

“……그래서 대군마마께서는 나는 너에게 보내고, 그 의관을 찾아 전하께 바쳐진 독에 대한 증언을 들으셨지. 그리고서 밤새 편이 되어 줄 대신들을 찾아가 설득을 하신 거야. 즉위식이 거행되기 직전, 군사들을 끌고 가 탄헌군 마마를 포박했지.”

“그랬군요. 하지만 임금을 독살했는데 고작 귀양이라니…….”

강현의 목숨을 앗아간 이였다. 죽음을 맞았어도 시원하지 않을 판에 귀양이라니. 담월이 이불을 꽉 쥐며 분한 듯 중얼거리자 한섬도 어쩔 수 없었다는 듯 변명했다.

"그래도 세자로서 몇 년간 정국을 잘 이끌었고, 여덟 명의 병마절도사 중 다섯이 탄헌군의 편으로 알려져 있으니까. 함부로 목을 쳤다간 전국에서 난리가 났을지도 몰라. 유폐 후 귀양을 보낸 것만으로도 대군마마께서 무척 힘을 쓰신 거지."

"그건 그러네요. 그러면 지금 조정은 어떻게 돌아가고 있는 거예요? 임금의 자리는 어떻게 되는 건가요?"

담월이 정신을 잃었을 때가 임금이 승하한 지 엿새째 되던 날이었다. 왕위에 오르려던 세자가 유폐되었으니 누군가는 조정의 지휘를 도맡아야 했다. 한섬은 뿌듯한 얼굴로 제 가슴을 팍팍 치며 말했다.

"당연히 대군마마가 되시는 거지! 탄헌군이 유폐됐으니 왕이 될 수 있는 사람은 그분뿐이잖아. 안 그래도 내일이 즉위식이야. 마마께서 내게 임금의 직속 호위인 겸사복장을 맡기신다고 했다!"

한섬은 자랑스럽게 얘기했다. 한낱 천것의 신분에서 왕자를 구한 상으로 관직에 오른 것만으로도 엄청난 일인데 겸사복장이라니!

"세상에나, 축하드려요!"

"그치? 이제 나도 부족한 게 없는 사내가 됐지 뭐냐."

그래도 말하는 것은 영락없이 담월이 알던 한섬 그대로였다. 이제 혜연에게 다가가기에 자격도 모자람이 없다는 생각에 그의 기분은 날아갈 듯이 좋았다.

"거기에 네가 마마의 즉위식 전에 깨어나서 다행이다. 아, 이럴 때가 아니지. 어서 궐에 들어가서 네가 깨어났다는 걸 알려야 하는데. 내 정신 좀 봐. 이만 일어나야겠다. 도련님, 돌아올 때까지 담월이를 부탁합니다."

그래도 옛 버릇을 못 고쳐서 아직도 담건을 도련님이라 부르는 한섬이었다. 담건은 제게 맡기라며 호언장담을 했지만 담월은 고개를 저으며 이불을 걷어냈다.

"저도 궐에 들어가야겠어요. 예문관에 남은 분들도 뵈어야 하고…… 강 검열님이 그렇게 되고 저도 보이질 않았으니, 선배님들이 걱정이 많으실 거예요."

"그래? 그러면 내가 네 집에 가서 관복을 가져올 테니까 여기서 좀 더 쉬고 있어."

한섬이 안가를 떠나고 담월과 담건 둘만이 남았다. 하고픈 얘기도 해야 할 얘기도 너무 많은데, 어디부터 시작을 해야 할지 몰라서 머뭇거리던 사이, 담건이 먼저 입을 열었다.

"그러고 보니 한섬에게 들었다. 월이 너, 대군마마와 정인 사이라며?"

"그, 그런 거 아녜요!"

갑작스러운 담건의 기습에 담월의 하얗던 얼굴이 새빨갛게 달아올랐다. 다 큰 여인이 된 여동생의 모습도 낯선데, 거기에 정인까지 있다니…… 이렇게 어여쁘게 클 때까지 자라 온 모습을 보지 못한 것도 서러운데 웬 사내에게 여동생을 빼겼다는 섭섭함이 밀물처럼 가슴에 밀려들어 왔다.

"아니긴 뭐가 아니냐. 와, 이제 대군마마가 즉위하면 내 여동생은 중전마마가 되는 건가? 아버지께서 살아 계셨으면 무척이나 좋아하셨을 텐데."

"정말 그러셨을까요? 아버지께선 제가 여사관의 길을 걷길 바라셨는데……."

"그건 사실이긴 하지만, 뭐 남장을 하고서 검열 자리에도 올랐다며. 그간 고생할 만큼 고생했으니 행복을 찾아도 별말 안 하시겠지. 아버지께선 어디까지나 네 선택을 존중하셨을 거다. 혼인하지 않은 채 여사관이 되는 것이든, 여인의 행복을 찾는 쪽이든."

그래도 한섬에게 듣자 하니 올바른 사내를 만났다고 했다. 도가의 사내들이 그랬듯 올곧고 정직한 데다가 담대하여 담월과 딱 어울리는 짝이라고. 거기에 곧 이 나라의 지존이 될 몸이니 무어라 토를 달겠는가. 눈앞에 대례복을 입은 담월의 모습을 그리자 담건은 입가에 절로 미소가 걸렸다.

결에 대한 얘기로 말이 한 번 트이자 그동안 쌓여 있던 얘기들이 터져 나왔다. 한섬이 관복을 입고 돌아오기 전까지, 두 사람은 그동안 나누지 못했던 얘기를 주고받으며 울고 웃었다.

이윽고 한섬이 도착했고, 담월이 옷을 갈아입는 동안 담건과 한섬은 밖에서 기다렸다. 한섬은 맑은 하늘을 바라보며 감회가 가득한 얼굴로 그에게 말을 걸었다.

"참 예언이라는 것이 신기합니다, 도련님."

"음? 어떤 게 말이지?"

"결국에는 대군마마께서 왕이 된다는 예언이 이루어졌으니까요. 비록 그 예언이 실현되기까지 많은 피가 흘렀지만……."

"그게 바로 예언의 신기하고도 무서운 점이지. 먼저 미래에 가서 보고 온 듯이 정확하게 이루어질 일을 알려 주니까. 지금 자네야 모시던 분이 왕이 된다는 예언을 받았으니 망정이지, 탄헌군 측 사람들이 그 예언을 알고 있었더라면 어떤 수를 써서라도 예언을 바꾸려고 했을 거야. 그가 나를 살려 둔 것도 아마 그런 이유에서였겠지."

"그치만 예언은 바뀌지 않잖습니까? 더군다나 왕의 예언은요."

"글쎄, 이뤄지지 않은 예언이라면 바뀔 수도 있지 않을까. 담월의 소원은 이미 정해진 사람의 죽음을 바꾸려고 했기 때문에 실패했지만— 아, 월아!"

담건의 말은 때마침 담월이 문을 열고 나오는 바람에 끊어졌다. 반색하며 문 앞으로 다가간 담건은 순간 숨을 멈추었다. 반듯하게 관복을 차려입은, 한때 자신의 꿈이기도 했던 검열이 된

동생의 모습이 너무 어엿하고, 또 이 모습을 두 눈으로 보게 된 것이 너무나 감격이어서.

"……오라버니? 저 이상한가요?"

"아, 아니다. 그저, 부모님께서 이 모습을 보셨다면 얼마나 좋았을까 싶어서."

담건은 쓰게 웃어 보였다. 하지만 이내 활짝 웃는 모습으로 담월을 배웅했다.

"그럼 다녀오겠습니다."

"그래, 다녀와라. 너무 늦게 돌아오지는 말고."

담월과 한섬이 등을 돌려 궐을 향해 떠나갔다. 그 뒷모습을 보던 담건은 홀로 중얼거렸다.

"……내겐 남은 시간이 얼마 없으니까."

궐문 앞에 서자 담월은 오묘한 기분이 들었다. 며칠 전에는 이곳에 궁녀의 옷을 입고 오지 않았던가. 그때는 다신 궐에 오지 못할지도 모른다는 생각을 했었다. 그랬던 곳에 다시금 관복을 입고 오게 되다니…… 아무래도 도담원으로서의 삶이 조금 더 길어질 모양이었다.

"난 바로 대군마마를 뵈러 갈 건데, 같이 갈 거야?"

한섬의 물음에 담월은 고개를 가로저었다.

"일단 예문관에 먼저 들를게요. 대군마마께는…… 제가 오늘 따로 찾아뵙겠다고 전해 주세요."

"알았어. 그럼 이따 보자. 이제 막 일어났으니 너무 무리하면서 돌아다니지는 말고."

한섬을 보낸 후, 담월은 지난 한 해 몇 번이고 들락거렸던 길을 걸어 예문관으로 향했다. 예문관 안뜰에는 스산한 바람만이 불고 있었다. 얼마 전까지만 해도 모두가 실록의 제작 때문에 바쁘게 왔다 갔다 하곤 했는데…… 지금은 아무도 없는 것인지 조용하기 그지없었다.

"다들 어디 가신 거지. 설마 그때 다들 끌려간 건 아니겠지?"

생각해 보니 그녀는 다른 검열들의 소식을 들은 기억이 없었다. 강현이 죽었다는 소식만 듣고 소원부를 쓰기 위해 궐로 달려왔었으니까. 아까 한섬에게 다른 검열들은 어찌 됐냐고 왜 묻지 않았을까. 정말 아무도 없는 건 아닐까, 담월은 예문관의 문을 열기를 주저했다.

"거기 어떤 녀석이냐—! 썩 문에서 손 떼지 못해?!"

귀가 쩌렁쩌렁 울리는 호통에 담월은 놀라 뒤를 돌아보았다. 너무나도 반가운 목소리였다. 유정과 태진이 얼굴을 구긴 채 예문관 쪽으로 들어오고 있었다. 그들은 담월의 얼굴을 확인하고 그 자리에 벙찐 채 섰다.

"권 검열님! 설 검열님!"

담월이 활짝 웃으며 그들에게 다가갔다. 두 사람은 이게 꿈인지 생신지 모르겠다는 표정이었다.

"야 너 이 녀석…… 원이 너…… 살아 있었던 거냐……!"

"우린 너도 관군들에게 쫓겨서 어디론가 도망쳤거나 영영 죽은 줄 알았다고! 살아 있으면 살아 있다고 연락이라도 해야 할 것 아니니!"

"죄송합니다. 도망쳤다가 앓아눕는 바람에 여태까지 누워 있다가 이제야 왔어요."

담월은 적당히 내용을 각색했다. 소원의 힘을 모르는 이들에게 내막을 다 털어놓을 순 없었으니까. 하지만 반가운 것은 진심이었다. 그들이 담월이 돌아온 것을 못내 기뻐했기에 더더욱 그랬다.

세 사람은 예문관 안으로 들어가 지난 얘기를 나누었다.

"이 봉교님이 네가 돌아온 것을 아시면 무척 좋아하실 텐데."

"그러고 보니 이 봉교님은 어디 가셨습니까?"

"현이가 그렇게 되고 난 후 쓰러지셔서 여태 등청을 안 하고 계셔. 오늘 퇴청하고 시간 나면 그분께도 들르도록 해라. 너라도 돌아왔으니 정말로 다행이다."

담월은 알았다며 고개를 끄덕였다. 그래도 나머지 예문관 식구들에게는 크게 탈이 없는 모양이었다.

"늦게라도 대군마마가 나서서 잘 해결해 주셨지만, 그래도 현이가 죽기 전에 그랬다면 얼마나 좋았을까……."

태진은 강현이 앉던 자리를 손으로 쓸며 아쉬움 가득한 말을 뱉었다. 담월이 돌아온 것에 대한 기쁨으로 잠시 반짝이던 예문관 안은 다시금 쓸쓸한 공기로 가득 찼다.

"저, 강 형의 시신은 어찌 됐습니까?"

"마마께서 거두어 고향으로 보내 주셨어. 바른 말을 하다가 죽임을 당했다고 충신문을 세워 주신다더라. 그 집은 자식도 현이 하나뿐이었는데, 아들 목숨하고 맞바꾼 충신문이 얼마나 달갑겠느냐만은."

"그렇군요……."

강현의 고향은 동쪽으로 오백 리를 가야했다. 탁 트인 바다가 있어 아침이면 햇살과 함께 바닷바람이 잠을 깨운다며, 그는 고향 얘기를 할 때마다 그리운 얼굴을 하면서 얘기하곤 했었다.

그의 무덤은 그 바다가 잘 보이는 곳에 있을까. 꼭 가서 술을 올려야지. 한 번도 같이 술 한 잔을 안 해 주냐며 타박을 했었으니까, 술을 뿌리고 난 후 나도 한 모금 하고서. 그다음엔 사람이 약속을 그렇게 바꾸는 게 어디 있냐고 내가 타박을 해 줘야지.

한참 눈시울을 붉히며 강현에 대한 추억을 떠올리다가 담월은 자리에서 일어났다.

"강 형에 대한 감사 인사도 할 겸, 대군마마를 뵙고 와야겠어요."

"그래. 넌 대군마마랑도 친했으니까 그분도 걱정이 많으실 거야. 어서 가 봐."

담월은 서둘러 걸어 주영각에 도착했다. 그러나 그녀는 바로 들어가지 못하고 그 앞에서 서성거렸다.

무슨 말부터 꺼내야 할까, 이제 다 나았다고, 걱정하지 말라고? 태연하게 그렇게 말하면 될까. 하지만 그녀의 마음은 못내 무거웠다. 그가 한 약조를 무시하고 역사를 바꾸기 위해 소원부를 쓰지 않았던가. 결이 제게 준 마음보다 그녀가 잃은 소중한 것들에 대한 사무침을 더 크게 받아들였다. 그런 담월이 결에게 무슨 말을 할 수 있단 말인가.

차마 들어가지 못하고 고민하고 있던 그녀를 방 내관이 발견했다.

"도 검열님 아니십니까? 안 그래도 오신단 얘기를 들었습니다. 어서 드시지요. 대군마마께서 기다리고 계십니다."

결이 기다리고 있다, 그 말에 용기를 얻었음인가. 담월은 입술을 살짝 깨물었다가 주영각 안으로 들어갔다. 미안하다고 해야지, 결이 한 약속을 믿지 않은 것에 대해서…… 말도 하지 않고 경운궁을 도망쳐 나와 멋대로 소원부를 쓴 것에 대해서도.

"아, 왔나요?"

"네, 결— 아, 손님이 계셨군요."

담월은 그를 이름으로 부르려다가 다른 누가 함께 있는 것을 보고 서둘러 말을 삼켰다. 여인이었다.

"혜연 아씨 아니십니까."

"아, 네. 처음 뵙는 분인 것 같네요."

담월은 목소리를 낮추고 그녀에게도 인사를 했다. 결과 이미 파혼한 그녀가 어째서 여기에……? 담월은 결과 혜연을 번갈아 보았다. 두 사람 다 이 상황에 대해 별달리 이상함을 느끼지 않는 듯했다. 불안함이 담월의 생각을 뒤흔들었다.

"그래요, 아까 한섬에게 깨어났다는 말은 들었습니다."

앞에 혜연이 있어서일까, 다섯 걸음 정도, 일반적인 왕족과 신하의 거리에서 들려오는 결의 말은 사무적이기 그지없었다. 가까이 다가오라는 말 한 마디 없었다. 되레 혜연과 결의 거리가 더욱 가까웠다. 이런 상황에서 무슨 말을 꺼내야 할지 모르겠어서 담월이 머뭇거리는 사이, 혜연이 담월의 얼굴을 빤히 바라보다가 입을 열었다.

"저기 혹시…… 결, 내가 이상한 생각을 하는 건가요?"

"무슨 생각을 말입니까?"

"그게, 그때 봤던 여인하고 이분이 무척 닮으신 것 같아서…… 역시 내가 이상한 거죠?"

생각해 보면 담월은 두 사람이 함께 있는 것을 제대로 본 적이 없었다. 오랜 세월을 함께 보내 왔기 때문일까, 담월과 있을 때와는 달리 주고받는 대화는 편안하기 그지없었다. 마치 서로를 가족처럼 느끼는 것 같았다.

혜연의 말에 결은 고개를 끄덕이며 답했다.

"그가 그녀입니다, 혜연."

"그, 그랬군요. 몰랐습니다."

"자세히 말하면 사정이 좀 깁니다. 나중에 천천히 얘기할게요."

"그렇군요. 전 그럼 이만……."

혜연은 치마를 모아 쥐고 자리에서 일어나려 했다. 무슨 사정인지는 자세히 모르겠지만 정인인 두 사람이 있는데 괜히 방해꾼이 될 수는 없는 노릇이니까. 자세한 사정이야 밖에 있는 한섬에게 물어보면 되겠지 싶어 몸을 일으키려는 그녀를 결이 말렸다.

"아니에요. 갈 필요는 없습니다. 앉아계세요."

"그렇지만 두 분이 얘기도 나누셔야 하고……."

혜연은 앉은 것도 일어난 것도 아닌 어정쩡한 자세로 어색한 두 사람의 시선 사이에 끼었다.

"그녀는 곧 돌아갈 겁니다. 그간 자리에 누워 있느라 예문관의 일이 많이 밀렸으니까요. 몸은 좀 괜찮습니까?"

착 가라앉은 결의 시선이 허공에서 흩어졌다. 분명 자신을 보고 있는데 그 눈에는 담월이 비치지 않는 것 같았다.

"아, 네. 괜찮습니다. 마마께서는 어떠신지…… 즉위식 때문에 무척 바쁘시다고 들었는데요."

담월은 뱃속부터 떨려 오는 것을 꾹 참으며 덤덤하게 뱉었다. 아닌 게 아니라 결의 얼굴은 마지막으로 봤을 때보다 수척하고 어두웠다. 얼굴에 짙게 드리운 그늘 때문인지 그 며칠 사이에 훌쩍 어른이 된 느낌이었다.

"바쁜 것이야 크게 문제가 되는 일은 아닙니다. 아바마마의 승하며 형님의 일까지 심란한 일들이 많아 힘들었습니다만, 혜연이 있어 주어서 크게 위로가 됐습니다."

그 말에 담월의 낯이 눈에 띄게 검어졌다. 그것이 그녀에게는 왜 이렇게 힘들 때 제 옆에 없었는지에 대한 질책의 말처럼 들렸다. 담월은 아무 변명도 할 수 없었다.

대체 이 분위기는 뭐람, 혜연은 계속해서 자신을 언급하는 결의 저의를 알 수가 없었다. 두 사람이 근래 사이가 좋지 않았던 것인지, 차츰 안색이 파리해지는 담월을 보다 혜연이 서둘러 입을 열었다.

"왜 말을 그렇게 하세요, 결. 오해하시겠어요. 저기, 전 그저 중전마마께서 뵙고 싶다고 하셔서 잠시 입궁했던 거고, 정말 곧 일어나려던 참이었습니다."

"가지 마시라 하지 않았습니까. 어차피 도 검열은 곧 돌아갈 겁니다. 보름이나 자리를 비워 예문관의 일이 무척이나 바쁠 테니까요."

그 말을 하면서 결은 담월을 돌아보지 않았다. 그녀와는 눈을 마주치고 싶지 않다는 듯, 오직 시선은 혜연에게로 향해 있었다.

"……예, 대군마마의 말이 옳습니다. 사람도 줄어 일이 무척 많이 밀려 있더군요. 그럼 먼저 일어나겠습니다."

못내 먹먹한 소리로 인사를 올리고 일어났지만, 담월이 문을 나설 때까지도 결은 고개를 돌린 채 그녀를 바라보지 않았다. 잘 가라는 인사도 없이 그렇게 문이 닫히려 할 때, 결은 크흠—, 침음성을 흘리다가 입을 열었다.

"밖에 방 내관 있습니까?"

"예—, 마마."

문밖 복도에 서 있던 방 내관이 그 말에 담월이 닫으려던 문 사이로 얼굴을 내밀었다.

"도 검열을 예문관까지 데려다 주세요. 아프다 이제 막 일어난 사람이라 언제 또 쓰러질 모르니까요."

"분부가 있겠습니까. 속히 다녀오도록 하지요."

마지못해 건넨 것 같은 친절이었다. 그것을 거절할 수도 없어 담월은 방 내관을 따랐다. 가는 길 내내 그는 무엇이 그리 기분이 좋은지 생글생글 웃는 낯으로 얼굴이 흙빛이 된 담월에게 말을 걸었다.

"두 분이 참 사이가 좋으시지요?"

"……네, 그렇더라구요."

"대체 무슨 연유였는지 두 분께서 파혼을 하셔 가지고 이 내관이 얼마나 속을 썩었는지 모릅니다. 그래도 그 덕에 혜연 아씨도 좌상과 연을 끊으셔서 그 역모에 연루되지 않으셨으니 다행이라고 해야 하나요."

"저기, 그분께서는 계속 대군마마와 함께 계셨나요?"

"중전마마께서 며칠간 계속 부르셨지요."

혜연의 말이 틀린 것은 아닌 모양이었다. 하지만 이어지는 방 내관의 말에 담월의 기분은 보다 처참해졌다.

"아무래도 중전마마도 대군마마도 가까운 가족들을 한꺼번에 잃어버리셨으니 상심이 크지 않으시겠습니까. 왕실의 가족이 되리라 오래 여겨 왔던 분이라 가족과 다를 바가 없으니 불러 위안을 하시려는 게지요. 덕분에 대군마마와 아씨 사이도 다시 좋아진 듯하니, 두 분이 다시 국혼을 하시는 것도 무리는 아닐 겁니다. 무엇보다 중전께서 원하고 계셔서요."

"중전마마께서요……?"

"그럼요. 비록 이번 즉위식은 대군마마 홀로 치르셔야 하겠지만 말입니다. 참으로 잘된 일이지요. 돌아가신 전하께서 생전에 결정해 두신 혼인이기도 하니까 말입니다. 모든 것이 참 순리대로 흘러가고 있지요. 그렇지 않습니까?"

방 내관의 말에 담월은 무어라 할 말이 없었다. 그녀가 운명을 바꾸기 위해 헝클었던 흐름이 이제야 다시 제자리를 찾아가는 게 아닐까. 그런 생각이 엄습해 오자 가슴이 턱 막히는 기분이었다. 하지만 담월이 할 수 있는 것은 아무것도 없었다.

아직 그를 연모하고 있는데—, 라는 말을 스스로에게 하는 것조차도.

담월이 문을 닫고 나간 후, 결은 착잡한 얼굴로 그녀가 나간 자리에서 눈을 떼지 못했다. 이제 겨우 자리에서 일어나 파리한 얼굴, 떨리는 눈동자, 파스스 부서지는 미소. 그것들이 잔상처럼 남아 그의 마음을 어지럽혔다.

사실 그렇게까지 차갑게 굴 생각은 아니었다. 담월이 드디어 정신을 차렸다는 얘기를 한섬에게 들었을 때는 다행이다—, 는 안도감과 기쁨이 차올랐건만. 그 뒤에 묻어 두었던 서운함을 주체하지 못해 그만—

"아얏! 혜연, 무슨 짓입니까?"

생각에 잠겨 있던 결은 혜연이 제 팔을 꼬집는 바람에 상념에서 빠져나왔다. 놀라고 당황한 얼굴로 쳐다보자 혜연은 못마땅하다는 듯 입술을 뾰로통하게 내밀었다.

"아까 그분께 대체 무슨 짓이에요? 오해하기 좋은 말만 골라 하질 않나, 설마 제 앞이라고 일부러 싸늘하게 대하신 건 아니죠?"

"그런 건 아닙니다."

"그럼 뭐예요? 저와 결의 혼인이야 이미 다 지난 일이고, 별 미련은 없어요. 그래도 결과는 오래 알고 지냈고 한 가족 같으니 저 아씨와도 가급적 잘 지냈으면 했는데. 이래서야 미움만 받게 생겼잖습니까."

혜연은 그들이 대화하는 동안 켜켜이 쌓아 온 불만을 한 번에 토로했다. 비록 제 낭군이 될 사내를 빼앗아 간 여인이긴 했지만, 덕분에 혜연은 그녀 스스로 삶을 꾸려갈 수 있게 되지 않았던가. 그렇게 생각하면 감사를 해도 모자랄 지경이었다. 게다가 그로 인해 한섬을 만났고, 또 담월은 한섬의 옛 주인이자 의남매와 같은 사이라고 하니 혜연으로서는 결의 처사가 답답하기만 했다.

"어째서 말이 없으세요. 그녀가 결의 정인인 게 아니었습니까? 그런 분께 아까 같은 행동은 너무 무례하잖아요. 지금이라도 나가서 사과하세요. 마마께서 임금이 되시면 중전으로 맞으실 분이 아닙니까?"

"……그렇게 되지는 않을 것입니다."

결의 말에 혜연은 의아한 얼굴이었다. 자신과의 혼약까지 깰 정도로 연모하는 여인이 아니었던가. 그녀를 그저 후궁으로 받아들일 요량이었다면 굳이 위험을 감수하면서 파혼을 할 필요는 없었다. 물론 한 번에 두 여인을 마음에 두지 못할 사내라는 것은 알고 있었지만, 정실과 수 명의 첩을 두는 것은 권세 있는 양반가에서도 흔한 일이었고 그는 왕실의 사내였다. 첩 하나 두는 정도로는 흠이 될 일도 아니었다.

"대체 두 분 사이에 무슨 일이 있는 겁니까?"

혜연의 어조는 마치 아우를 걱정하는 누이 같았다. 가벼운 질책과 다정한 염려가 섞인 말에 결은 한숨을 푹 쉬었다.

"어디부터 얘기를 해야 할지……."

무척이나 긴 얘기였다. 어둔 하늘과 복숭아꽃 흩날리는 그 어린 날의 봄날부터 다시 만나 서로를 향한 시선을 주체할 수 없어졌을 때까지, 수많은 일들과 복잡한 감정이 쌓여 헝클어질 대로 헝클어진 이야기를 결은 천천히 늘어놓았다.

"……그래서 그간 담월은 혼절해 있다가 오늘 일어난 겁니다."

점점 먹먹해지는 결의 말을 혜연은 잠자코 듣고 있었다.

"처음에는 그녀를 제대로 도울 수 없는 무력한 내 자신에게 화가 났었습니다. 그래서 노력하고, 더욱 노력했어요. 담월에게 약조한대로 얽히고설킨 모든 일들을 바르게 풀어내기 위해 난생처음 왕위에도 욕심을 냈습니다. ……하지만 내가 힘을 가지게 됐어도 그녀는 날 의지하지 않았지요."

"그건 결이 조금 잘못한 부분이 있지 않습니까. 전하께서 돌아가셨을 때 혼자 있고 싶다고 하셨다면서요."

혜연은 결이 담월의 위로를 거절했던 때의 얘기를 꺼냈다. 그것은 결도 무척이나 후회하고 있는 부분 중 하나였다. 그로 인해 강현이 목숨을 잃지 않았던가. 비록 그자가 담월을 친인 그 이상으로 보는 것은 탐탁지 않았으나, 그는 또한 담월에게는 소중한 가족이기도 했으니까.

"내 일이 아니더라도 어깨에 짐이 많은 여인이니까, 내 슬픔까지 보태고 싶지 않았던 것뿐입니다."

"정말 그게 전부입니까?"

혜연의 말은 정곡을 찌르는 부분이 있었다. 과연 그와 몇 년을 약혼녀이자 누이요, 가장 친한 지기로 지냈던 여인다웠다. 이 슬기롭고 지혜로운 여인 앞에서는 도무지 거짓을 들이댈 수가 없었다. 결은 결국 백기를 들었다.

"……아니, 사실은 내 약한 모습을 보여 주고 싶지 않았던 걸지도 모르지요. 안 그래도 내게 기대지 않는 여인인데, 슬픔으로 나약해진 모습을 보이면 더욱 홀로 떠나갈 것 같았습니다."

그때 어떻게 하는 것이 옳은 것이었을까. 담월이 소원부를 쓰고 쓰러진 이후 그 후회는 계속해서 결의 발목을 잡아 왔다.

안 그래도 짊어진 것이 많은 그녀에게 기대는 것이 옳았을까. 내가 그대의 슬픔을 나눴듯이 그대도 내 슬픔을 함께 해 달라 졸랐어야 했을까. 그랬다면, 적어도 역사를 바꾸는 소원을 빌기 전에 자신에게 한 마디 운이라도 띄워 줬을까. 어쩌면 소원부를 쓰는 그녀를 지키며 함께할 수 있었을지도 모른다. 하지만 이 모든 것은 부질없는 가정이었다.

"내겐 더 이상 담월을 붙잡아 둘 용기가 없습니다."

"결, 그 무슨 나약한 소리입니까? 그분이 들으면 서운해하실 겁니다."

혜연의 말에 결은 고개를 저었다. 그의 마음에 오래도록 뿌리 내리고 있었던 불안이 날것의 말로 토해져 나왔다.

"혜연, 내가 필요치 않다는 듯 모든 것을 혼자 해내려는 그녀를 보면 말이에요. 내게 말했던 연정이 진실인지, 아니면 내가 그녀의 정체를 알고 있으니 어쩔 수 없이 내게 맞춰 주었던 것인지 자신이 없어집니다. 이 모든 게 내 억지로 돌아가는 게 아닐까 하는 생각이 드는 거예요."

그렇다면 진실을 알기 전에 내가 먼저 그녀를 놔주는 것이 낫지 않을까 생각했다. 스스로가 만들어 낸 두려움에 패배해 나약한 한탄을 하는 것이라 해도 어쩔 수 없었다. 담월의 연정이 거짓일지도 모른다는 것보다, 사랑하는 여인이 자신 때문에 애써 연심을 꾸며내고 있을지도 모른다는 것이 더욱 괴로웠으니까.

"사내가 다 되신 줄 알았더니, 이럴 땐 왜 이리 어린아이 같습니까?"

계속해서 아니다, 아니다 말하던 혜연은 그러기도 지쳤는지 짜증스럽게 내뱉었다.

"저 여인이 결에게 직접 멀어져 달라고 얘기라도 했어요? 아까 얼굴을 보니 하늘이 내려앉은 얼굴이던데요."

"그래도……."

마치 어머니께 꾸중을 듣는 기분이었다. 결은 말끝을 흐렸지만 혜연은 집요했다. 여인에게 서툰 사내라는 것은 옛적부터 이미 알고 있는 바이긴 했지만, 그 오랜 정마저 저버리고 택한 여인이 아니던가. 그 절절한 마음은 대체 어딜 갖다 버리고 상처받은 자존심만 내세우는 건지.

"답답하기는. 가서 직접 얘기하세요. 그녀를 위해 왕이 되겠다던 건 말뿐이셨습니까?"

결국 짜증을 참지 못한 혜연은 결에게 잔소리를 퍼부었다.

"아까도 그래요. 무슨 소인배처럼 여인에게 질투를 시키시려고 그래요? 그것도 저를 이용하시고…… 결이 그것밖에 안 되는 사내였다니 제가 다 실망입니다. 아니면 이제 왕위에 오르게 되니 그녀가 눈에 안 차시는 겁니까?"

"무슨 말을 그렇게 합니까, 혜연. 그럴 리가 없지 않습니까!"

묵묵히 그녀의 말을 감내하고 있던 결은 혜연의 도발에 버럭하며 소리를 질렀다. 그러고서는 아차, 하며 소리를 질러 미안하다고 얘기하는 그에게 혜연은 고개를 끄덕이며 말했다.

"그래요. 그걸 말하시면 되는 일 아닙니까."

혜연이 생각하기엔 사내든 여인이든 별로 다를 것이 없었다. 힘든 일이 생기면 그 때문에 상대도 힘들까 염려하며 혼자 그 짐을 다 짊어지려 하고, 그러면서도 상대가 힘들 땐 그 짐을 나누어 줬으면 하게 되는 것. 그것이 연모라는 것이 아닌가. 결국 중요한 것은 서로를 생각해서 나온 행동이라는 것일 텐데.

"믿으세요. 그 여인을 제대로 알지도 못하는 제가 할 말은 아니겠지만, 당신께서 연모한 여인이 아닙니까? 결이 스스로의 마음에 정직하지도 않은 여인을 좋아할 리가요. 올곧고 굳세어서 기대 주지 않는 것이 서운하다지만, 결을 향한 그녀의 마음도 그와 같지 않겠어요."

서로 똑같은 사람들끼리 같은 모습을 보며 오해를 할 수가 있구나, 혜연은 고민에 잠긴 결의 얼굴을 보며 생각했다.

"……일단 내일 즉위식이 끝난 후에 얘기를 해 봐야겠습니다."

"그러세요. 소선의 정원에서 그러셨듯이 마마의 마음을 솔직하게 털어놓으세요. 그러면 그분도 진솔하게 답해 주실 겁니다."

하여간 아직도 어린아이 같은 구석이 남아 있었다. 손이 많이 가는 동생을 어르고 달랜 기분에 혜연은 피식 웃었다. 이런 결이 내일 이 나라의 임금이 된다니. 그를 아주 어릴 적부터 보아 왔던 혜연으로서도 무척이나 고무되는 일이었다.

"그러면 소녀는 이만 일어나겠습니다. 내일 새벽같이 일어나 준비하셔야 할 텐데 제가 너무 시간을 빼앗으면 아니 되겠지요."

"이후로도 계속 어마마마께 들러 주세요. 혜연과 함께 있으면 근심을 많이 내려놓으시는 것 같아요."

"여부가 있겠어요. 제겐 어머니와도 같은 분이신 걸요."

혜연이 괜찮다는데도 결은 기어코 나와 직접 그녀를 배웅했다. 혜연은 주영각을 나서기 직전, 다시 한 번 몸을 돌려 결에게 극구 당부했다.

"부디 사과는 늦지 않게 하세요. 여인의 상심은 한번 시작되면 걷잡을 수가 없으니까요."

"알겠습니다. 슬슬 어두워지는 것 같으니 조심해서 들어가세요."

그러고 나서야 그녀는 주영각을 떠났다. 혜연이 가고 나서도 결은 계속 주영각 앞뜰에 서 있었다.

해가 저물어가는 어두운 공기 속에서, 그는 아까 그답지 않게 냉정하게 구느라 제대로 된 인사도 못 하고 보내야 했던 담월의 모습을 그리고 있었다. 방 내관을 함께 보내긴 했지만 그 아픈 몸으로 여기까지 왔다가 그런 냉대를 받고 가는 길이 얼마나 사무쳤을까.

결은 저물어가는 해를 힐끗 바라보았다. 내일 새벽부터 즉위식의 준비를 하려면 지금쯤 잠자리에 들어야 했다. 하지만,

"……아까 있었던 일만이라도 일단 사과해 두는 게 좋겠지."

잠시 다녀오겠습니다, 결은 즉위식이 내일인데 어딜 가느냐는 방 내관의 말에 그렇게 대답하고 한섬만을 동행한 후 주영각을

떴다.

담월은 주영각을 떠나 예문관으로 돌아왔다. 다들 어딜 갔는지 예문관 안은 허전하기 그지없었다. 그녀는 책상 위에 널려 있는 사초 더미를 대충 치우고 그 위에 엎드렸다. 무척이나 피곤했다. 하지만 가늘게 뜬 눈 사이로 쌓여 있는 일감이 보이자 결국 담월은 다시 일어났다.

그녀가 보름이나 자리를 비운 데다가 강현도 없고, 거기에 실록의 제작까지 겹친 예문관은 그야말로 난리였다. 늘 가지런히 정리되어 있던 지필묵은 아무렇게나 널려진 상태였고 곳곳에서 먼지가 묻어 나왔다. 무거운 몸을 이끌고 눈에 보이는 것부터 치워 나가던 담월은 한숨을 내쉬며 중얼거렸다.

"역시 이대로 그만둬 버리면 다른 분들께 너무 민폐겠지."

담월은 사직을 생각하고 있었다. 이제 그녀가 이곳에 남아 할 일이 없었으니까. 아버지의 죄상도 신물도 찾았다. 유일하게 살아남은 가족인 오라버니와도 만났다. ……더 이상 그녀에겐 궐에 남아야 할 이유가 없었다.

자신이 결의 옆을 떠나도, 그는 괜찮을 거니까.

"그래. 그 아씨는 오래도록 왕자비로 교육도 받아 왔고, 나보다 그분에 대해서도 더 잘 알고……."

듣는 이 하나 없는 곳에서도 더 이상 차마 그의 이름을 부를 수 없었다. 그 언젠가, 그가 부디 이름으로 불러 달라며 부드러운 목소리로 부탁을 속삭이던 때가 있었는데. 이제는 그럴 수 없을 것 같았다. 담월에게 언제나 연모의 정을 희구하던 그의 마음은 다시는 허락받을 수 없이 단단하게 얼어붙어 있었다. 차갑게 그녀를 바라보던 눈빛이 잊히질 않았다. 마음에 단단히 박혀 가슴을 시리게 했다.

"이제 꿈에서 깨어날 때도 됐어. ……그동안 행복했잖아. 분수에 안 맞는 꿈이었어."

이제 물기조차 묻어나지 않는 말에는 체념이 깊게 가라앉아 있었다. 스스로 마음에 걸리는 것이 있어서 더욱 그랬다. 끝까지 그가 해결해 줄 것이라 믿지 못하고 소원부를 써 버렸으니까. 아마 그런 그녀에게 크게 실망했으리라.

부드럽고 자상한 분이었다. 그런 분의 진심을 나 같은 게 계속 붙들고 있는 건 예의가 아니니까. 이제는 이 마음을 접고 그 분께서 이 나라의 임금이 되시는 걸 신하 된 도리로 축하드려야지.

"이제는 오라버니도 계시니까. 고문을 당하셔서 몸이 안 좋아지셨으니 내가 잘 보살펴 드려야지. 그래, 가족을 위해 사는 게 내가 바라던 거잖아. ……실록의 일이 마무리가 되고 새로운 검열들이 들어올 때까지만 일하자. 그러면 사직서를 내고, 풍경이 좋은 곳으로 오라버니를 모시고 가서 사는 거야. 염치없지만 스승님께 부탁드리면 되겠지."

일전에도 도성을 떠나 살기를 권했던 소선이라면, 옛 제자들을 위해 적당한 곳에 집을 물색해 주리라. 벌어먹고 사는 것이 걱정이긴 했지만, 서책을 필사하거나 편지를 대필해 주는 일을 한다면 굶어 죽기야 할까.

"그때까지 잘해 나갈 수 있을까…… 적어도 예전의 정리가 있으니 설마 마마께서 나를 내치시진 않겠지. 사관으로 생활하는 것까지는 봐주실 거야."

담월은 혼잣말을 중얼거리며 물건을 정리하다가 이내 지친 듯 자리에 돌아와 앉았다.

"……언제까지 있어야 할까. 마마의 혼례 전에 그만둘 수는 없을 테고."

아무리 전 임금의 상중이라고는 하지만 새로 왕이 된 이의 중전 자리를 오래 비울 수는 없는 노릇이었다. 길어야 삼 년, 그때면 갈퀴로 속을 긁어내는 것 같은 괴로움도 진정이 될까.

담월은 복잡한 속을 정리하듯이 천천히 예문관 안을 청소해 나갔다. 정신없이 쌓여만 가던 사초들은 한구석에 차곡차곡 정리해 두었다. 초벌 작업이 끝난 사초들은 맑은 물에 깨끗하게 글씨를 씻어 낸다. 실록에 실리지 않은 내용들이 유출되지 않게 관리하는 것이다.

한때는 역사였던 것들이 그렇게 씻겨 내려간다. 그 찬 물에 손을 담그고 한 장, 한 장 배긴 먹을 씻어내다 보면 이 마음도 세월의 흐름에 씻겨 내려가리라. 그러면……그분의 혼인을 진심으로 축하드릴 수 있게 될까.

담월은 정리를 마치고 예문관을 나섰다. 벌써 사위가 어둑어둑 해지고 있었다. 집에 들러 오라버니를 모셔 올 준비를 마치고 안가로 가야 했기에 그녀는 서둘러 궐을 빠져나갔다.

결은 큰 버드나무 그늘 뒤에서 그 모습을 바라보고 있었다. 숨소리조차 스산한 바람 소리에 가려져 담월은 그가 그곳에 있다는 것을 눈치채지 못하고 담벼락의 문 너머로 사라졌다.

차마 이름을 부르지도 못한 채 아련한 눈으로 담월이 사라진 자리만 훑고 있는 결을 보며 뒤에 있던 한섬이 물었다.

"월이와 다투기라도 하신 겁니까?"

"……아니다. 그저 내일이 즉위식이라 마음도 복잡하고 생각이 많아서, 그저 얼굴만 보고 싶었다."

사과를 하러 오긴 했지만, 얼굴을 마주하고 말을 꺼내면 또다시 섭섭한 마음이 먼저 앞서 나올 것 같았다. 예문관 안으로 들어가지도 못하고, 그렇다고 주영각으로 돌아가지도 못한 채 한참을 서성이다가 결국 결은 그녀를 보내고 말았다.

"주영각으로 돌아가자. 벌써 시간이 많이 늦었다."

내일 즉위식이 끝난 후에 그녀를 불러 다시 얘기하리라, 그렇게 마음먹고 결은 주영각으로 걸음을 옮기며 한섬에게 시킨 일에 대해 물었다.

"그보다, 도성 안의 무관들의 동태는 알아보았느냐."

"예. 몇몇 이들이 수상쩍은 행태를 보이고 있긴 하지만 구체적으로 행동을 보이고 있는 자들은 없습니다."

탄헌의 즉위식에 병사를 이끌고 난입한 결이었다. 말하자면 그도 반대로 같은 수에 당할 수도 있는 것이었으니 조심해서 나쁠 것은 없었다. 때문에 지난 며칠간 한섬에게 특히 욱을 따르던 자들의 행보가 어떤지를 유심히 관찰하라 일러두었다. 그는 담월의 상태를 확인하러 다니면서도 열심히 조사를 한 모양이었다.

"제일 걱정한 것이 실질적으로 동원할 수 있는 군사를 지닌 오위도총부였습니다만, 곽 도총관 그자는 탄헌군 제일의 심복이라더니 가장 조용하군요."

"곽 도총관이 비록 형님의 오랜 심복이긴 했지만 사리를 분별하지 못하는 사람은 아니니까. 아마 형님께서 아바마마를 독살한 것은 그에게도 꽤나 큰 충격이었겠지……."

욱이 임금을 독살한 것은 오로지 그의 독단으로 인한 행위로 처리되었기에 욱의 심복들은 대부분 조정에 남아 있었다. 실제로도 그 사실에 대해 알고 있던 이들은 별로 없었다. 욱도 심복들이 함께 처벌 받는 상황은 피하고 싶었는지 오로지 자신 혼자 결정하고 시행한 일이라 실토했다.

그들이 탄헌군과 함께 죄를 받지 않은 것을 다행으로 여기고 몸을 사리고 있는 건지, 아니면 뒤로 칼을 갈고 있느라 숨죽이고 있는 것인지. 어느 쪽인지는 누구도 알 수 없었다.

"저는 그자가 썩 마음에 들진 않습니다만……."

일전에 좌의정의 난 때 곽별회에게 험한 말을 들었던 적이 있는 한섬은 눈살을 찌푸렸다. 그런 그를 결이 달랬다. 이 도성의 주요한 방비를 도맡고 있었으니, 결이 왕위에 오른다면 척을 져서는 아니 되는 사람이었다.

"너무 그러진 말게. 그래도 사람 보는 눈이 있어서 제대로 된 실력을 갖춘 사람은 무척 좋아하니까. 저번 일 이후로 나도 자네도 그 사람의 마음에 든 눈치더군. 이제 옥좌에 올라야 하는데 그런 사람의 신뢰를 받을 수 있다면 좋은 일이지."

결은 이미 욱의 심복들을 품고 가기로 결심하고 있었다. 그 수가 한둘도 아니다 보니 그 모두의 자리를 비우고 새 사람을 뽑으려면 엄청난 혼란이 있을 테니까. 언젠가는 자신이 이욱 못지않은 왕재라는 것을 그들이 인정하리라고, 결은 그렇게 생각했다.

"정말 내가 왕이 되는구나……."

작년까지만 해도 이런 일이 있을 거라고는 생각도 못 했던 결이었다. 정말 수없이 많은 일이 있었던 한 해였다. 늘 꿈꿔 왔으나 이루어질 거라고는 생각하지 못했던, 담월과의 만남이 있었고 그 이후로 매 순간 순간이 상상도 못 한 일들의 연속이었다. 그리고 그 순간마다, 결은 언제나 담월과 함께였다.

비록 대조전의 즉위식에 나란히 들어갈 수는 없겠지만 내일 또한 담월과 함께일 것을 결은 믿어 의심치 않았다.

"들어가자. 내일은 새벽부터 바삐 움직여야 할 것이다."

그렇게 말하고 주영각으로 향하던 결은 문득 하늘을 올려다 보았다. 먹먹한 밤하늘에 별들이 찬연히 반짝이고 있었다.

"……내일 날이 맑겠군."

"그러믄요. 최고의 날이 될 겁니다."

"그랬으면 좋겠는데."

결은 그렇게 한참을 별을 바라보고 서 있었다. 그리고 마음속으로 소원을 빌었다. 내일, 그리고 이후까지도, 그의 생의 모든 찬란한 순간에 그녀와 함께할 수 있기를.

담월은 안가로 가기 전 집에 먼저 들렀다. 하인들에게 담건이 지낼 방을 준비하라고 이르고 그녀는 방에 들어가 편한 옷으로 갈아입었다. 갓끈까지 매고 일어서려다가, 담월은 문득 뭔가 생각이 난 듯 책상의 서랍을 열었다.

"버려야 하려나……."

담월이 꺼낸 것은 종이로 된 반지였다. 연모의 정을 한 글자 한 글자 적어 그녀의 손에 맞게 말은, 어디 장터에 가서 팔려고 해도 누구 하나 사 주지 않겠지만 금은보다 소중히 간직해 왔던 것이었다.

"만약 담월이 신물을 모아 역사를 바꾸어도 우리의 마음이 변치 않기를, 그리고 그대가 정녕 여사관이 된다고 해도 그 마음만큼은 나를 향하기를 바라는. 그런 이기적인 바람을 담은 반지입니다."

정작 역사는 바뀐 것이 없는데 그토록 애틋하게 다짐했던 그들의 마음은 그 어드매를 헤매고 있는 것일까. 담월은 그 반지를 손에 꼭 쥐었다. 차마 버릴 수는 없었다. 그러나 그것을 펴서 읽어볼 자신도 없었다. 때늦게 펼쳐진 연서는 그 글자 하나하나마다 그녀의 가슴을 할퀴어 나갈 테니까. 담월은 고민하다가 그 반지를 품에 넣은 채 일어났다.

문이 열리는 소리에 담건은 마루에 앉아 있다가 앞뜰로 나왔다. 아까는 관복이더니 이번에는 사내 차림인가, 참 별 모습을 다 보는구나 싶어 그는 피식 웃었다.

"이제야 왔구나. 기다리다 지쳐 잠들 뻔했지 뭐냐."

"오라버니?"

담월은 조금 놀랐다. 아까 담월이 낮에 안가를 나설 때와는 그는 달리 깔끔하게 정돈된 모습을 하고 있었다.

"하하, 너무 지저분한 것 같아서 정결히 몸도 씻고 오고 수염도 좀 다듬었다. 옛날 모습이 조금은 나오는 것 같나?"

"그러게요. 진작 제가 좀 다듬어 드렸으면 좋았을 텐데."

말끔해진 얼굴에서는 정말 옛 담건의 얼굴이 엿보였다. 발버둥치는 것을 붙잡고 세수며 수염을 다듬어 주었더라면 그가 오라버니인 것을 좀 더 일찍 알 수 있었을까. 담월은 가벼운 후회를 하며 문을 걸어 잠갔다.

"들어가자, 할 말이 있어."

"아, 저도 오라버니께 드릴 말씀이 있습니다."

담월은 문을 닫은 후 담건을 따라 안으로 들어갔다. 그는 벽에 기대앉은 후 이야기의 순서를 담월에게 양보했다.

"그럼 어디 너부터 얘기해 봐. 무슨 얘기인데?"

"좀 이따 제가 살고 있는 집으로 옮겨 가요. 이미 준비는 다 해뒀어요."

"여기가 네 집인 게 아니었어?"

"그렇다고 하기엔 여긴 너무 살림하는 느낌이 아니잖아요?"

그건 그렇긴 하지, 담건은 머쓱해하며 말했다.

"북촌에 있는 곳이라 주변도 조용하고, 방도 여러 채예요. 이미 오면서 오라버니가 계실 곳을 정리해 두라고 일러 놨어요."

"뭐야, 하인도 있는 거야?"

"그럼요. 오라버니는 저 담월이만 믿고 몸만 가시면 됩니다."

가슴께를 툭툭 치며 자랑스럽게 얘기하는 모습이 영 사내아이 같아서 담건은 웃음이 나왔다. 아까는 영락없는 여동생의 모습이었는데, 이리 보니 자신도 모르던 남동생이 하나 생긴 것 같지 않은가.

"일단 도성에서 몇 해 있다가, 제가 사직한 이후엔 오라버니를 모시고 시골로 내려가려고요. 제가 예전에 팔도를 돌아다닐 때 봐 둔 곳이 여럿 있거든요. 바다가 있는 곳도 있고, 산수가 수려한 곳도 있고―."

미래의 계획을 말하는 담월의 눈은 차분하게 빛이 났다. 비록 큰 것을 저버리고자 마음을 먹긴 했지만, 그토록 바라 왔던 삶이 기다리고 있었으니까. 그 모습을 담건은 흐뭇한 얼굴로 바라보았다.

"아차, 제 얘기만 했네요. 오라버니 생각은 어떠세요?"

"그래, 좋은 계획이구나. ……널 조금이라도 더 일찍 만날 수 있었으면 좋았을 텐데."

"……오라버니?"

흐뭇한 미소를 뭉개는 쓸쓸함에 담월은 불길함을 느꼈다. 그는 벽에서 등을 떼고 바로 앉고서, 제 웃옷 옷고름을 풀었다. 담월은 놀라 저도 모르게 입을 가렸다. 살갗을 빼곡하게 채운 상처 자국들은 흡사 고목나무의 거친 껍질들 같았다.

"내 몸은 이미 망가질 대로 망가졌어. 오늘도 네가 나가고 피를 두 번이나 토했지 뭐냐."

담건은 말을 잇지 못하는 담월을 보며 다시 옷을 여몄다.

"내가 그날 어떤 고문을 받았는지 월이 넌 짐작하지 못할 거야. 그러고서 세자의 감옥에서 칠 년여를 살았지. 제대로 된 치료도 못 받고, 겨우 하루 기력을 차릴 만큼의 식사나 하면서 말이야."

"……!"

"아마 길어야 일 년일 거다."

제정신을 차린 후부터 담건은 자신의 목숨이 얼마 남지 않았다는 것을 눈치채고 있었다. 수시로 구역질을 해 댔고 기괴하게 뒤틀린 뼈들은 움직일 때마다 비명을 질러 왔다. 오랜만에 만나게 된 여동생에게 걱정을 끼치고 싶지 않아 숨겨 왔지만, 자신과 함께하는 나날을 그리는 담월에게 그의 상태를 더 이상 비밀로 했다가는 더 큰 상처를 남길 것 같았다.

담건의 말에 그녀는 손을 바들바들 떨다가 벌떡 일어났다.

"어딜 가려는 거야?"

"당장 사직서를 내고 오겠습니다. 저와 함께 지내요. 제가 병구완을 하겠습니다. 제가 몸이 좀 나으면 소원부를 써서 오라버니를 낫게 할 수 있을 거예요!"

어떻게 다시 만난 오라버니인데. 이렇게 보낼 수는 없었다. 아무것도 바꾸지 못할 소원에 과하게 힘을 써 버리고 정작 필요할 때는 아무것도 하지 못하다니…….

당장이라도 뛰쳐나갈 것 같은 그녀를 담건이 붙잡았다.

"내 얘기 안 끝났다, 월아. 계속 들어 봐."

그 한 마디에 담월은 오도 가도 못한 채 그대로 섰다.

"예언의 계시를 받았어."

"네……?"

"그것도 무척이나 큰 예언이야. 너도 알겠지만, 소원부를 쓰는 것만큼이나 예언부를 쓰는 것도 몸에 큰 부담이 가지. 그 예언이 크면 클수록 더해. 아마 이 예언이 내 목숨을 앗아갈 거다."

자신의 목숨이 걸린 일인 데도 담건은 무덤덤하게 말했다.

"안 받으시면 되잖아요!"

"아니, 이 예언은 꼭 받아야 해. 지금 이 나라에 내가 아니면 예언을 받을 수 있는 자는 아무도 없잖아?"

담월은 아무 말도 할 수 없었다. 그나마 재능이 있다고 알려졌던 강현마저 없는 지금, 예언을 받을 수 있는 도가의 사내는 담건 그뿐이었다. 하지만 어째서, 죽을지도 모르는데도 왜……

"어쩌면 난 이 예언을 위해 여태껏 목숨을 부지해 왔는지도 몰라. 신물을 갖다 주겠니?"

하지만 그녀는 오라비의 말을 거부할 수 없었다. 그녀가 소원의 힘을 타고나 그 쓰임에 대해 교육받고 자라왔듯이, 담건 또한 예언을 받는 것이 제 삶이라 여기며 자라오지 않았던가.

지필묵을 준비하는 담월의 얼굴은 도살장에 끌려가는 짐승의 것과 닮아 있었다. 담건은 그 모습을 보며 씁쓸하게 미소 지었다. 만약 죽어 저승에 가면 월이에게 저런 표정을 짓게 했다고 아버지께 크게 야단이 나겠다는 실없는 생각이 들어서였다. 하지만 그것도 잠시, 신물을 앞에 둔 그의 얼굴은 더없이 진중해졌다.

담건은 붓을 잡았다. 붉은 모필을 검은 먹에 적시기 시작하자 그의 시야가 흐려졌다. 큰 예언을 받을 때, 그들은 자신을 잃고 무아지경에 빠졌다. 담월은 그가 몸을 부들부들 떨며 붓을 적시는 것을 옆에서 보고 있었다. 예언을 받는 모습을 보는 건 그녀로서도 처음이었다. 목숨을 위태롭게 할지도 모르는 큰 예언, 담건의 떨리는 몸을 그녀는 불안하게 바라보았다.

그리고 마침내, 그의 붓이 새로운 예언을 써 내려가기 시작했다. 새로운 왕의 예언을.

구름 하나 없어 별과 달이 선명하게 보이던 하늘에 뇌성이 울렸다. 늦은 밤이었기에 밤하늘을 가르고 궐내의 칠성각에 떨어진 큰 줄기의 번개를 본 이는 얼마 없었다.

예언을 마친 담건은 손에서 붓을 떨어트리고 그 자리에서 옆으로 우당탕 쓰러졌다.

"오라버니!"

"아아, 괜찮아. 좀 어지러워서 말이다."

하지만 그는 바닥에서 일어나지 못한 채 가쁜 숨을 몰아쉬었다.

"……도무지 못 일어나겠는데. 월아, 무슨 예언인지 읽어 봐."

담월은 울컥 올라오는 눈물을 삼키고 방금 전 담건이 써내려간 예언부를 집어 들었다.

"높이 오른 덩굴의 꽃은 해와 함께 뜨고 달과 함께 져 버리니. 스러진 덩굴은 썩어 거름이 되고, 다시 목련의 계절이 돌아오리라……."

"무슨 소리람…… 하여튼 예언은 너무 돌려 말한다니까."

담건은 힘든 기색을 보이면서도 투덜거렸다. 하지만 담월은 뭔가 짚이는 구석이 있었다.

"덩굴과 자목련…… 저 예전에도 이 비유를 본 적이 있어요."

"뭐? 어디서?"

"아버지의 예언에서요! 이건 다음 대 왕의 예언이에요! 하지만 어째서, 대군마마께서 곧 즉위하시는데 지금 왜 왕의 예언이……."

담월은 당황을 감추지 못한 채 아버지 도규언이 썼던 왕의 예언을 다시 떠올려 보았다.

늦되어 자란 덩굴이 먼저 자란 자목련을 타고 올라 궐의 대들보 위에 오르리라.

그것은 경원대군이 왕이 되리라는 예언이었다. 덩굴은 경원대군 이결을 말하는 것이요, 자목련은 탄헌군 이욱을 가리키는 것이었으니…….

“옛 예언대로라면 왕이 되는 것은 대군마마가 맞아요. 하지만 새로운 예언과 말을 맞춰 본다면…… 대군마마께서 즉위하시는 건 맞지만 곧바로 탄헌군이 그분을 끌어내리고 왕위에 오른다는 건데.”

단 하루를 보좌에 올라도 임금은 임금. 규언의 예언은 맞았다. 내일 즉위식이 끝나면 결은 이 나라의 왕이 되고, 그리고 담건의 예언에 따라 탄헌군에 의해 폐위될 것이었다. 하늘의 농간이라고 볼 수밖에 없었다. 담월은 얼떨떨한 기색을 감추지 못했다.

“내가 엄청난 예언을 써 버렸구나. 하하…… 태어나 처음이자 마지막으로 받은 예언이 왕의 예언이라니.”

“마지막이라니요, 그런 말은 마세요!”

담월은 들고 있던 예언부를 내팽개친 후 무릎걸음으로 담건에게 서둘러 다가갔다. 그리고 그를 무릎에 뉘인 후 상태를 살폈다. 입술이 검게 죽어 가고 있었다.

“하핫…… 탄헌군이 날 살려 둔 보람이 있군. 그의 감사를 받을 수가 없어서 아쉽구나…….”

“오라버니! 정신을 차리세요!”

담월이 계속 어깨를 흔들었지만 그의 의식은 점차 흐려져 갔다.

"이런 예언을 받아 버려서 네겐 미안하구나…… 기껏 살은 목숨으로 받은 예언이, 네 정인을 치는 예언이라니……쿨럭……!"

담건은 애써 참고 있었던 구역질을 뱉었다. 덩어리가 진 검은 핏덩이들이 입가를 더럽히며 튀어나왔다.

"아니에요, 오라버니! 부디 힘을 내세요! 어떻게, 어떻게 만났는데! 이렇게 가실 순 없어요!"

담월은 어찌할 줄을 모르고 그저 울며 담건의 푹 패여 가는 얼굴을 매만졌다. 그 눈물 고인 눈동자에 파르르 떨리는 촛불 같은 빛이 당장이라도 훅 꺼질 것 같아 담건은 손을 뻗었다. 하지만, 힘이 들어가지 않았다.

하핫—, 수 년의 고난을 지나 이렇게 겨우 하루를 만났는데, 네게 준 것이 기쁨보다 슬픔이 더 많다니…… 오라버니로서는 영 실격이구나. 이럴 줄 알았더라면 차라리 그때 죽어 버리는 것이 나았을지도 모르겠군.

손을 뻗어 눈물을 닦아 줄 수도, 울지 말라고 어깨를 도닥여 줄 수도 없었다. 담건은 손끝과 발끝의 감각이 차츰차츰 없어지는 걸 느꼈다.

"오라버니! 제발……!"

"월아—, 부디 넌…… 윽! 쿨럭……쿨럭……!"

그래도 이 짧은 하루라도 너를 만나서 좋았다. 영영 못 볼 줄만 알았던, 평생 내게는 작고 어린아이이기만 했던 너였는데. 이렇듯 자라 어엿한 여인이 된 모습도 보고, 내가 꿈꿔 왔던 관직에 오른 모습도 볼 수 있어서 다행이었다. ……조금 더 행복한 얼굴을 보았더라면 더욱 좋았을 텐데. 저승에 가서 부모님께 할 얘깃거리가 더 많아졌을 테니까 말이야.

남은 힘을 모아 한 마디를 뱉으려 했지만 끝내 담월은 그의 마지막 말을 들을 수 없었다. 두루마기 자락에 검디검은 피 칠갑을 하고, 숨을 다한 오라버니를 품에 안은 채 그녀는 도성에 내리쳤던 천둥보다 더 큰 소리로 오열할 수밖에 없었다.

이제 정말 모든 것이 그녀에게서 떠나갔기 때문에.

"그가 죽었단 말입니까?"

결이 담건의 죽음에 대해 전해 들은 것은 그날 아침이었다. 새벽에 안가에 들렀다 온 한섬이 그에게 자초지종을 설명해 주었다.

"네. 어젯밤에 들렀는데…… 때문에 그 아이는 못 올 것 같습니다. 강 검열이 죽은 지 얼마 되지도 않았는데, 가까스로 만난 친오라비마저 하루 만에 죽다니……."

"고문을 심하게 당한 것 같더니 몸이 많이 쇠약해져 있었나 보군요."

결은 씁쓸하게 중얼거렸다. 한섬은 그런 것 같다며 고개를 끄덕였다. 결은 곤복의 옷매무새를 다듬으며 한숨을 쉬었다. 담월이 유일한 가족마저 잃어버린 날이 왜 하필 그가 이 나라의 명운을 어깨에 걸어야 하는 아침인 것인가. 그가 오늘 보좌에 올라야 하는 이만 아니었다면 어떻게든 짬을 내서 그녀를 위로하러 갈 수 있었을 텐데.

"오늘 즉위식이 끝나고 그대는 담월에게 가세요. 필시 위로가 필요할 것입니다. 나는…… 며칠은 있어야 시간을 낼 수 있겠지요."

임금의 자리에 오르는 순간부터 해결해야 하는 일들이 산재해 있었다. 원래대로라면 아바마마의 상을 치르며 정치에서는 손을 떼는 것이 새 왕의 도리였지만, 탄헌군이 그렇게 실각하면서 엉망이 된 일들이 많아 결은 어제도 장계를 읽다 잔 참이었다.

"마마, 이제 인정전으로 가실 시각이옵니다."

밖에서 방 내관이 그를 재촉하는 소리가 들렸다. 결은 침묵하다가 면류관으로 손을 뻗었다. 오색 주렴이 달린 면류관을 혼자 쓰는 것은 참으로 기이한 기분이었다. 아바마마께서 이 관을 직접 씌워 주셨다면 어땠을까. 있을 수 없는 가정에 결은 자조하며 자리에서 일어섰다.

큰 북 소리가 궐내를 울렸다. 처음에 울리는 북은 초엄이라 하여 병조에서 시위군사와 의장을 앞서 배치하는 일이었다. 일전에 탄헌군의 일이 있었던 만큼 이번 즉위식에는 그 배에 달하는 군사들이 인정전을 철통같이 둘러쌌다.

이윽고 두 번째 북소리가 울렸다. 종친과 만조백관이 붉은 조복을 차려입고 열을 맞추어 인정전 앞뜰로 걸어 들어왔다. 그리고 임금만이 걸을 수 있는 가운데 붉은 길을 향해 몸을 돌렸다.

결은 가마에서 내려 인정전 안으로 걸음을 옮겼다. 방 내관이 가까이 붙어 홍양산으로 결에게 큰 그늘을 만들어 주었다. 그의 모습이 인정전 안에 보이자 모두가 자리에 엎드리며 깊이 부복했다. 악공들의 연주가 웅장하게 한 명의 왕이 탄생하고 있음을 알리기 시작했다. 결은 그 사이를 천천히 지나가고 있었다.

이 자리에 오르기까지 그 얼마나 많은 일들이 있었는가…… 걸음걸음마다 만감이 교차하는 기분에 그의 걸음이 느려졌다. 이제는 없는 외조부 대신 좌상의 자리에는 부족한 그를 아껴 주고 믿어 준 스승 소선이 있었고, 그를 못마땅한 눈으로 지켜보던 이들은 이제 그를 진정한 자신들의 임금으로 인정하며 그의 앞에 엎드리고 있었다.

그러나, 단 한 사람이 없다는 사실만으로도 이리 사람이 가득 찬 대전 앞이 허전하게 느껴질 수 있다니. 저물어 가는 가을의 찬바람이 가슴에 새어 들어와 속이 시렸다. 지금 이 옆에, 고운 대례복을 차려입은 담월이 있었다면, 아니 하다못해 지금 저 아래에서 그녀가 이 모습을 보고 있었더라면…….

중전도 없이 홀로 단상 위에 올라선 결은 드디어 옥좌에 앉았다. 바닥에 부복하고 있던 신하들은 일어나 앞을 향했고, 임금이 된 그가 내뱉을 첫마디를 기다리고 있었다. 인정전을 가득 메운 고요한 공기 속에서 그가 입을 열었다.

"우리에게는 정말 많은 일들이 있었습니다. 오늘이 오기까지 끝을 알 수 없는 욕심과 싸움에 숱한 죽음을 맞이해야 했습니다. 상왕께서도 그것을 피하실 수가 없었습니다."

선왕 형원을 언급하는 결의 말에 모두의 얼굴이 숙연해졌다. 훌륭한 왕이었다. 뛰어난 무재와 문재를 고루 갖추고 있었고 좋은 신하들을 골라 중용하는 데에도 남다른 혜안을 갖고 있었다. 그가 실수한 것이라면 오로지 자식들의 일에 눈이 어두웠던 것뿐이리라.

아버지를 생각하며 결은 잠시 말을 멈추었다가 다시 이어 나갔다.

"그 모든 것이 무엇을 위한 것인지가 중요합니다. 사사로이 개인의 이익과 권력을 위한 것임이 아니라 이 나라를 위한 것이어야 합니다. 천명을 받들어 백성을 바르게 이끌기 위한 길이 되어야 합니다. 그것을 위해서라면 나는 누구의 뜻도 받아들이겠습니다. 나와 생각을 달리한다면, 그것으로도 좋습니다. 내가 독단에 빠지지 않게 반대를 주창하고 감언이설에 휘둘린다면 충언을 마다하지 마세요. 그것이 과인이 만들어 가는 나라의 모습이 될 것입니다."

결은 그 자리에 선 모두와 하나하나 시선을 맞추며 말을 마쳤다. 그의 눈빛에는, 말에는 감히 거역할 수 없는 무게가 실려 있었다. 아직도 탄헌군의 그늘 아래에 있던 경원대군만을 기억하던 이들은 그 모습에 몸을 부르르 떨었다. 백관들 중 가장 앞자리에 서 있던 좌의정 소선은 감격을 주체하지 못하는 얼굴이었다.

이어 우승지가 크게 외쳤다.

"산호(山呼)—."

앞에 도열한 이들이 이어 외쳤다.

"천세(千歲)—."

"천세—!"

"천천세!"

새로운 지존의 역사가 시작됨을 알리는 소리는 끝없이 울려 퍼졌다. 인정전을 넘어 궐내에서, 그리고 저 멀리 궐 밖에서조차도 이 순간을 함께 하기를 원하는 백성들의 소리가 여기까지 울려왔다.

그러나 주렴의 그늘이 깊게 드리운 결의 얼굴은 밝아질 줄을 몰랐다.

이게 모두가 그토록 원하던 왕의 자리란 말인가…… 그는 먹먹한 기분으로 하늘을 올려다보았다. 자신을 향한 만세가 울려퍼지는데도 기분이 유쾌하지 않았다. 보좌에서는 남들보다 세 치 위의 자리에서 조금이라도 하늘에 더 가까이 닿고자 한 이들의 피 냄새가 나는 것 같았다. 그들의 영혼이 면류관을 짓누르는 것인지 목이 뻐근해져 왔다. 이곳에서 보아도 하늘은 이다지 아득할 뿐인데. 주렴 사이로 햇빛이 부서져 들어왔다.

'아바마마, 이것이 아바마마께서 제게 원하셨던 것입니까.'

하지만 이제는 물어도 그 어떤 대답도 들을 수 없으리라. 그 답은 결 스스로가 찾아야 하는 것이었다.

도성의 거리는 새 임금의 즉위로 어딜 가든 축제와 같았다. 담월이 있는 결의 안가도 예외는 아니었다. 굳게 닫힌 문 너머에선 흥겨운 가락과 사람들의 신이 난 목소리가 들려왔다. 그런 가운데 담월은 그녀 혼자서 이 세상과 유리된 사람처럼 담건의 시신 앞에 앉아 있었다. 마치 혼이 빠져나간 사람 같았다.

하루 종일 그녀는 앞으로 어찌해야 할까를 생각했다. 우선 오라비를 묻어야 하는데, 마땅히 묻을 곳이 없었다. 아직 아버지의 죄가 벗겨진 것도 아니라 선산으로 갈 수도 없었고, 그녀 홀로 강현이 아버지를 묻었던 곳까지 담건의 시신을 가져갈 수도 없었다. 한섬에게 부탁을 하려고 해도 이제 그는 바쁘고 중요한 일을 맡은 사람이 되었기에 함부로 이런 부탁을 할 수가 없었다.

하지만 어떻게든 하려면 할 수는 있을 것이다. 소화처럼 시신을 화장하고 간직해 두었다가 그들의 집안이 불명예를 벗고 나면 선산에 그 뼈라도 가지런히 묻어줄 수 있으리라.

그러면 그를 묻고 난 후에는 무엇을 해야 할까. 담월은 점점 더 어두워지는 방 안에서 하루가 다 갈 때까지 생각에 잠겨 있었다. 이제 더 이상 그녀가 원하는 것이 무엇 하나 남아 있질 않았다. 아버지 사건의 진실을 밝히고 다시 오순도순 가족과 함께 사는 것, 그 모든 것이 무너져 내렸다.

아니, 궐에는 그녀의 일이 남아 있기는 했다. 그녀가 일 년간 쌓아 왔던 기록과 그것을 선왕의 실록으로 만드는 일은 그녀가 빠진다면 큰 차질을 빚을 것이 틀림없었다. 하지만 그녀가 없다고 해서 아주 안 될 일도 아니었다. ……이제 와 실록을 만든다는 일이 그녀에게 무슨 소용일까. 그 보람은 어디까지나 담월이 아닌 사내 도담원의 것일 텐데.

그렇다면, 여인 담월로서 해야 할 일은 무엇이 남았을까.

몇 시간이나 말 한 마디 하지 않고 앉아 있던 담월은 문득 무언가를 결심한 듯 자리에서 일어났다. 그리고 농을 뒤져 궁녀의 옷을 꺼냈다. 그녀가 실록의 종이를 얻기 위해 입었던 그것이었다. 담건이나 한섬이 깨끗하게 빨아 넣어 놓았는지 구김 하나 없이 깔끔했다.

담월은 큰 통에 물을 담았다. 땔감이 없어 미처 데우지도 못한 찬 물이었다. 그리고 그녀는 갓을 풀었다. 망건도 상투도 벗었다. 꽁꽁 묶여 있던 긴 머리카락이 스르륵 풀리며 어깨 아래까지 내려왔다. 그리고 그녀는 두루마기의 고름도 풀었다.

한 겹 한 겹, 가을의 꽃들이 잎을 하나하나 놓아 주며 부드러운 꽃술만 남듯이 그녀는 실오라기 하나 걸치지 않은 나신이 되었다. 닫힌 문 사이에서 새어 들어오는 빛만이 그 부드러운 여인의 곡선을 비출 뿐이었다. 그리고 차디찬 물 안에 몸을 담갔다. 보드라운 살결에 오소독오소독 소름이 돋아났지만 담월은 아랑곳 않고 몸을 깨끗이 씻었다.

목욕을 마치고 담월은 궁녀의 옷으로 갈아입었다. 속곳부터 저고리 치마까지 단정히 차린 후 마른 머리는 곱게 빗어 새앙머리를 올렸다. 지난번 탄헌군이 가져간 댕기만 달지 못했을 뿐이었다. 그녀는 면경으로 제 얼굴을 살폈다. 자리에서 일어난 지 얼마 되지 않아 낯빛이 어두웠다. 눈에는 흐린 빛이 촛불처럼 가늘게 흔들렸다. 담월은 호흡을 가다듬으며 두근거리는 심장을 진정시키려 애썼다. 그리고 신물을 챙겨 넣은 필묵함을 들고 자리에서 일어났다. 그 손에는 결이 준 종이 가락지를 끼운 채였다.

담월이 궐에 도착했을 때는 이미 날이 어두워져 있었다. 댕기가 없는 것이 마음에 걸렸지만 즉위식으로 인해 워낙 많은 사람들이 오고 가는 날이다 보니 문지기는 아무 의심 없이 그녀를 궐 안으로 들여보내 주었다.

처음 궐에 들어왔을 때가 생각나는 밤이었다. 그때는 봄이었기에 밤바람이 서늘해도 점차 따뜻해질 거라는 기대가 있었는데, 지금 불어오는 가을바람은 더없이 차가운 예고로 뺨에 닿아왔다.

그녀는 우선 예문관에 들렀다. 창호지를 바른 창문 너머로 은은한 빛이 새어 나왔다. 다른 것도 아니고 즉위식이었으니, 두 명의 검열은 후배들의 빈자리를 아쉬워하며 오늘도 밤을 새서 사초를 다시 정리하고 있을 것이 틀림없었다.

담건의 죽음이 아니었다면 그녀도 분명 선배 검열들과 함께 저 자리에 있었으리라. 이 예문관에 있는 동안 사관의 자리에서 임금의 즉위식을 지켜볼 수 있는 것은 큰 축복이라면서, 그 모습을 보지 못하고 죽은 강현이 하늘에서 아쉬워하고 있을 거라며 다소 눈물 젖은 얘기와 함께 웃음꽃을 피웠겠지.

그녀는 예문관 쪽으로 걸음소리를 죽이며 다가갔다. 그리고 품에서 편지 하나를 꺼내 문가에 내려놓았다. 작별의 편지였다.

이제 그녀는 검열 도담원이 아닌, 도담월로 돌아가야 했으니까.

그 안에는 그녀가 누구이며, 지금껏 무슨 사정으로 남복을 하고 예문관에 들어오게 됐는지까지를 소상히 적어 두었다. 보통의 사내들이라면 자신들을 기만했다며 있는 대로 화를 내겠지만, 담월은 그들과 함께한 일 년을 믿었다. 예문관에서의 보낸 나날들은 언제나 그녀의 마음속에 함께이리라.

담월이 편지를 내려놓고 사라지고, 예문관 안에서는 태진이 고개를 갸웃하며 유정에게 물었다.

"방금 누구 발소리가 들린 거 같지 않니?"

"문 앞에 나인으로 보이는 그림자가 어른거리긴 하던데. 어디 나를 남몰래 사모하는 궁녀가 밤새 일하는 내 모습을 훔쳐보려고 온 겐가?"

"그 소리 집에 있는 부인이 들으면 또 잔소리를 할 텐데."

태진의 핀잔을 들으면서도 유정은 너스레를 떨며 자리에서 일어났다.

"제 낭군으로 섬기는 사내가 뭇 여인들의 시선을 끈다는 건 오히려 자랑으로 삼아야지. 내가 내자한테 못 하진 않잖아? 그래도 어디 그 나인의 기대는 저버리지 말아야지."

유정은 나인에게 제 얼굴이라도 보여 주려는 듯 문을 열고 나섰다. 그러나 어둠 속에는 아무도 없었다.

"뭐라도 있어?"

"아니, 부끄러움이 많은 여인인가 본데. 벌써 사라졌어. …… 그치만 편지를 두고 갔군. 이 나이에 연서라니, 이거야말로 부인에게 바가지 긁힐 일인데."

유정은 담월이 두고 간 편지를 집어 들고 안으로 들어왔다. 그는 편지를 팔랑거리며 고민되는 얼굴로 태진에게 물었다.

"어쩌지, 버릴까? 읽어 버리면 또 괜히 부담스럽단 말이지."

"그래도 쓴 사람의 성의가 있으니 읽어 보지 그러니. 난 이런 거 꽤 좋아해서 말이야. 내가 먼저 읽어 봐 주지."

그 말에 유정이 태진에게 담월의 편지를 건넸다. 가벼운 흥미가 이는 얼굴로 편지를 펼친 그는 편지를 읽어 내려갈수록 심각한 얼굴이 되었다.

"뭐야, 왜 그래? 같이 야반도주 하자는 내용인 건 아니지?"

"이거 읽어. 읽어야 해."

태진은 유정에게 억지로 편지를 쥐여 주고 예문관 밖으로 뛰어나갔다. 하지만 이미 한참 전에 사라진 담월을 찾을 수는 없었다.

"이 나쁜 녀석……! 기왕 얘기를 할 거면 직접 얼굴을 보고 얘기하든가!"

태진의 한탄에 이어 당황한 유정이 따라 나왔다. 야, 이거 뭐야. 진짜냐? 그의 물음에 태진은 답할 수 없었다. 말해 줄 수 있는 사람은 이미 어둠 속으로 사라졌으니까.

결은 선정전의 침전 안에서 홀로 촛불을 밝힌 채 앉아 있었다. 대조전은 아버지 형원의 시신이 안치되어 있었고, 그렇다고 새 임금이 작은 주영각에 머물자니 격이 맞지 않는다 하여 새로 옮긴 곳이었다. 허전한 공기 속에서 왕이 된 첫 날이 저무는 것을 느끼고 있던 그에게 한섬이 문을 열고 다가왔다.

"아직도 퇴궐하지 않았습니까?"

"어찌 됐든 저도 겸사복장으로는 첫 날이라, 어쩐지 집에 돌아갈 마음이 들지 않아서요. 그보다 전하, 담월이가 이것을 전하께 전해 달라고……."

한섬이 건넨 것은 그가 담월에게 주었던 가락지였다. 다시 제 손으로 돌아온 그 반지를 보며 결이 놀라자 한섬은 담월이 전했던 말을 덧붙였다.

"이 안에 적힌 말이 아직도 진실이라면, 주영각 앞에서 기다리겠다고 합니다. 대체 무슨 일입니까?"

그 말을 듣자마자 결은 손에 그 가락지를 꽉 쥐었다. 이것은 담월이 그에게 주는 마지막 기회가 틀림없었다. 그는 체통도 잊은 채 헐레벌떡 뛰어나왔다. 이 밤에 어딜 가시는 거냐 따라오는 내관들도 물리친 채였다.

주인이 떠난 주영각에는 서늘한 바람만이 불었다. 결은 숨을 헐떡이며 그 안으로 들어갔다. 옛 주인을 닮아 작고 소박하게 꾸며진 안뜰에, 환한 달빛을 받으며 그녀가 서 있었다.

"담월……."

"오셨습니까, 전하."

담월은 손을 가지런히 모으고 그에게 임금을 대하는 예를 갖췄다. 무슨 연유에서인지 나인의 차림을 한 그 모습이 생소해 결은 먼발치에서 그것이 담월이 맞는지 한참을 바라보다가 겨우 가까이 다가왔다.

"……보고 싶었습니다."

무슨 말을 할까, 한참을 고민하다 결국 나온 말은 이것이었다. 무엇 때문에 궁녀의 옷을 입었는지, 왜 그에게 다시 종이 가락지를 돌려보냈는지, 친형제를 잃고 얼마나 마음이 아팠는지. 그 모든 말은 그 뒤로 밀려났다.

"그대를 위해서 왕이 되고자 결심했었는데, 어디에도 담월이 보이질 않아서 임금이 된 기분이 들지 않았거든요."

텅 빈 것 같이 허전한 마음이 들었던 건 그 때문이었다. 누구보다도 자신의 즉위를 기뻐해 주길 바랐으니까. 그의 말에 담월은 살풋 미소 지었다.

"오라비의 일 때문에 부정을 탈까 입궐하지 못했습니다. 저도 전하께서 이 나라의 임금이 되시는 모습을 보고 싶었는데요."

기이할 정도로 상냥하고 부드러운 말이었다. 그 말에 용기를 얻은 결은 조심스럽게 담월의 양손을 붙잡았다. 그녀는 거절하지 않고 그가 손을 매만지는 대로 가만히 있었다. 한참을 이곳에서 있었는지 손이 찼다. 그녀의 손에 따스한 온기를 전하면서, 결은 이제야 어제의 사과를 꺼냈다.

"어제, 그대에겐 내가 필요 없는 것처럼 느껴져서 섭섭한 마음에 투정을 부리고 말았습니다."

자신의 잘못을 인정하는 것은 쉽지 않은 일이었다. 하지만 결은 숨을 고른 후 말을 이어 나갔다. 혜연의 말대로 솔직하게 그의 심정을 털어놓을 것이다. 일전에도 그렇게 해서 담월의 마음을 얻지 않았던가.

"사실 섭섭하다기보단 내가 담월에게 도움이 되기는 하는 걸까, 그런 자책감에 그 탓을 그대에게 돌린 것뿐이었지요. 무척이나 치기 어린 행동이었음을 반성하고 있습니다."

"전 괜찮아요. 제가 감히 전하께 그런 기분을 느끼게 했다는 사실이 송구할 뿐이에요."

"아니요, 그대가 잘못한 게 아닙니다. 문제는 내 약함과 두려움이었어요. 내가 그대에게 내 감정을 강요한 것이 아닐까. 담월은 아니라고 하지만, 내 신분과 그대의 정체를 숨겨야 하는 처지 때문에 나에게 맞춰 준 것은 아닐까. 그런 생각이 드는 밤이면 잠을 이루지 못했습니다."

"그건 결단코 아닙니다!"

담월은 무심코 소리를 높이며 제 손을 잡은 결의 손을 꼬옥 붙잡았다.

제 손을 잡아오는 가는 손가락에 결은 가슴이 벅차올랐다.

"……그 가락지에 쓴 내 연정이 아직 진실이라면 이곳으로 와 달라고 했지요."

"네, 그랬습니다. 소녀가 감히 전하께 그런 무례한 부탁을 드렸지요."

"나는 언제나 그대의 마음이 내게 향하기를 바라 왔어요. 그리고 그 마음은 지금도 다름이 없습니다."

그러나 이 여인을 은애하는 데는 그것만으로는 부족했다. 소원의 힘을 가진 이 조선에서 가장 특별한 여인, 어느 사내대장부보다도 당당하고 올곧은 나의 정인. 도담월이라는 여인을 마음에 품는다는 것은 그저 서로가 이어지기를 바라는 마음만으로 되는 것이 아니었다. 결은 담월과 시선을 나란히 두었다.

"하지만 나는 지금 이 순간, 이 나라의 왕이 되어 원하는 모든 것은 손에 넣을 수 있는 지위에서도. 그대를 원한다는 말을 할 수가 없습니다. 원래도 평범한 여인이 아닌, 여사관이 되길 원했던 그대였으니까요."

결의 시선 끝에서 담월의 눈동자가 놀란 듯 커졌다. 살짝 벌어진 입술 사이로 결……? 하며 그의 이름이 새어 나왔다.

"담월이 원하는 삶을 살게 해 주고 싶습니다."

가혹한 운명에 휘둘릴 대로 휘둘리고 지친 여인이었다. 그녀가 자신의 옆이 아니라 그 다른 곳에서 행복할 수 있다면, 결은 그것을 받아들이고자 했다.

"여사관이 되길 원합니까? 그대가 정녕 원한다면 그리하겠습니다. 그대를 내 품에 안지 못하고 다른 이와 정담을 나누는 모습을 그대에게 적나라하게 보여 줘야 한다 해도, 그것이 담월 그대가 바라는 삶이라면 난 그저 바라만 보겠습니다."

결의 말에 놀란 것은 오히려 담월이었다. 촛불이 큰 바람에 위태롭게 흔들리듯 그녀의 눈동자가 떨렸다.

"저를 원한다던 말은—."

"원합니다, 원하고말고요. 내가 왕이 아니라 왕자의 신분이기만 했어도 그대만 생각했을 겁니다. 그대만 원했을 거예요."

결은 담월의 말을 잘랐다. 그녀를 원하지 않아서 이러는 것이 아니었다.

"하지만 이제 내가 어깨에 짊어진 것들이 있듯, 그대 역시 마음에 품었던 바가 있음을 잘 압니다. 내 욕심만으로 그대를 묶어두고 싶지 않아요. 그러니 부디 답해 주세요, 담월. 나는 그대가 원하는 사내가 될 것입니다. 그대의 꿈을 꺾지 않고 자유로울 수 있게 놓아줄 것입니다. 지켜만 보겠습니다. 그 시선마저 부담스럽다면 눈을 감겠습니다. 마음도 접겠습니다. 하지만…… 정녕 그댈 향한 제 마음이 이루어질 수는 없겠습니까?"

간절하게 뱉은 마지막 부탁이었다. 지금 그는 담월에게, 제 여인이 되어 달라 말하고 있었다. 이제 자신과 함께하는 길이 그리

녹록지 않음을 잘 알고 있었지만, 담월을 위해 나라의 왕이 되었으니 그녀와 함께 그 길을 가고 싶었다.

제발, 속으로 몇 번이나 되뇌었을까. 한 나라의 임금이 되었는데도 담월의 손을 잡은 결의 손은 첫 연정을 고백하는 소년의 것처럼 떨렸다. 이윽고 담월의 입이 떨어졌다.

"훌륭한 왕이 되겠다고 약조해 주세요."

흔들리던 그녀의 눈빛은 어느새 차분하게 가라앉아 있었다. 그녀는 조곤조곤 자신의 소망을 읊었다.

"힘없고 무력한 자도 억울하지 않을 세상을 만들어 주세요. 부디 이 세상에 또 다른 누군가가 이리 슬프고 괴롭지 않게, 허나 운명이 시련과 고통을 준다면 그들이 그것을 뛰어넘을 용기를 가질 수 있는 나라를 만들어 주세요."

"담월……."

"그런 왕이 되어 주신다면, 소녀는 이 한 목숨 다하는 날까지 전하의 여인으로 살아갈 것입니다."

그 말에 결은 더 이상 참지 못하고 담월을 끌어안았다. 이제야 비로소 임금이 되었다는 실감이 났다. 수많은 신하들 앞에서 즉위식을 치를 때에도 공허하기만 하던 마음이, 그녀가 그의 왕의 길에 나란히 서주겠단 말에 감격으로 차올랐다.

결의 어깨에 얼굴을 파묻고 그 온기를 느끼던 담월이 그의 귀에 작게 속삭였다. 부디, 오늘 저를 결의 여인으로 받아주세요.

"담월…… 괜찮겠습니까?"

결은 걱정 어린 눈으로 물었다. 몸져 누워 있다가 일어난 것이 어제의 일이었는데. 하지만 그는 담월의 간절한 눈빛을 거절하지 못했다.

결은 그 자리에서 담월에게 몇 번 입술을 맞춘 후, 아무도 없는 주영각으로 그녀를 이끌었다. 아직 침구를 치우지 않은 옛 침전에서, 결은 떨리는 손으로 담월의 옷고름을 풀어 나갔다. 어슴푸레 달빛에 비친 흰 살결에 그의 손이 닿고, 담월은 그의 손이 이끄는 대로 제 몸을 맡겼다.

밤은 더욱 깊어지고 태풍이 불 듯 거칠게 불어오는 바람 소리만이 궐내를 휩쓸었다. 바람이 불어온 구름이 달빛으로 환하게 빛나던 밤하늘을 어둡게 메웠다. 도성 곳곳에서는 밤의 어둠으로도 모자라 더 짙은 그늘 속으로 서둘러 움직이는 사람들의 발소리가 대궐을 향하고 있었다.

제4장
왕자의 난

담월은 이불을 걷고 조심스럽게 몸을 일으켰다. 아래에서 생소한 뻐근함이 느껴졌지만 못 움직일 정도는 아니었다. 옆에는 결이 그새 잠들어 있었다. 그 얼굴을 보니 아까의 일이 다시 떠올라 담월은 얼굴을 붉혔다.

남녀가 몸을 섞는 일에 대해서 들어 본 적은 있었지만, 실제 이렇게 정인과 함께하니 듣는 것과는 또 다른 느낌이었다. 담월이 마음을 받아 준다 하기 전까지는 소년 같더니 몸을 겹치기 시작하자 사내로 돌변하질 않나. 처음 해 보는 행위에 몸은 불편했지만 그래도 서로의 살이 닿는 촉감은 지금까지의 모든 불행을 잊을 정도로 부드러웠다. 여기까지 온 그녀의 결심조차 잊을 정도였다.

"……고마워요, 결. 내 부탁을 들어주어서."

담월은 손을 뻗어 꿈속에서 그녀의 말을 듣고 있을 결의 얼굴을 가볍게 매만졌다. 그리고 허리를 숙여 입을 맞춘 후 조용히 일어났다. 그리고 한편에 가지런히 정리해 둔 옷가지를 다시 주섬주섬 차려입었다. 피가 묻은 속치마 위에 남색 치마를 두르고 저고리를 갖춘 후, 담월은 주영각 밖으로 나왔다.

달조차 보이지 않는 어둠 속에서 그녀는 결이 오기 전 숨겨 두었던 필묵함을 챙기고 걸음을 옮겼다. 한 걸음 움직일 때마다 뜨겁고 끈적끈적한 것이 다리에 흘러내렸지만, 더 이상 그런 걸 신경 쓸 계제가 아니었다.

그 시간, 병조판서의 집에서는 수십의 병사들이 횃불과 무기를 들고 도열해 있었다. 병판은 초조한 기색으로 누군가를 기다리고 있었다.

"그분은 아직이시냐."

"서신이 도착한 것이 두 시진 전이니 곧 도착하실 겁니다."

그때 병조판서의 집 대문이 끼이익 소리를 내며 열렸다. 마당에 도열한 이들의 시선이 모두 뒤로 쏠렸다. 이 야밤에 몰래 도성에 들어오는데도 감출 것 하나 없다는 듯 핏빛 붉은 두루마기를 걸친 탄헌군 이욱이 그 안으로 걸어 들어왔다.

"오랜만이군, 병판. 무려 보름 만인가."

"오셨습니까 저하!"

욱은 도성을 떠나갈 때보다 조금 수척해진 모습이었다. 그 때문에 안 그래도 날카롭던 인상이 더욱 매서워져 있었다.

"준비는 모두 마쳤겠지?"

"예. 이곳을 비롯해 대궐과 가까운 몇 개의 안가에 병사들을 숨겨 두었습니다. 그 일이 터졌을 때 저하께서 빠르게 조치를 하신 덕분이지요."

결이 욱의 죄를 거론하며 그를 잡아들였을 때, 욱은 변명하거나 둘러대지 않고 순순히 죄를 인정했다. 그것이 결의 방심을 부르고 다시 돌아올 계획을 세우기에 유리했기 때문이었다.

"나보다는 내 아우…… 전하께서 마음이 여리신 덕분이었지."

"그러게 말입니다. 마음씨 하나는 참 착하신 분이지요. 하지만 그리 물러서는 임금의 자리를 오래 보전하시진 못할 겁니다."

탄헌군과 병조판서는 웃으며 대화를 나누었다. 어조는 일상적인 일을 얘기하듯 평이했으나 그 말에는 가시가 돋쳐 있었다.

"그래. 그런 자가 왕위에 올라 있는 것은 하루면 족하지. 오위의 군사들도 준비되었는가?"

"그간 조용하긴 했지만 곽 도총관에게 밀서가 확실히 전달되었으니, 우리가 먼저 움직이면 그쪽도 반응을 보일 것입니다."

욱은 만족스럽게 고개를 끄덕였다. 거센 바람에 붉은 도포가 펄럭였다. 소란이 일기 좋은 날씨였다.

"가자, 보위에 오르러."

욱의 말이 떨어지기 무섭게 병조판서가 손을 휙 들었다. 도열해 있던 병사들이 창을 바닥에 쿵쿵 찧다가 이내 우렁찬 함성을 지으며 문을 빠져나갔다. 욱은 다시 말 위에 올라타 천천히 그 뒤를 따르기 시작했다.

결은 흠칫 놀라며 잠에서 깨어났다. 우와아아아—!!!! 밖에서 엄청난 함성 소리가 들려오고 있었다.

"전하—! 여기 계시옵니까! 전하!"

방 내관이 그를 부르며 여기저기 뛰어다니는 소리가 울렸다.

"여기 있다! 무슨 소란이냐!"

결이 자신의 위치를 알리자 방 내관은 서둘러 문을 열고 뛰어 들어와 부복했다.

"불입니다! 창덕궁 서문 쪽에서 불이 났습니다! 궐의 사람들이 불을 끄고 있지만 이곳과 그리 멀지 않아 불이 곧 옮겨 붙을 겁니다!"

"불이라니, 담월 어서 피해야……!?"

옆자리를 돌아본 결은 그제야 담월이 없음을 알아차리고 온몸의 피가 식는 걸 느꼈다. 황급히 떠난 자리에 손을 뻗어 보았지만 이미 온기가 식은 지 오래였다. 벗어 둔 옷가지도 없는 것을 보니 결이 잠들어 있는 사이 떠난 것이 틀림없었다.

"……이러려고 내 여인이 되겠다 한 건가……하하……."

"전하, 어서 일어나셔야 합니다!"

방 내관이 허탈한 웃음을 짓는 결의 팔을 이끌었다. 그때, 한섬이 소리치며 달려왔다.

"전하! 전하께서 여기 계십니까?"

"그래, 여기 있다. 불이 난 것은 알고 있으니 소란 피우지 말게."

순식간에 착 내려앉은 목소리로 결은 한섬의 물음에 답했다. 하지만 한섬의 다급함은 가라앉을 줄을 몰랐다.

"불보다 더 큰일이 났습니다요!"

"불보다 큰일이라니?"

방 내관도 무슨 소리냐며 한섬을 돌아보았다.

"군사들이 쳐들어왔습니다! 대궐의 북쪽과 남쪽입니다. 대체 어디서 나타난 건지 그 수가 수백입니다!"

"……뭐라?"

"내금위가 막아 내고 있긴 하지만 역부족입니다. 아까 머무시던 선정전에서는 자객을 마주쳐 처리하고 오느라 늦었습니다. 전하께서 여기 계셔서 천만다행이었습니다."

담월이 결을 이곳으로 불러내지 않았다면, 그가 여기서 밤을 보내지 않았더라면 결은 꼼짝없이 자객에게 죽은 목숨이 될 뻔했다. 그는 섬뜩한 기분에 제 목을 손으로 감싸 쥐었다. 갑자기 대궐로 쳐들어온 군사라니, 그 정체는 구태여 확인하지 않아도 뻔했다.

"형님의 군사들인가!"

"아무래도 문지기들을 매수해 몰래 군사를 들여온 것 같습니다. 빨리 여길 벗어나셔야 할 것 같습니다."

결은 서둘러 옷가지를 걸치고 주영각을 나섰다. 서편에서는 화마의 불길이 시뻘겋게 타오르며 어둔 밤을 대낮같이 밝히고 있었고, 동편에서는 도검류가 부딪치는 챙강챙강 소리가 시끄럽게 울렸다.

"역시 형님을 귀양 보내는 것만으로는 부족했던가……."

"병사들이 쳐들어오지 않은 남쪽으로 모시겠습니다."

결은 고개를 들어 이 난리 중에도 조용히 가라앉아 있는 남쪽의 공기를 살폈다. 어둠에 젖은 하늘이 수상쩍었다.

"아니, 남쪽은 아니다."

"그렇다면 어디로…… 혹 아는 비밀 통로가 있으십니까?"

결은 고개를 가로저었다. 어차피 그가 아는 비밀 통로는 이미 욱이 다 알고 있는 것이었다.

"내가 갈 곳은 정해져 있다. 인정전으로 간다."

"전하! 위험합니다!"

"나라의 임금이 되어 내 자리를 버리고 도망갈 생각부터 할 수는 없지 않나. 방 내관, 한섬, 따라오라. 내키지 않는다면 그대들만 도망가도 좋다."

결은 거침없이 걸음을 옮겼다. 방 내관과 한섬은 서로 시선을 교환하더니 어쩔 수 없다는 듯 결의 뒤를 따랐다. 주영각의 문을 완전히 넘어서기 전, 그는 잠시 걸음을 멈추어 뒤를 돌아보았다. 담월은 대체 이 난리 통에 어디를 향한 것인지…… 하지만 오래 머물 수는 없었다. 그들은 서둘러 어둠 속으로 몸을 숨겼다.

담월은 궐 안에 있는 칠성각 앞에 서 있었다. 불길이 이는 소리와 군사들이 전투를 벌이는 소리가 들려왔지만 담월은 아랑곳하지 않고 자리에 앉았다. 그리고 필묵함을 열었다. 신물의 종이와 붓, 먹이 전부 있는 것을 확인하고 그녀는 벼루에 물을 부어 먹을 갈았다.

차마 글을 쓰는 데 집중할 수 없을 만큼 사방이 요란했지만 담월은 차분했다. 오로지 먹 가는 소리만이 그녀의 주변에 있는 듯했다. 이윽고 적당한 농도로 먹이 갈리자 그녀는 붓 끝을 천천히 적셨다.

"그때 꽃을 피우는 소원부를 썼을 때만 해도 일이 이렇게 되리라고는 전혀 상상도 못 했는데……."

담월은 잠시 눈을 감고 그때를 떠올렸다. 어둠 속에서 번져나가는 붉은 도화와 그 사이로 세차게 내리는 빗물. 하늘을 밝히는 뇌우 속에서도 빛나던 결의 벅찬 미소—.

지금쯤 결은 깨어났을까. 허전한 옆자리를 보며 사무치는 것은 배신감이었을까 아니면 허망함이었을까. 그보다는 슬픔이었을까. 그를 깨워 떠나야 한다 말할 수가 없었다. 그랬다면 분명 그는 담월 혼자서 모든 것을 짊어지지 말라며 말렸을 테니까.

"하지만 이것이 내가 원하는 바예요, 결. 그대의 그 미소가 앞으로도 이어지기를 바라는 것이요."

들을 사람이 없는 혼잣말을 중얼거리던 그녀는 이내 마음을 다잡은 듯 붓을 바로 들었다. 그리고 한 글자 한 글자 정성을 다해 글을 적어 내려갔다.

경원대군이 탄헌군을 물리치고 다시금 왕이 될 거라는 소원을.

하늘이시여, 사람이 태어날 때 무릇 각자의 천명을 갖고 태어난다면 소녀의 천명은 무엇이었나요. 이 소원의 재주로 무엇을 하라 이 땅에 저를 내려 보내셨나요.

저는 잘 모르겠습니다. 그 어느 곳에도 제 자리가 확연히 있는 것 같질 않아 많이도 헤맨 나날이었어요. 하지만 이젠 알겠습니다. 지금 여기, 제가 가장 소중히 여기는 정인의 운명을 바른 곳으로 이끌기 위해 그토록 굴곡진 길을 걸어 왔나 봅니다.

무엇을 바쳐도 좋습니다. 이 기구한 목숨을 가져가셔도 됩니다. 만약 이것으로도 부족하다면, 제가 그분께 받은 마음도, 그분을 향한 이 마음까지도 바치겠습니다.

하늘이시여, 칠성신이시여. 제발 그분을 살려 주세요. 비록 결의 옆에 있는 것이 제가 아니더라도, 그 사람의 따뜻한 마음씨가 온 천하에 닿을 수 있게, 저는 그 모습을 하늘에서 지켜만 보겠습니다.

이렇게 비옵나이다—, 부디.

담월은 소원부의 마지막 글자의 획을 그었다. 그리고 종이에서 붓이 떨어졌다.

이 미천한 계집이 감히 왕의 예언을 바꾸는 것을 허락해 주세요.

목숨을 건 소원이었다. 이미 한 번 큰 소원을 빌었다 실패한 적이 있었기에 그녀의 몸은 이렇게 큰 소원을 빌 수 있는 여력이 없었다. 하지만 지금 이 순간이 지나면, 다시는 돌이킬 수 없으니까.

그 순간, 번쩍— 큰 벼락이 칠성각을 향해 내리쳤다. 담월은 붓을 떨어트리고 놀라 옆으로 굴렀다. 동시에 온몸을 불로 지지는 듯한 고통이 그녀에게 찾아왔다.

이어 큰 천둥이 울렸다. 벼락은 멈추지 않고 온 도성을 부술 듯 내리쳤고, 대지를 울리는 뇌성과 함께 거센 비가 내리기 시작했다.

"흐읍……허억……."

담월은 가까스로 정신을 붙들고 몸을 일으켰다. 눈은 타는 듯이 뜨겁고 앞이 보이질 않았지만 찬비에 젖어서인지 조금이나마 몸을 움직일 수 있었다. 큰 소원을 빈 탓일까, 소원이 이루어지는 데 시간이 좀 걸리는 모양이었다. 소원이 이루어지는 순간의 고열이 찾아오기 전까지 그녀는 최대한 멀리 도망쳐야 했다. 가급적 결이 그녀를 찾을 수 없는 곳으로.

그는 왕의 예언에 대해서도 몰랐고, 그녀가 그 예언을 바꾸기 위해 소원을 빌러 빠져나온 것도 몰랐다. 그러니까 그녀가 시신으로 발견되지만 않는다면 그저 담월이 영원히 결의 곁을 떠난 것이라고만 생각하리라. 정인이 자신을 위해 죽었다는 것보다는 그쪽이 훨씬 상처가 덜할 것이다.

담월은 대궐의 서문 쪽으로 달렸다. 불이 난 방향이었지만 비가 세차게 내리기 시작했기 때문에 불길은 점점 잡혀 가고 있었다. 아무도 이쪽으로 오지 않을 테니 오히려 도망가기는 좋은 방향이었다. 아니면 이 불길에 휩싸여 한 줌 재가 되는 것도 나쁘지 않으리라.

"거기 서라!"

하지만 그곳에도 반역의 무리들이 들이닥치고 있었다. 그들은 담월에게 창을 겨누었다. 일부러 불이 오른 곳을 향해 뛰어들

다니, 수상쩍기 그지없었다. 당장이라도 병사의 창이 담월의 배를 꿰뚫으려는 차, 누군가 그들을 제지했다.

"그만둬라! 저하께서 대궐을 차지하시면 어차피 이 모든 것이 그분의 될 것이니 함부로 궁인을 해하지 마라!"

담월은 황급히 얼굴을 가렸다. 하필이면 이곳에서 그녀의 얼굴을, 나인 복장을 한 그녀를 알아볼 수 있는 인물을 만나다니. 입을 가린 손이 불길과 몸의 열기로 인해 배어 나온 땀으로 축축하게 젖어갔다.

"……당신은?"

그는 세자의 익위사였던 주원이었다. 탄헌군이 귀양을 갈 때 그는 처형을 명받았었는데 어찌 살아남은 것인지. 하긴 왕이 사형을 선고한 담건도 빼돌려 살려냈던 탄헌군이 아니던가. 담월은 그에게 얼굴을 보이지 않으려 노력했지만 그보다는 다시금 머리에 열기가 차오르는 것이 먼저였다.

"이보시오, 정신 차리십시오!"

주원은 픽 쓰러지는 담월을 받아 들었다. 불 속을 헤치고 온 탓인지 열기로 인해 몸이 불덩이 같았다.

"대체 무슨 영문인지…… 일단은 다른 곳으로 옮겨 드려야겠군. 거기 자네들 이리로 오게!"

주원의 말에 일단의 무리들이 그에게 다가왔다. 주원은 그중 대장격인 이에게 담월을 맡겼다.

"그녀를 남문 쪽에 집결해 있는 우리 군의 후미에 모시게. 저하께서 아끼는 여인이니 실례를 범하면 큰일이 날 것이야."

주원은 혹여 병사가 헛된 짓을 할까 심각하게 경고를 한 후 그녀를 업혀 보냈다. 다시 서문을 향해 불길이 잦아든 길모퉁이로 사라지는 담월을 보며 주원은 안도의 숨을 내쉬었다. 이로써 그가 졌던 목숨 빚은 갚은 셈이 되었으리라.

"가자, 주영각은 이곳에서 멀지 않은 곳에 있다! 경원대군이 선정전에 없다고 했으니 필시 이곳에 있으리라! 공을 세우는 자는 저하께 말씀드려 큰 상을 내릴 것이다!"

주원을 비롯한 탄헌의 기습 부대는 불길 속으로 몸을 던졌다.

곽별회는 오위도총부에서 대궐의 하늘이 붉게 타오르는 것을 보고 있었다. 이곳 또한 병조판서의 집이 그랬듯 병사들이 도열해 있었다. 그러나 탄헌군의 병사들이 대궐을 향해 함성을 지르며 달려 나간 지 오래인데도 그들은 미동이 없었다. 묵묵히 하늘만 바라보던 오위의 수장은 제 옆에 시립한 무관에게 물었다.

"그래, 대군마마께서는 인정전으로 향하셨다고?"

"네, 주영각에 계시다가 그곳으로 움직이셨다고 합니다. 오래지 않아 창경궁의 동문으로 들어간 군사들이 당도할 것입니다."

"남쪽이 비어 있으니 그곳으로 향할 법도 한데. 역시 이제는 그 정도 수에는 쉽게 걸리지 않으시는군. 하핫―, 정말 훌륭하게 자라셨어."

그는 유쾌한 듯 껄껄대며 웃었다. 남쪽에는 탄헌군을 위시한 본대가 도성의 문이 열리는 순간을 기다리고 있었다. 병조판서가 건넨 밀서에는 경원대군이 도망을 위해 남쪽으로 향하면, 그 도주하는 모습을 조롱하고 왕의 자격이 없다 널리 알릴 계획이라 적혀 있었다.

"이보게, 부총관."

"예, 도총관 어르신."

"내가 탄헌군 마마를 모셨던 건 그분이야말로 마땅히 왕의 재목이라고 생각했기 때문이었네. 하지만 선대왕마마를 독살하고 야비한 수법으로 정국을 장악한 건 왕다운 방법이 아니야."

곽별회는 천성이 무관이었다. 정치는 영 맞지를 않아 병정을 총괄하는 병조 대신 군무를 관장하는 오위도총부를 선택했던 그였다. 그런 그에게 탄헌군의 방식은 납득이 가질 않았다.

"하지만 이건 왕자들 간의 내전이지 않습니까. 저희가 끼어들 명분이 없습니다."

그들이 병사를 움직이지 않고 가만히 있는 이유는 이것이었다. 지난날 태종 이방원이 왕자의 난을 일으켰을 때도 군은 움직이지 않았다.

"하지만 지금 저 밖에서 싸우고 있는 자들이 전부 저하의 사병들은 아닐 텐데. 우리라고 침묵을 지켜야 하는 이유는 없지."

"그래도……."

부총관이 주저하자 곽별회는 엄한 목소리로 그가 잊고 있는 사실을 말해 주었다.

"대군마마께서는 오늘 즉위식을 치르지 않으셨나. 그분께선 지금 엄연히 이 나라의 지존. 우리는 전하를 지켜야 하네."

그의 말에는 틀린 바가 없었다. 부총관은 곽별회의 말에 납득하며 고개를 끄덕였다.

"인정전으로 가자! 역도들에게서 대왕마마를 지켜야 한다!"

곽별회의 말이 떨어지기가 무섭게 도열했던 병사들이 움직이기 시작했다.

결은 곤룡포를 갖춰 입고 인정전에서 욱을 기다리고 있었다. 어차피 궐을 빠져나가 도주한다 한들 반격은커녕 안전하게 도망칠 수 있을지도 장담 못 할 일이었다. 그렇다면 차라리 임금답게 최후를 맞이하리라.

"전하, 병사들이 다가오는 것 같습니다……!"

방 내관은 불안에 떨면서도 결의 곁을 떠나지 않고 있었다. 한섬도 마찬가지였다. 자신이 쓰러지기 전에는 결을 해할 수 없을 거라며, 겸사복들과 함께 인정전 앞을 지키고 있었다.

"방 내관, 예전에 아바마마께선 예문관의 도 봉교가 예언부를 두 장 만들었다는 이유로 그의 목을 베셨다네."

"예? 도 봉교의 일은 알고 있었습니다만, 예언부가 두 장이었다니 금시초문입니다요."

이 시국에 갑작스럽게 까마득한 옛 일을 꺼내는 이유가 무엇일까. 방 내관은 얼떨떨한 얼굴로 결을 바라보았다.

"그것은 왕의 예언이었다네. 내 것과 형님의 것 두 개가 있었고, 진짜 예언은 내 것이었지. 도 봉교는 새로 형님의 예언을 만들었다 하여 참사를 당했다네."

"전하……."

"하지만 이렇게 되고 보니, 사실 진짜 예언은 형님의 것이 아니었을까 생각이 드는군."

하늘이 정해 준 운명 따위는 믿지 않고 스스로 운명을 만들어 나간 자. 비록 도리에 어긋날지라도 그러한 이에게 하늘은 편을 들어주는 것일까. 자신도 뒤늦게나마 노력했지만, 역시 십 년을 먼저 기틀을 세워 놓은 욱을 따라가기엔 역부족인 모양이었다. 자질은 다르지 않다. 그저 욱의 출발이 더욱 빨랐을 뿐.

방 내관은 무어라 결을 위로할 말을 찾지 못했다. 결은 괜찮다며 손을 내젓고서 한숨을 쉬었다.

"지금 담월이 옆에 있었다면 이 한심함을 무척이나 꾸짖어 줄 텐데……."

결은 방 내관에게 들리지 않을 정도의 작은 목소리로 중얼거렸다. 그녀가 옆에 있다면 당장 역도들이 몰려오는 이 상황에서도 의연하게 앉아 있을 수 있을 것 같았다. 하지만 한편으로는 그녀가 없는 것이 다행으로 느껴졌다. 이제 제 옆에 있어 봤자 지켜 줄 수도 없으니. 아까는 갑작스럽게 사라진 그녀에 대한 미움이 샘솟았지만 이제는 차라리 그것이 낫다 싶었다.

'부디 어디에서든 무사했으면…….'

그렇게 담월의 무사안녕을 빌던 중, 그는 수많은 사람들의 발소리가 인정전을 향해 오는 것이 느꼈다. 드디어 올 것이 왔구나, 그는 자리에서 일어났다.

미안합니다, 담월. 그대에게 한 약조는 하나도 지키지 못하고 이 세상을 떠나는군요.

쾅―, 큰 소리와 함께 문이 열렸다. 결은 눈을 꾹 감았다.

그래도 이 밤, 그대의 임금일 수 있어서 나는 가장 행복한 사내였습니다.

꿈과도 같았던 담월과의 시간을 반추하고 있던 결은 놀라 눈을 떴다. 당장 목에 칼이 들어와도 모자랄 텐데, 갑자기 쿵―, 하며 무언가 떨어지는 듯한 소리가 났기 때문이었다. 곽별회가 한쪽 무릎을 꿇고 그 앞에 있었다.

"전하―! 오위도총부 도총관 곽별회, 역도들을 헤치고 이제 막 도착하였습니다!"

밀려오는 벅참에 결은 온몸에 소름이 돋을 정도였다. 명실상부 탄헌군의 측근이라 알려졌던 곽별회가 그를 지키기 위해 왔다니. 도총관은 결을 올려다보며 상황을 보고했다.

"남문에서는 역도들의 후방을 막아섰고, 나머지 군사들이 궐내와 도성의 잔당들을 소탕하고 있습니다. 명을 내려주신다면, 이 역적들의 수장을 추격해 목을 베어 오겠사옵니다!"

담월, 아직 늦지 않았나 봅니다. 결은 속으로 중얼거렸다.

훌륭한 왕이 되겠다고 약조해 주세요.

아직도 귀에 그 목소리가 선연했다. 다시금 그녀와의 약속을 지킬 수 있는 기회가 돌아왔다는 사실에 결은 주먹을 굳게 쥐었다. 곽별회는 그의 대답을 기다리고 있었다. 결은 숨을 깊게 내쉰 후 큰 소리로 그에게 명령을 내렸다.

"좋습니다. 단, 산 채로 잡아 오십시오! 감히 이 나를 능멸하려고 한 죄는 과인이 직접 물을 것입니다!"

"분부대로 거행하겠나이다, 전하!"

임금으로서 내리는 첫 명령이었다. 곽별회는 자리에서 일어나 밖으로 향했다. 결은 문가에서 긴장이 풀린 얼굴을 하고 있는 한섬을 발견했다.

"한섬, 그를 따라가라."

“예? 그치만 저는 전하를 지켜야—,”

“궐 밖으로 가서 담월을 찾아보아라. 이 난리에 휩쓸렸을지도 모르니까.”

“……예, 알겠습니다.”

결의 얼굴에 가득한 걱정에 한섬은 더 이상 묻지 않고 곽별회의 뒤를 따라 나갔다.

주원이 보낸 이들은 남문의 후미로 향했다. 분명 서문으로 향했던 주원의 부대 일부가 이쪽으로 향해 오자 욱은 눈살을 찌푸렸다. 그쪽에서 무슨 예상하지 못한 일이라도 벌어진 것인가. 하지만 서문의 경비는 주원과 그 부대가 헤치고 지나가지 못할 정도로 삼엄하지 않았다.

“무슨 일이지?”

욱은 말 위에서 제 앞으로 다가온 이들에게 물었다.

“주원 대장이 이 여인을 후미로 모시라고 했습니다. 저하께서 아끼시는 분이라구요.”

“내가 아끼는 여인이라니—.”

의아해하는 욱의 앞에 병사가 담월을 내려놓았다. 마치 숨이 멎은 듯 그녀는 고요했다. 하지만 자세히 보면 고열에 시달리는 듯 괴로운 신음을 간헐적으로 내뱉고 있었다.

“호오, 도담월이 여기에…….”

“……어찌할까요?”

기껏 세자가 아끼는 여인이라 해서 공을 세우는 자리에서도 물러나 여기까지 왔는데, 욱의 반응이 생각만큼 신통치 않아 병사는 조심스레 물었다. 괜한 짓을 한 걸지도 몰랐다.

"이리 주게."

"예?"

"내가 직접 데리고 있지. 이리 올려 주게."

병사는 얼떨떨해하며 담월을 높이 올렸다. 욱이 그녀를 받아 들어 안았다. 무슨 이유로 고열에 시달리는지는 몰라도 몸이 매우 뜨거웠다. 욱은 그녀의 이마를 손으로 쓸며 땀인지 빗물인지 모를 것을 닦아내 주었다.

"경원이 아끼던 여인까지 내 손에 들어오다니, 오늘은 진정 나의 날인가 보군."

하하하―, 욱의 웃음소리가 울려 퍼졌을 때, 그들의 앞에 큰 벼락이 내리쳤다. 번쩍― 눈앞을 가리는 빛에 병사들이 눈을 껌뻑이다가 겨우 시야를 되찾았을 때쯤, 콰르릉― 천둥 치는 소리와 함께 궐의 남문이 열렸다. 오위의 군사들이 열린 문에서 우르르 쏟아져 나왔다.

"감히 선왕을 시해하고 전하마저 해하려하는 극악무도한 자들이 저기 있다! 결코 사정을 봐주지 마라!"

도총관의 호령과 함께 남문 앞에선 갑작스러운 난전이 펼쳐졌다. 싸움은 쉽게 한쪽으로 승기가 넘어가지 않았다. 그러나

아무리 정예병을 데리고 왔다지만 몰래 도성 안에 잠입시킬 수 있는 인원에는 한계가 있는 법. 숫자에서 우세한 오위의 군사들이 탄헌의 세력을 밀어내기 시작했다.

"으윽…… 곽 도총관!"

욱은 어느새 코앞까지 밀고 들어온 곽별회를 보며 소리쳤다. 그는 몸소 검을 빼어 들고 적을 베어 내다가 욱의 외침에 칼을 멈추고 답했다.

"제 이름을 부르며 태평하게 계실 때가 아닐 텐데요, 탄헌군 마마! 궐내에 들어온 이들은 이미 목을 베였고, 그대의 뒤에는 다른 군사들이 달려오고 있습니다. 너무 전장에서 멀어지신 게 아닙니까? 감을 다 잃으셨군요!"

곽별회의 호통에 욱은 있는 대로 인상을 썼다. 그의 말이 맞다면 지금 도망을 쳐도 모자랄 상황이었다. 곽 도총관은 뒤에 있는 군사들에게 외쳤다.

"저기 역적의 수장 이욱이 있다! 도망치지 못하게 화살을 날려라!"

활을 들고 대기하던 이들이 앞으로 달려와 화살을 쏘아 댔다. 생포하라는 명령이 있었기에 정확히 겨냥한 것은 없었지만 말을 타고 있는 욱으로서는 충분히 위협적이었다. 그는 검을 빼어 들고 처음 쏘아진 화살을 이리저리 쳐냈다.

이어 두 번째 화살이 활대에 올라가고, 뒤에서는 곽별회가 말했던 다른 부대가 다가왔다. 어디로도 피할 곳이 없었다. 두 번째 화살이 하늘을 향해 날아가기 직전, 뒤에 따라왔던 한섬이 그를 말렸다.

"도총관! 화살을 쏘아선 안 됩니다!"

그의 외침에 곽별회는 활을 든 부대에게 잠시 멈추라는 수신호를 보냈다. 난전의 틈을 헤치고 도총관의 옆까지 온 한섬은 다급하게 외쳤다.

"탄헌군이 데리고 있는 여인이 다쳐서는 안 됩니다!"

"여인?"

곽별회는 눈을 가늘게 떴다. 과연 자세히 보니 욱은 그 품에 자그마한 나인 하나를 끼고 있었다.

"전하께 무척, 무척이나 소중한 분입니다. 훗날 중전마마가 되실지도 모르는 분이라고요!"

"그런 분께서 왜 이런 자리에, 그것도 역도의 손에 들려 있는 겐가!"

"저도 모릅니다! 전하께서 그녀를 찾아오라고 저를 보내신 겁니다! 활을 쏘시면 안 됩니다!"

그 다급한 외침에 곽별회는 끄응, 하며 앓는 소리를 냈다. 어차피 이대로라면 충분히 그를 몰아붙인 후 생포할 수 있었다. 오위의 병사들은 차츰 원을 좁혀 가며 탄헌군을 가두어 가고 있었으니까. 그러나 그들의 목소리가 너무 컸던 탓일까, 욱이 품에 안고 있던 담월의 목에 검을 겨누고 외쳤다.

"길을 비키지 않는다면 이 계집의 목을 베겠다!"

다 정리되어 가던 사태는 그 한 마디로 다시 혼란에 빠졌다. 다 끝났다고 생각했던 곽별회는 갑작스러운 외통수에 얼굴을 구겼다. 한섬은 그 옆에서 어째야 하냐며 발을 동동 구르고 있었다.

"……어쩔 수 없지. 그자를 보내 줘라!"

"도총관 어르신! 어찌 그냥 보내십니까!"

어느새 따라온 부총관이 그의 결정에 토를 달았지만 병사들은 이미 탄헌군에게서 서서히 물러나고 있었다. 그 틈을 놓치지 않고 욱은 말머리를 돌려 달아나기 시작했다.

"다 된 밥에 코를 빠트리는군!"

곽별회는 속이 끓었다. 이대로 그를 놓치면 임금에게 큰 소리를 치고 나온 자신의 체면이 서질 않았다.

"거리를 유지하면서 따라붙어라! 결코 놓쳐서는 아니 된다!"

곽별회의 말에 몇몇 재빠른 자들이 말의 뒤를 쫓기 시작했다. 하지만 탄헌의 말은 이미 저만치 달려 나간 지 오래였다.

오위의 군사들이 뒤에서 몰려온 덕분에 도성의 남문은 아직 열려 있었다. 몇몇 병사들이 남아 있었지만 빠르게 달리는 탄헌의 말을 막을 수는 없었다.

한참을 달리고 달리다가 결국 말이 지칠 때가 되어서야 욱은 뒤를 돌아보았다. 자신을 쫓는 병사들의 모습은 보이지 않았다. 그는 고민하다가 가까운 산기슭으로 말을 몰았다. 그리고 말에서 내려 담월을 둘러업고 산속으로 들어갔다.

빗물에 젖은 데다가 축 늘어진 담월을 업고 산을 타는 것은 쉽지 않았지만 욱으로서는 그녀를 버릴 수도 없었다. 최악의 경우 목숨을 구원할 방패가 되어 줄 테니까. 한참이나 산을 오르던 그는 사람들이 쉽게 발견하지 못할 으슥한 곳에 도착해 담월을 내려놓고 숨을 몰아쉬었다.

"하핫…… 어쩌다 내가 이런 꼴이 되었는지."

욱은 엉망이 된 자신의 모습을 보며 자조했다. 하지만 그는 포기하지 않았다. 오늘 대궐을 친 군대는 일차적으로 데려온 것이었고, 만약을 대비해 팔도에 있는 탄헌과 긴밀한 사이였던 관찰사들에게도 밀서를 보내 놓았다. 그들이 도착하기까지 앞으로 삼 일, 그때까지만 숨어 있으면 될 일이었다.

"으음……."

눕혀 놓았던 담월이 괴로운 신음성을 흘리다가 무겁게 눈을 떴다. 실눈을 뜬 그녀는 눈앞의 욱을 보고 조금 놀라는 눈치였다. 어째서 자신이 탄헌군의 앞에 있는 것일까. 하지만 그보다는 그의 차림새가 더욱 놀라웠다. 한때는 화려했을 옷가지가 이리저리 찢기고 넝마가 되었고, 생채기와 핏방울이 묻어난 얼굴도 그에 못지않게 엉망이었다.

"저하께서 이런 모습이신 걸 보니…… 제 소원이 제대로 먹혔나 보네요. 하핫……."

"무슨 소리냐, 소원이라니-."

욱은 눈을 뜨자마자 웃으며 중얼거리는 담월에게 쓰게 내뱉었다.

"제가…… 전하를 위해…… 소원을 빌었습니다."

담월은 겨우 기운을 내 몸을 일으켰다. 그리고 욱의 눈을 똑바로 바라보았다. 비록 초점이 제대로 맞질 않았지만 그녀의 눈빛은 당당했다.

"도가의 사내가 예언을 하는 능력이 있다면, 여식들은…… 소원을 이룰 수 있는 재주가 있지요…… 쿨럭……!"

"자세히 말해 보아라, 네가 대체 무슨 짓을 한 것인지!"

담월이 뜨거운 피를 한 움큼 토해 냈지만 욱은 아랑곳 않고 그녀의 멱살을 잡았다. 담월의 얘기가 영 심상치가 않았다. 그녀는 희미한 미소를 띠었다. 목에 막히던 것을 토해 내고 나니 한결 말하기가 편해졌다.

"저하께서 살려 두셨던 제 오라비가, 어제 왕의 예언을 받았답니다."

욱은 담건을 떠올렸다. 예언을 받는다는 재주가 그 언제 유용하게 쓰일지 몰라 형이 언도된 자를 빼돌렸었다. 유르지크와 함께 가두어 두었으나 곧 이지를 상실해 썩 쓸모가 없으리라 판단

한 자였다. 유르지크가 도망쳤을 때 같이 사라졌기에 의심을 하고는 있었지만…… 그런 그가 왕의 예언을 받았다. 또?

"그게 무슨 소리냐, 이미 왕의 예언은 내려졌을 텐데?"

"그다음의 왕 말입니다. ……원래 저하께서는 왕이 되실 운명이었답니다. 먼저 왕위에 오른 아우를 치고, 왕이 되셨어야 했죠. 그걸 제가 바꾸었습니다, 제 목숨과 맞바꾸어서……."

또다시 정신이 아득해져 감을 느끼며 담월은 웃었다. 그 미소가 다른 뜻으로 받아들여졌는지 욱은 그녀를 목 졸라 죽일 듯 멱살을 더욱 세게 움켜쥐었다.

"네 이년……! 네 사촌의 죽음에 이렇게 복수를 하는 것이냐!"

"복수라니요…… 콜록…… 탄헌군 마마께선 운명에 도전하는 제 모습이 자신과 닮았다고 하셨었죠. 저는 하던 대로 그렇게 했을 뿐입니다. 운명에 부딪쳤지요. 이제 마마께서 어떻게 하셔도, 이 나라의 임금은 그분이 되실 겁니다…… 윽—!"

욱은 담월의 목을 조르다 못해 분을 이기지 못하고 그녀를 바닥으로 던져 버렸다. 담월은 힘없이 몇 번을 굴러갔다.

"하하하하…… 하하, 하하하하……."

탄헌은 손으로 제 눈을 가리고 실성한 자처럼 웃었다. 운명에 굴하지 않겠노라 다짐하며 살았건만, 결국 앞길을 가로막은 것도 운명이라니. 이토록 얄궂은 삶이 있나. 한참을 힘없이 웃던 욱은 얼굴에서 손을 내렸다. 담월을 내려다보는 그의 표정은 흡사 야차와 같았다.

"좋다. 운명을 거스른 자들끼리 저승길 길동무를 하는 것도 좋겠지. 네가 내 길을 이리 비틀어 두었으니, 적어도 네 목은 내가 거둬 가 주마—."

욱이 천천히 담월의 앞으로 다가왔다. 피해야 했지만 그럴 힘도 없었다. 하긴 어차피 죽을 목숨이 아니던가. 엎드린 채로 그의 검이 자신의 목으로 향하는 것을 지켜보던 담월은 결국 눈을 꾹 감았다. 욱이 담월의 숨을 끊으려 검을 치켜든 순간, 나무 위에서 검 하나가 욱의 옆을 스쳤다. 검은 저 멀리 날아가 땅에 푹 꽂혀 버렸다.

저 검, 어딘가 낯이 익은데…… 담월은 흐려지는 시야 속에서 마지막으로 그 검을 눈에 담은 채 다시금 혼절했다.

"누구냐!"

탄헌은 담월을 등진 채 검을 들고 위를 주시했다. 검이 날아온 나무 위에서 하나의 인영이 몸을 날려 바닥에 착지했다. 그는 바닥에 꽂힌 검을 회수해 쥔 후 자신을 견제하는 욱은 아랑곳 않고 그 뒤에 있는 담월을 살폈다.

"너는 또 누구지?"

삿갓을 깊게 눌러쓴 사내의 모습에 욱이 의심스러운 눈빛으로 다시금 물었다. 얼굴이 잘 보이지 않았지만 검을 쥔 자세가 익숙했다. 하지만 그가 알던 자 중에 얼굴을 가로지르는 긴 상처가 있는 자가 있던가. 욱이 의아해하던 중 그가 입을 열었다.

"그녀를 데려가기 위해 왔소. 순순히 그녀를 내준다면 그 목은 거두지 않고 가도록 하지."

"하, 건방지구나! 가져가고 싶으면 그 검으로 빼앗아 가거라."

이제 볼 것도 없다는 듯 탄헌은 이성을 잃은 얼굴로 외쳤다. 그 모습에 그는 혀를 차며 중얼거렸다.

"……한때는 이 나라의 세자씩이나 됐던 사람이 지금은 초라하기 그지없군요. 아녀자를 인질로 삼아 도망칠 때부터 그렇게 얘기할 거라고 예상은 했었습니다."

"뭐라—!"

"그렇다면 실력으로 데려가지요."

얼굴의 상처에 그늘을 드리운 사내가 욱에게 검을 겨누었다. 두 사람 사이에 팽팽한 공기가 감돌기 시작했다.

먼저 움직인 쪽은 삿갓을 쓴 사내였다. 검은 빠르고 날카롭게 욱의 측면을 찔러 들어왔지만 욱은 우선 침착하게 그 검을 흘려보냈다. 그러나 공세는 빠르게 이어졌다. 목소리는 차분하기 그지없었지만 담월을 데려가야 한다는 일념 때문인지 검에는 조급함이 실려 있었다.

챙강— 챙강— 몇 번이고 검이 맞부딪쳤지만 흐름은 쉽게 한쪽으로 기울지 않았다. 서로 실력이 만만치 않다는 것은 몇 번 합을 주고받으면서 깨달았다.

그러나 승패가 갈리지 않는 것은 그 때문이 아니었다. 저 사내에 비해 욱은 계속해서 말을 타 달려왔고 또 담월을 업은 채 이 산중까지 올라오느라 체력이 무척 소진되어 있었다. 마음만 먹으면 욱을 제압할 수 있을 것 같은데도 그는 무척 신중하게 싸우고 있었다. 욱은 이내 그 이유를 알아냈다. 저 사내는 욱의 뒤에 있는 휘말려 담월이 다칠까 손속을 조절하고 있었다.

"실력으로 데려가겠다던 말은 허풍인가? 좀 더 적극적으로 내 목을 노려 보게!"

욱은 그를 도발하며 좀 더 바짝 다가가 크게 검을 휘둘렀다. 탄헌은 거칠 것이 없었다. 담월이 다칠까 염려하며 무디게 검을 놀리는 자에 비하면 그는 이제 잃을 것도 두려울 것도 없었으니까. 과감하게 칼을 내지른 한 걸음은 아쉽게도 사내의 삿갓만을 벗겨내었다. 드러난 얼굴을 보며 욱은 의외라는 듯 감탄을 뱉었다.

"누군가 했더니— 이쪽도 내게 진 빚이 많은 사내였군. 권율덕과 함께 죽어 버린 줄 알았더니 살아 있었던가."

"사람이 못 다한 일이 있으면 명줄이 질겨지는 법이니 말입니다."

각운은 정체가 드러난 것을 체념한 듯 말을 내뱉었다. 멀리서 바라본 담월의 호흡이 점차 가라앉고 있었다. 아까의 대화를 들어 보니 큰 소원을 빈 모양인데, 어서 그녀를 안전한 곳으로 데려가 쉬게 하고 싶다는 생각이 간절해졌다. 하지만 욱은 그를 순순히 보내 줄 생각이 없는 모양이었다.

"못 다한 일이라, 그래. 나에 대한 복수인가?"

"……알고 있었습니까?"

각운이 눈썹을 찌푸렸다. 그러면서도 제게 아무렇지 않은 얼굴로 제 수하가 되라 권했단 말인가. 욱은 옛날 생각을 떠올리며 후후 웃었다.

"어디서 저렇게 실력이 좋은 자가 좌의정의 수하로 들어왔나 조사를 좀 해 보았지. 내가 원한을 한두 사람에게 산 게 아니라 새삼스럽지도 않았네만, 오늘은 그 빚을 모두 청산하는 날인가 보군."

도담월에 이어 주각운까지, 그가 저지른 과거의 일들이 이렇게 한 번에 목을 조르는 올가미로 다가올 줄이야. 욱은 자조하며 검을 바로잡았다.

"당신에 대한 복수의 마음은 접었습니다만…… 이렇게 기회가 온 것을 쉬이 저버릴 수는 없겠군요."

각운의 기세가 아까와는 비교할 수 없이 예리해졌다. 드디어 본 실력을 다하는 것인가, 욱은 바짝 긴장하며 날아드는 그의 검을 맞받아쳤다. 챙—! 다시 한 번 검을 맞대고서 욱은 하마터면 검을 떨어트릴 뻔했다. 그리고 검을 고쳐 잡을 시간도 없이 검끝이 욱을 향해 빠르게 쇄도했다.

"크흑……!"

각운의 검이 그의 어깨에 깊게 박혔다. 욱은 애써 비명을 참으며 그 자리에서 털썩 주저앉았다. 각운은 저도 모르게 그 어깨에 더욱 깊게 검을 쑤셔 댔다. 잊는다, 잊는다 말하긴 했지만 여전히 마음속 깊은 곳에 오랜 시간 퇴적되어 왔던 앙금은 쉬이 떨쳐지지 않은 모양이었다.

"괴롭습니까? 당신이 베었던 내 아비는, 그리고 그 시신을 본 내 어미도 딱 그만큼 괴로웠을 것입니다. 하지만 미처 세상에 나오지도 못하고 죽어 간 아우는 이보다는 더 괴로웠을 겁니다……!"

각운은 한 맺힌 말을 토해 내며 검을 쥔 손에 더욱 힘을 주었다. 그러나 욱도 그대로 가만히 있지는 않았다. 그는 피가 줄줄 흘러 힘이 빠져 가는 오른손으로 겨우 다시 검을 쥐었다.

"감히…… 감히 나를……!"

꼼짝없이 그가 무력해졌으리라 생각했던 각운은 그가 휘두른 검을 피하지 못했다.

"윽……!"

허벅지 깊이 박힌 검에 각운도 신음성을 삼켰다. 서로가 서로에게 검을 꽂은 채 누구 하나 쉬이 물러나지 않는 상황, 그들은 아래에서 올라오는 병사들의 발소리를 들었다.

"이 산을 샅샅이 수색해라! 발자국은 이곳을 향해 있었다!"

병사의 외침에 각운은 미간을 찌푸렸다. 순간적으로 복수심에 취해 서둘러 담월을 데리고 이 자리를 떠야 한다는 본 목적을 잊고 있었다. 그는 자신의 검을 더욱 세게 찔러 넣은 후, 욱의 손에 힘이 빠진 순간을 노려 제 다리를 찌른 검을 빼앗아 뽑았다.

칼이 빠진 자리에서 피가 콸콸 쏟아졌다. 욱은 제 어깨의 검을 뽑아낼 기력도 없는지 그대로 주저앉아 있었다. 각운은 서둘러 담월에게 다가갔다. 다행히 아직 숨을 쉬고 있었다. 그녀의 치마를 찢어 제 다리를 서둘러 지혈한 후, 각운은 담월을 업었다. 다리가 시큰거렸지만 산을 내려갈 때까진 걸을 수 있을 것 같았다.

"크윽…… 어째서 도망가는 것이냐……!"

병사들이 다가오는 반대쪽으로 사라지려던 욱은 그의 말에 잠시 발을 멈추고 대답했다.

"내 손으로 복수를 끝내지 못하는 건 아쉽지만, 내겐 이제 그보다 더 큰 할 일이 있어서 말입니다."

저 멀리 수풀에서 번쩍거리는 창끝이 이쪽을 향해 오고 있었다. 각운은 서둘러 말을 맺었다.

"당신에 대한 처벌은 새로운 임금께서 해 주시겠지요."

"저기 있다! 이욱을 쫓아라!"

담월을 업은 각운이 반대편으로 몸을 숨기자마자 곧 병사들이 들이닥쳤다. 한쪽 어깨가 피에 절은 상태였기에 욱은 그대로 저항도 하지 못하고 포박되었다. 그 모습을 멀리에서 지켜본 각운은 서둘러 산을 내려가기 시작했다.

대체 어디로 그녀를 데려가야 할까. 제일 먼저 떠오르는 것은 대궐이었다. 왕인 이결이 그녀와 각별한 사이였으니 필시 담월을 잘 보살피리라. 하지만 이내 담월이 열에 들뜬 소리로 중얼거렸다.

"멀리…… 궐에서 멀리 도망쳐야 해……."

"담월? 그게 무슨 소립니까, 궐에서 도망쳐야 하다니?"

그녀의 말에 각운이 물었지만 답이 돌아올 리가 없었다. 대체 무슨 사정인 건가. 혹여 죽어 자신의 시신을 결이 보지 않기를 바라는 마음인지는 꿈에도 모른 채, 각운은 걸음을 옮기며 그녀를 어디로 데려가야 할지에 대해 고민했다.

'궐에서 멀리라는 것은 필시 이결에게서 멀리 떨어지기를 원한다는 것이겠지. 그러면서도 이유를 묻지 않고 그녀를 안전하게 보호할 수 있는 곳…… 그래, 그곳이다.'

각운은 방향을 정한 듯 서둘러 걸음을 옮겼다. 해가 떠오르고 있었고, 그는 북쪽을 향해 움직였다.

온통 만신창이가 되어 도성으로 끌려온 욱은 잠시의 지체도 없이 의금부로 압송되었다. 그는 몇 계단 위에서 자신을 내려다보는 결의 얼굴을 생소하게 바라보았다. 익숙지 않은 것이 사실이었다. 그는 결코 결을 올려다본 적이 없었으니까. 고문도 없이 그저 조용히 자신을 내려다보고 있는 결에게 욱이 먼저 말을 걸었다.

"네가 감히 나를 벌할 생각이냐."

아직도 욱의 말에는 그를 아랫사람으로 대하는 기색이 담겨 있었다. 결은 그에 아랑곳 않고 대답했다.

"—그리할 것입니다."

"지난번 그랬던 것처럼 귀양을 보내거나 팽형(烹刑)라도 내릴 생각이냐? 그렇게 모질지 못해서 과연 한 나라의 왕 자리를 버텨 낼 수 있겠느냐!"

과연 그에게 과한 처벌을 내릴 수 있느냐 조롱하는 말에 결의 얼굴이 한층 어두워졌다. 이토록 하늘이 맑은데 그의 얼굴에만 짙은 구름이 낀 것 같았다.

결은 낮지만 확연한 목소리로, 이 자리에 있는 모두가 들을 수 있게 조곤조곤 읊었다.

"그 죄를 물어 이 자리에서 참형으로 다스릴 것입니다. 감히 폐서된 왕자의 몸으로 종묘사직을 어지럽힌 바, 어리석은 꿈을 꾸는 자들을 일벌백계하기 위해 그 육신조차 제대로 부지할 수 없게 할 것입니다."

"호오……."

그 엄중한 말에 욱은 조금 놀란 듯 감탄을 뱉었다. 그런데도 얼굴은 어째서 그가 알던 어린 아우 이결의 모습을 하고 있는지.

“그래, 내게 목숨을 받아가겠다고. 너답지 않은 말이구나.”

“저는, 아바마마와 형님의 그늘 밑에서 그저 철부지 어린애일 뿐이었지요. 하지만 이젠 압니다. 뭔가를 손에 쥐기 위해서는 가진 것을 내려놓아야 한다는 것을. 왕이란 때론, 혈육의 목을 벨 수도 있어야 한다는 것을 말입니다.”

욱은 그가 주먹 쥔 두 손을 보이지 않게 떨고 있다는 것을 깨달았다. 지금 죽음을 맞이한 이는 자신이요, 형을 내리는 것은 결인데 어째서 자신이 아이의 장난감을 빼앗은 기분이 드는 것인지 욱은 알 수 없었다.

“참 늦게도 깨달았구나.”

“형님이 왜 아바마마를 독살해야 했는지, 그걸 이해하게 된 제가 싫습니다…….”

“너에겐 명분이 있었고, 내겐 명분이 없었지. 그걸 알았다면 넌 괜찮은 왕이 될 것이다.”

욱은 체념한 듯 말을 뱉었다. 이제 모든 것은 정해졌다. 그가 이제 와 발악해 봤자 마지막 가는 길만 추해지리라. 하지만 결은 욱이 예상한 것 그 이상의 대답을 내어놓았다.

“아니요, 저는 훌륭한 왕이 될 것입니다. 그만한 것들을 저버리고서 고작 괜찮기만 한 왕이 된다면 흘린 핏값이 아까워지지 않겠습니까.”

그의 얼굴에는 굳은 다짐이 엿보였다. 욱은 이제야 비로소 그의 아우가 하나의 사내가 되었음을, 그리고 이 나라의 왕이 되었음을 실감했다.

"하하…… 그래, 어디 한 번 훌륭한 왕이 되어 보거라."

결은 그에게서 두 걸음 물러선 후 손짓했다. 그의 손짓에 칼을 든 망나니가 욱의 옆에 와 섰다.

"네 정인은 내가 하늘에서 잘 돌봐 주마."

비록 각운이 담월을 데려가긴 했지만 그 상태로 봐서는 목숨을 부지하지 못할 것이 뻔했다. 그녀 스스로도 말하지 않았던가, 예언을 바꾸기 위해 목숨을 걸었다고. 하지만 결은 믿지 않는다는 듯 단호하게 말했다.

"그녀는 살아 있습니다."

"그렇게 믿고 있다고도 전해 주지."

저 세상에서, 네가 얼마나 많은 시체의 탑을 딛고 가장 하늘에 가까운 자로 우뚝 서는지. 내 두 눈으로 지켜보고 있을 것이다.

울지 마라, 왕 되어 어찌 죄인의 죽음에 눈물을 흘리느냐. 이 세상 가장 높은 곳 지존의 자리에 서는 것이 아니냐. 사랑하는 여인의 목숨과 형제의 피를 발판으로 그곳에 서라. 아주 고독할 게다.

"죄인의 목을 베어라—!"

망나니가 칼을 높게 쳐들었다. 결은 욱에게서 시선을 돌리지 않았다.

웃어라. 다음 세상에선 운명이 나를 꺾지 못하는 곳에 태어나, 나 탄헌답게 살 테니.

"흐랴아—!"

푸슉—, 목이 베이는 소리와 함께 후두둑 피 튀기는 소리가 났다. 한때 이 나라를 지배한 실질적인 군왕이요 현명한 세자로 칭송받았던 탄헌군 이욱은 미련을 다 저버린 얼굴로 이 세상을 떠났다.

잘 있어라, 결아. 영원히 어릴 것만 같았던 나의 아우야. 저 세상에서 네 여인을 만나게 된다면, 네가 걱정할 것 하나 없는 훌륭한 사내가 되었다고 전해 주마.

제5장
종장(宗匠)

그로부터 오 년 후.

결은 피로한 기색이 가득한 얼굴로 편전에서 선정전으로 돌아왔다. 그러나 잠시 앉아 숨을 돌릴 새도 없었다.

"전하, 겸사복장 이한섬과 그 부인이 뵙기를 청하며 기다리고 계신데 어찌할까요?"

"쉴 새가 없군…… 들라 하라."

그래도 조회에서 대신들에게 시달리는 것보다는 그들을 대하는 것이 훨씬 마음 편했다. 한섬과 혜연이 나란히 안으로 들며 결에게 예를 표한 후 자리에 앉았다.

"어서 오세요, 두 분. 어쩐 일로 부부가 나란히 과인을 찾아오신 겁니까? 한섬은 오늘 비번으로 알고 있는데요."

"부인께서 대비마마를 찾아뵙는다고 하기에 저도 전하께 드릴 말씀이 있어 따라왔습니다."

"그렇군요. 혜연께서 어마마마를 자주 찾아 주셔서 참으로 다행입니다."

결은 혜연에게 부드러운 미소를 지어 보였다. 그녀는 한섬과 혼인한 이후로도 궐에 드나들며 대비의 말동무를 해 주거나 궐내에 여인이 필요한 일을 도와주고 있었다.

"별말씀을요. 저보단 전하께서 들르시는 걸 더 좋아하시니 정무가 바쁘셔도 자주 얼굴을 보여 주셔요. 그보다 왜 그리 안색이 좋지 않으십니까? 어째 상복을 입고 계실 때보다 더 창백해 보이십니다."

혜연은 결의 어두운 안색을 걱정하며 물었다. 결은 선왕의 삼년상에 이어 대왕대비의 부장기 일 년을 지내느라 내내 걸치고 다니던 상복이 아닌 붉은 곤룡포에 익선관을 쓴 차림이었다. 화려하고 힘 있는 옷을 입었으니 사람도 응당 그래 보여야 할 텐데 어찌 더 맥이 없어 보이는 것인지. 그녀의 물음에 결은 웃음기마저 지운 얼굴로 답했다.

"대신들이 이제 제발 중전을 맞이하라 매번 독촉하지 않습니까. 대비마마께서도 얼굴을 뵈면 늘 그 소리셔서……."

그간은 왕실에 거듭 흉사가 있어 상복도 벗지 않았는데 어찌

국혼을 치르겠냐며 완강히 버텨왔지만 그것도 한계였다. 내명부의 일은 대비마마의 총애를 받는 혜연이 나서서 도와주고 있지만 어디까지나 그녀는 외부인인 만큼 한계가 있었다.

"아직도 그녀를 기다리고 계시는군요."

결은 혜연의 말에 쓴웃음을 지었다. 담월이 그렇게 제 옆에서 사라진 지도 벌써 오 년, 죽었는지 살았는지 소식조차 모르는 여인을 기다리며 옆자리를 비워 두는 것도 이제는 한계를 맞고 있었다. 평범한 사내였다면 여인처럼 수절하겠다 객기라도 부려 보겠건만, 후대를 이어야 하는 임금의 입장에서는 씨알도 먹히지 않는 소리였다.

"안 그래도 그것 때문에 말씀 드릴 것이 있어 오늘 찾아뵈었습니다. 이번에는 담월을 찾아 나라 밖으로 나가 보려고 합니다."

한섬의 말에 결은 놀란 얼굴이었다. 그간 한섬은 결에게 허락을 받고 자주 시간을 내어 조선 팔도를 돌아다녔다. 담월과 함께 도망을 한 세월을 바탕으로 그녀가 갈 만한 곳을 다 돌아다녀 보았지만 한섬은 그녀의 머리카락 한 올 찾을 수 없었다.

"너무 무리한 일입니다. 그간 담월을 찾아다니느라 도성을 자주 비우게 해서 혜연에게도 미안했어요. 그런데 나라 밖으로 그대를 보내다니…… 안 될 일입니다."

결은 눈에 띄게 불러온 혜연의 배를 보며 고개를 저었다. 아무리 그래도 첫 아이를 배었는데 그 아비를 기약도 없이 먼 길을 보낼 수는 없었다.

"그저 이제는 내 마음에 묻은 여인이라 생각하고 살면 되지 않겠습니까. ……중전도 맞이해야지요. 그것이 과인에게 주어진 책임이니까. 대통을 이어야 하지 않겠습니까."

그는 쓸쓸하게 말을 뱉었다. 그간 신하들의 압박을 이기지 못하고 들인 후궁들도 있었다. 그들과도 제법 정이 들었으니 그중 한 명을 고르면 되지 않겠는가. 마음속 한구석이 영영 채워지지 못할 그리움으로 남겠지만 어쩔 수 없었다.

"전하께서 담월을 죽었다 여기셔도, 저는 그 아이가 살아 있다고 믿습니다. 무어라 말씀하셔도 다녀올 것입니다."

"……과인도 믿습니다. 나를 두고 그녀가 죽었을 거라고 생각지는 않아요. 다만……."

말끝을 흐리는 결의 앞에 한섬은 품에서 무엇인가를 꺼내 내밀었다.

"이것이 무엇입니까?"

"친하게 지내던 이가 이번에 북쪽의 양계로 가게 되었는데, 그곳에서 누군가 제게 전해 달라며 이 서신을 주었습니다. 이 때문에 다녀올 결심을 한 것입니다."

결은 그 편지를 펼쳐보았다. 그 안에는 단 두 글자, 담월(炎月)만이 적혀 있었다. 그는 떨리는 눈으로 오랜 세월 마음에 머금기만 했던 두 글자와 한섬을 번갈아 보았다. 그는 결의 대답을 차분히 기다리고 있었다. 이윽고, 결이 입을 열었다.

"좋습니다, 다녀오세요. 혜연, 괜찮겠습니까?"

그는 혜연에게 양해를 구했다. 그녀는 바로 고개를 끄덕였다.

"아이가 나오기 전에는 돌아오셨으면 좋겠네요."

"알겠습니다, 부인."

그러면 곧바로 집으로 가 짐을 꾸려 바로 출발하도록 하겠습니다. 한섬은 믿음직한 말을 남기고 혜연과 함께 편전을 떠났다. 홀로 남은 결은 그토록 그리워했던 담월의 이름자를 보며 중얼거렸다.

"몇 번이고 힘없이 스러져 버린 희망을…… 다시 가져도 될까요, 담월?"

나라에는 어진 임금이요, 조정에서는 젊지만 엄한 국왕이라는 소리를 듣던 결이었지만, 그 순간 그는 담월에게 연정을 품었던 첫 순간의 얼굴을 하고 있었다.

각운은 드넓은 초원이 한눈에 내려다보이는 절벽 위에 서 있었다. 바람이 좀 차가웠지만 이제는 그도 이 북쪽의 공기에 익숙해진 지 오래였다. 그 초원 한가운데를 말을 타고 달려오는 사내가 있었다. 그는 말을 몰아 한달음에 각운이 있는 절벽 위까지 달려왔다.

"무슨 일입니까, 유르지크?"

그는 한때 담월에게 목숨을 빚졌던 여진의 후계자 유르지크였다. 유르지크는 알면서 묻냐는 얼굴이었다.

"떠날 거라며? 진짜야?"

각운은 말없이 고개를 끄덕였다.

"서신을 보내두었으니 곧 조선에서 사람이 올 것입니다. 혹시라도 부족의 사람들이 적대하지 않게 미리 얘기를 해 두십시오."

한섬이 받은 기이한 서신은 각운이 보낸 것이었다. 이제 담월을 그들의 품으로 돌려보낼 때가 되었기 때문이었다.

"그녀는, 담월은 좀 어떻습니까?"

"몸은 나쁘지 않아. 처음엔 눈이 거의 보이지 않는 것 같더니 시력도 점차 돌아오고 있어. 몇 년이나 자리에 누워 있던 것치곤 회복이 좋더군. 당신이 친우를 데려왔을 때는 영락없이 시체인 줄만 알았는데 말이지."

유르지크는 각운이 담월을 업고 자신의 막사에 들어왔을 때를 떠올렸다. 몇 날 며칠을 잠도 안 자고 말을 달린 모습으로 나타났을 때는 순간 자신이 귀신을 보고 있나 싶을 정도였다. 자초지종을 들은 후 담월은 편안한 곳에 옮기고 쉬게 했지만 그녀는 몇 달간 일어나지 못했다. 담월이 깨어난 이후, 각운은 제 모습을 들키면 큰일이 나는 사람처럼 그저 주위를 비밀스럽게 맴돌며 그녀를 극진히도 살펴 왔다.

"정말 여태까지 그랬던 것처럼, 마지막까지도 친우에게 모습을 안 보일 생각인가?"

"전에도 말했지만 난 그녀의 그림자일 뿐입니다. 그림자가 주인 앞으로 나설 때는 그녀가 해를 등지고 있을 때뿐. 그녀는 이제 제 태양을 향해 가야 합니다. 해를 향하면 그림자는 물러나야 하는 것이지요."

"흐음—, 도무지 조선인의 생각은 이해하기 힘들다니까. 뭐, 그간 당신과 정이 들어서인지는 모르겠지만 그녀를 지키는 모습은 나한테도 꽤 감동이었어."

생각지도 못한 말에 각운은 피식 웃었다. 언제나 감정 표현에 솔직한 그다웠다. 누군가의 눈에 그렇게 보였다는 사실만으로도 그는 충분히 만족스러웠다.

"그래도 그 때 친우가 눈을 떠서 다행이야. 당신의 정성이 헛된 것이 될까 봐 내가 다 겁이 날 지경이었거든. 그 소원의 힘으로 엄청난 걸 빌었다면서, 어떻게 살아난 거지?"

"아마 수명의 일부를 대가로 내놓은 것이겠지요."

각운은 일전에 율덕에게 들었던 말을 떠올렸다. 그의 조모는 율덕을 살리기 위해 소원을 빈 후 일찍 천수를 다했다는 말을 들었다.

하지만 그것만으로는 부족할 테니까…… 아마 다른 대가도 바치지 않았을까. 그러나 이제 그것은 각운이 걱정할 바가 아니었다.

"난 조금 이따가 사냥을 나가야 해서, 당신이 가는 모습은 지켜보지 못할 것 같으니 여기서 인사를 하도록 할게. 어디에선가 잘 지내기를 빌지, 각운."

"그동안 감사했습니다."

한섬은 잔뜩 긴장한 표정으로 마침내 여진족의 부락에 도착했다. 여진의 말을 잘 아는 자와 동행했기에, 담월이라는 여인을 찾는다는 말을 손쉽게 전할 수 있었다. 여진의 사람들은 그 말을 듣고 자기들끼리 숙덕거리더니 따라오라고 손짓했다.

'정말 이곳에 담월이 있는 걸까…….'

한섬은 천막 사이를 지나가며 여기저기 두리번거렸다. 그리고 그들은 한섬을 꽤 큰 천막 앞에 데려다주었다. 그리고 그 안으로 들어가 보라고 손짓했다. 한섬이 머뭇거리는데 막사에서 어린 사내아이 하나가 빼꼼 얼굴을 내밀었다.

"아저씨는 누구세요?"

"……어어?"

한섬은 놀라 눈을 비볐다. 눈앞에 있는 아이는 그가 아는 두 사람을 너무나 쏙 빼닮아 있었다. 설마, 설마…… 한섬이 속으로 그 말을 삼키고 있는 동안 한 여인이 아이의 어깨를 감싸며 막사 밖으로 나왔다.

"왜 그래, 무슨 일이에요?"

"어머니, 처음 보는 아저씨가 있어요!"

한섬의 기억보다 많이 수척하고, 여진의 여인들이 입는 옷을 입고 있었지만 그녀는 분명 담월이었다. 전보다 훨씬 여인의 얼굴이 된 담월의 모습에 한섬은 눈물이 주르륵 흐르는 것을 느꼈다.

"담월아!"

"한섬 오라버니? 여긴 대체 어떻게……."

놀란 담월의 눈에도 이윽고 눈물이 고였다. 두 사람은 정말 남매처럼 서로를 얼싸안고 울며 해후를 했다. 정말 살아 있었구나, 한섬은 울먹이며 계속 그렇게 중얼거렸다. 한참 후에야 진정한 두 사람은 눈물을 닦고 그간의 얘기를 나누기 시작했다.

"모르겠어요. 정신 차려보니까 여기였고, 유르지크는 누군가가 저를 여기에 데려왔다는 말만 해 줄 뿐이에요."

"그랬구나. 그러니까 조선을 다 뒤져도 찾을 수가 없었지. 어찌 되었든 이렇게 무사히 살아 있어서 다행이다. 몇 달을 깨어나지 못했었다고?"

"네. 그래서 저 아이를 낳을 때도 고생을 했어요."

담월은 한구석에서 얌전히 어른들의 말을 듣고 있는 아이에게 손을 뻗었다. 어미는 아이가 어색해도 아이는 어미를 잘 따랐다. 아이는 담월의 무릎 위에 올라와 한섬의 얼굴을 빤히 바라보았다. 보면 볼수록 누군가를 닮은 얼굴이었다.

“누구의 아이인지, 물어도 되겠어?”

담월은 머뭇거렸다. 어쩐지 말하고 싶지 않은 눈치였다. 괜한 것을 물었나 싶어 한섬의 낯이 어두워졌다. 오 년, 그 긴긴 시간 동안 담월이 도성에 연락조차 하지 않았더라면, 결이 없는 새로운 삶을 꾸린 걸지도 모른다는 생각이 스쳐 지나갔다. 그러나 다행히도 오해는 빨리 불식되었다.

“……전하의 아이에요.”

“이럴 수가…… 세상에.”

선한 눈매와 입매가 쏙 빼닮았다 했더니, 영락없이 결의 아이인 모양이었다. 한섬은 기쁨을 감추지 못했다.

“전하께서 아시면 정말 기뻐하실 거야. 아직 널 잊지 못하셔서 새로 중전도 맞이하지 않고 계신다고!”

“그런가요?”

“어째 기쁜 기색이 아닌 것 같은데. 안 돌아갈 생각인 건 아니지?”

담월은 선뜻 대답하지 못했다. 그녀의 시간은 아직 대궐을 떠날 때의 기억에 머물러 있었다. 시간은 성큼 건너뛰었지만 담월은 아직도 결에 대한 죄책감에서 벗어날 수 없었다. 대답을 주저하는 담월을 보며 한섬이 답답하다는 듯 가슴을 치며 얘기했다.

“그분의 기다림을 헛된 것으로 만들 생각인 거야? 게다가 넌 전하의 아이를 낳았잖아. 저 아이는 그저 네 아들인 것이 아니라 조선의 하나뿐인 왕자라고. 넌 대궐로 돌아가야 해."

한섬의 말에 담월은 오래지 않아 고개를 끄덕였다.

"……알겠어요. 조선으로, 한양으로 돌아가겠어요."

한섬은 담월을 찾았다는 서신을 적어 먼저 한양으로 보냈다. 그리고 담월의 몸이 좀 더 호전되기를 기다렸다가 여진의 부락을 떠났다.

유르지크는 담월과의 이별을 아쉬워하며 그녀를 양계의 입구까지 바래다주었고, 아이는 정든 곳을 떠나는데도 새로운 곳에 대한 기대가 더 큰지 계속 방긋방긋 웃는 얼굴이었다. 근심이 가득한 것은 오로지 담월뿐이었다.

도성으로 돌아와 한섬은 우선 담월을 제집으로 데려갔다. 떠날 때만 해도 한섬의 집은 그저 방 두 칸의 초가였는데, 번듯한 기와집을 제집이라 소개하자 담월은 놀라 눈이 휘둥그레졌다.

"어서 와요, 담월! 다시 보게 돼서 정말 기뻐요."

"오랜만에 뵙습니다, 혜연 아씨."

"아씨는 무슨, 내가 혼인을 한 지가 벌써 사 년이 넘었는데요. 자, 어서 들어가요."

혜연은 돌아온 담월을 무척이나 반기며 손님방 하나를 내주었다. 두 사람이 혼례를 올렸다는 말은 들었지만 눈으로 직접 보게 되니 신기했다. 오랜 여행을 다녀온 한섬은 혜연에게 그간 별

일 없었느냐 물으며 그녀의 안부를 챙겼다. 두 사람의 모습이 보기가 좋아 담월은 절로 입가에 미소가 지어졌다. 그녀는 아들과 함께 방 안으로 들어갔다. 오랜 여행길에 무척 피곤했다.

하지만 오래 쉴 수는 없었다. 저녁 어스름이 되기도 전에 혜연이 담월을 불렀다.

"담월, 일어나 봐요. 손님이 오셨어요."

"손님이라니요, 올 사람이 누가……."

의아해하며 문을 열었던 담월은 그 자리에 선 채로 굳었다. 정신을 잃은 때에도 계속 꿈처럼 그녀의 머릿속을 가득 채우던 결이 바로 그 자리에 있었다.

"결…… 아, 아니. 전하……!"

"오랜만입니다, 담월. 도무지 기다릴 수가 없어 와 버렸습니다. 들어가도 되겠습니까?"

어찌 대왕의 부탁을 거절할 수 있을까, 담월이 고개를 끄덕이자 결이 안으로 들어왔다. 혜연은 마실 것을 내오겠다며 자리를 비웠다. 탁, 문이 닫히고 결은 우선 앉아서 얘기하자며 자리에 앉았다.

"많이 변하신 것 같습니다."

담월이 먼저 입을 열었다. 계절이 스무 번이나 바뀌는 동안 결의 분위기는 많이 달라져 있었다. 언제나 소년과 같은 모습만 기억하던 담월에게는 어색하기 그지없는 모습이었다. 단정하게 기른 수염이며 차분하고 진중해진 모습까지.

"그렇습니까? 별로 달라진 것은 없는 것 같은데……."

"여전하신 부분도 있으시고요."

그럼에도 변하지 않은 것이 있다면 담월을 볼 때 짓는 긴장된 미소였다. 어쩌면 한참 더 나이를 먹어도 저런 얼굴을 할 때면 십 대 소년처럼 보이지 않을까. 그런 생각을 하며 담월은 살풋 미소를 지었다.

"어머니, 누구예요?"

밖에 있던 아이가 문을 빼꼼 열고 들어왔다. 이미 한섬에게 편지를 받아 아이의 존재를 알고 있었던 결은 제 어미에게 쪼르르 달려가 치마폭에 몸을 말기는 아이를 흐뭇한 얼굴로 바라보았다.

"인사해요, 아버지세요."

"아버지?"

그 말에 아이는 벌떡 일어나 결에게 다가갔다. 그리고 그 작은 입을 살짝 벌리고 큰 눈으로 결의 얼굴을 이리저리 살피더니 물었다.

"정말 내 아버지예요?"

여진의 사람들과 자라서인지 자유분방하고 당돌하기 그지없는 아이의 말에도 결은 화를 내지 않았다. 그래, 내가 네 아비란다. 그렇게 말하며 그 작은 머리를 쓰다듬어 줄 뿐이었다. 어쩌면 이렇게 거짓말을 할 수도 없이 자신을 빼닮았을까.

"아들이라. ……이름은 어찌 됩니까?"

"여진의 사람들이 임시로 붙여 부르던 이름은 있지만 제대로 된 이름은 아직 없습니다."

"그러면 내가 이름을 주어도 되겠군요."

결은 아이를 들어 제 품에 안았다. 도성으로 오는 내내 한섬이 아버지에 대해 많은 얘기를 해 주었기 때문일까, 아이는 거부하지도 않고 얌전히 결의 품에 안겼다.

"그동안 자식을 보면…… 만약 그대가 살아 돌아와 우리 사이에 아이가 생기면 반드시 붙여 주고 싶은 이름이 있었습니다. 특히 사내아이라면 원(薗)이라는 이름을 붙여 주려고 했지요."

그것은 담월이 사내로 있을 때의 이름이었다. 그 오랜 시간 동안 홀로 저 소망을 얼마나 마음에 새겼던 걸까. 몇 번이고 불러 본 듯 자연스럽게 입에서 나오는 이름에 담월은 마음이 애잔해짐을 느꼈다. 한참을 그렇게 원이와 놀아 주던 결은 나가 놀고 싶다는 아이를 놓아주었다.

"처음 보는 아비인데도 스스럼이 없군요. 좋은 성정을 타고났습니다."

"전하를 닮아서 그렇지요. ……이제 원이는 궐에 들어가야겠지요?"

"그래야지요. 하나뿐인 대군이 아닙니까. 저리 활달하니 궐에도 활기가 돌겠군요."

결은 마당 앞뜰에서 나비를 쫓으며 노는 원이를 보며 미소 짓다가 담월을 돌아보았다. 그리고 그녀의 한 손을 잡아오며 말했다.

"그리고, 내 그대를 중전으로 맞이할 것입니다."

"전하……! 중전이라니요, 너무 과합니다. 한 번 전하를 떠났던 죄인이 아닙니까. 소녀는 그저 숙원으로라도 전하의 곁에 있기만 하면—."

"그때 그대가 예언을 바꾸기 위해 떠났다는 것을 알고 있습니다. 안가에서 예언부를, 칠성각에서는 소원부를 찾았지요."

어째서 자신의 그 큰 공을 감추려고만 드는지. 결은 한숨을 쉬며 담월을 끌어당겼다. 기억보다 가늘어진 몸이 품 안에 쏙 들어왔다.

"담월이 아닌 그 누구를 내가 진정한 내자로 맞을 수 있단 말입니까……."

담월은 아무 말도 할 수 없었다. 정말 내가 이분을 욕심내도 되는 걸까, 처음 결을 마음에 품었을 때부터 그녀의 마음속 깊이 가라앉았던 생각이 계속해서 입 밖으로 튀어나오려 했다. 하지만 그 마음을 이미 다 알고 있다는 듯 결이 덧붙였다.

그는 숨결이 얼굴을 간질이는 거리에서 담월의 눈을 바로 보며 또박또박 읊었다.

"그러니 다시는 나를 원하지 않는 것 같은 말은 하지 마세요. 아니, 이제는 원하지 않더라도 내 곁에 두어야겠습니다. 그대가 내 옆에 없으면 난 아무것도 되지 못할 것 같으니까요. 담월이 나와 함께여야만이 나는 훌륭한 임금이 될 수 있을 것 같아요. 또한 그대에게는 좋은 지아비가 되겠습니다."

이렇게 가까이에서, 결코 거절할 수 없는 거리에서 거절할 수 없는 말을 뱉으면 어찌해야 한단 말인가. 담월은 차마 그 앞에서 다시 겸손해질 수가 없어 입술만 깨물었다.

"이제는 부디 과인과 함께 해 주세요."

결은 허락을 구하듯 살포시 담월의 입술 끝에 제 입술을 마주 대었다. 꽃잎 한 겹을 사이에 둔 듯 겹친 채로 그는 담월이 그 남은 한 겹만큼 다가오기를 기다렸다. 그 찰나와 꽃잎만큼의 거리가 지난 오 년의 세월만큼이나 길게 느껴졌다. 그렇지만 결국 이 달콤한 고백에 담월은 백기를 들었다. 따뜻하고 촉촉한 입술이 다가와 결의 입술을 훔쳤고, 결은 제게 매달리는 담월의 허리를 한 손으로 감으며, 나머지 한 손으로는 방의 문을 닫았다.

"이제 중전의 자리를 더 이상 비울 수 없을 것 같습니다."

한섬의 집에서 하룻밤을 보낸 결은 이튿날 아침 조례 시간에 바로 중전 간택에 대한 얘기를 꺼냈다. 드디어 중전에 대한 얘기가 나오는 것인가, 대신들이 웅성거렸다. 결혼 적령기의 딸을 두고 있는 이들은 비어 있는 나라의 안주인의 자리에 어떻게 하면 제 여식을 올릴 수 있을까 벌써부터 궁리를 하는 얼굴들이었다.

"전하, 그러면 내명부에 알려 속히 간택식을—."

예조 판서가 나서 말했지만 결은 고개를 저었다.

"아니요, 중전이 될 여인은 이미 정해져 있습니다. 여기 계신 분들은 다들 알고 있는 이이기도 하지요."

설마 그동안 결을 모신 후궁들 중 하나가 중전이 되는 것인가, 그러나 그 후궁들의 아비가 되는 신하들도 영문을 모르겠다는 눈치였다.

"지난날, 내가 왕위에 오를 수 있게 누구보다 큰 공헌을 한 여인입니다. 그녀의 이름은 담월, 죽은 도규언의 여식이지요. 대신들께서는 도담원이라는 이름으로 익히 잘 알고 계실 것입니다."

결의 말에 좌중이 소란스러워졌다. 도담원이라니, 오 년 전 홀연히 사라진 검열을 말씀하시는 겁니까? 누군가의 말에 그는 고개를 끄덕였다. 그리고 그녀가 어째서 남복을 하고 조정에 들어왔으며, 무엇 때문에 이 나라를 떠나 있었는지까지를 이야기했다.

"그녀는 자신의 소원의 힘을 바쳐 나를 다시 왕으로 세워 주었습니다. 그리하여 이제 나는 그녀를 내 유일무이한 비로 맞으려는 겁니다."

결이 말을 마치자 일부는 숙연한 얼굴이었다. 주로 봉교 도규언과 검열 도담원을 익히 알고 있던 자들이었다. 어쩐지 즉위하자마자 만사를 제쳐 두고 도규언의 누명을 벗기는 일에 힘쓴다 하였더니 이런 내막이 있을 줄이야. 그런 공로를 세운 여인이라면 중전으로 맞이한다 해도 무어라 할 말이 없었다.

"하지만 중궁의 자리는 그렇게 포상하듯이 내리는 게 아니지 않습니까, 전하—!"

모든 대신들이 결의 의견에 순순히 따른 건 아니었다. 새로이 좌의정이 된 자가 반발하며 나섰다. 그는 숙원 최 씨의 아비로, 그녀는 후궁들 사이에서 가장 중전이 될 가능성이 높다 점쳐지는 이었다. 갑자기 나타난 계집에게 제 딸의 중전 자리를 빼앗긴다는 사실에 그는 흥분해 말을 이었다.

"무릇 중전이 되신 분께서는 전하와 더불어 이 나라를 다스려 나가야 합니다. 그렇다면 어느 정도 세도가 있는 집안의 여식을 들이셔야지요. 그 불명예를 씻어 버렸다고는 하나 도가는 원래 후궁을 낸 적도 없는 한미한 가문입니다. 거기에 그 재주까지 잃은 여인을 어찌 왕비로 들이시려 하십니까!"

그의 말이 설득력 있게 들렸는지 대신들 몇몇이 고개를 주억거렸다. 결은 그 화가 울컥 치밀어 올랐다. 세도가 어떻고 재주가 없는 것이 어떠한가. 그녀가 자신에게 해 준 것이 얼마나 대단한 것이며, 이 자리에 결이 있을 수 있다는 것 자체가 누구 덕분인지 똑똑히 상기시켜 주리라 하며 그는 자리에서 벌떡 일어났다. 그러나 영의정이 된 소선이 입을 여는 것이 먼저였다.

"그분께 뒷받침할 세력이 부족하다 하면 소신이 감히 그분을 양녀로 삼겠습니다, 전하."

일촉즉발로 싸움이 일어날 것 같았던 편전 안은 삽시간에 조용해졌다. 임금이 즉위한 이후 정치적으로 중립을 지키며 결을 잘 보필해 온, 무시할 수 없는 발언권을 지닌 이였다. 그런 그가 담월을 양녀로 삼겠다니, 좌의정의 얼굴은 순식간에 붉으락푸르락해졌다.

"그리고 듣자 하니 그 여인이 전하의 아들을 낳으셨다고요. 원자를 낳은 여인을 중전으로 들이지 않으면 대체 누굴 중전으로 맞이하자는 얘기입니까?"

소선이 일침을 가하자 좌의정은 아예 꿀 먹은 벙어리가 되어 버렸다. 뒤이어 다른 대신들까지 그의 말에 찬동했다. 결국 만장일치로 담월이 중궁의 자리에 오르는 것이 결정되었다.

결이 대비를 설득하는 일은 대신들을 설득하는 일보다 쉬웠다. 혜연의 적극적인 응원 덕분에 형식적인 간택 후 담월이 선택되었다. 가례의 준비는 혜연이 도맡아 주었다. 한때 왕자비가 될 여인으로 오래 교육받은 덕에 그녀는 별궁에 매일같이 드나들며 담월에게 큰 도움이 되어 주었다.

왕비 책봉식은 별궁에서 거행되었다. 붉은 적의와 화려한 관을 쓴 담월은 긴장한 기색이 역력했다.

"저 좀 이상하지 않나요?"

담월의 물음에 옷매무새를 만져주던 혜연이 무슨 소리냐며 핀잔을 주었다.

"오늘부터 이 나라에서 가장 지엄하고 고귀하실 분이 무슨 소리세요. 원래 담월의 옷이었던 것처럼 잘 어울립니다. 아, 이제 중전마마라고 불러야겠네요."

혜연의 말에 담월은 머쓱하게 웃었다. 이내 아들 원이가 혜연의 말에 맞장구를 치듯 다가와 눈을 반짝이며 말했다.

"어머니, 아니 어마마마! 너무 아름다워요!"

말이 빠르고 총명한 덕분에 원이는 궐에 들어온 지 얼마 되지 않아 빠르게 왕실의 규범을 익혀 나가고 있었다. 오늘 담월의 책비례가 끝나면 그도 원자로 책봉될 예정이었다.

준비를 마친 담월은 곧 일어나 별궁 앞뜰로 향했다. 백관들이 줄지어 선 자리에 흥겨운 음률이 울려 퍼졌고 담월은 문 안으로 걸어 들어갔다. 그 앞에 결이 예복을 차려입고 면류관을 쓴 채로 담월을 기다리고 있었다. 그녀는 천천히 결에게 다가가며 만감이 교차하는 표정을 지었다.

수없이 많은 일들을 거친 후, 담월은 결국 이 자리에 왔다. 언제나 바라 왔던 결의 옆자리에, 당당히 그의 반려가 되어서. 담월은 수줍은 미소를 지으며 결의 앞에 섰다.

"긴장됩니까?"

결이 그녀에게 작게 속삭였다. 담월은 그렇다며 살짝 고개를 끄덕였다. 그 모습에 그는 수줍게 웃었다.

"나도 그렇습니다. 내가 홀로 임금의 자리에 올랐던 것보다, 지금 이 순간이 더욱 떨립니다. ……정말, 그대와 함께할 수 있게 되었습니다."

감격 어린 그의 말에 담월도 무어라 답하려 했지만, 우승지가 이어 교명문을 읽는 바람에 담월은 입을 다물었다. 그 모습이 우스워 두 사람은 대례중임에도 푸흐흐 웃어 버렸다.

"금일 나 대왕은 충의와 절개가 올곧은 도씨를 중전의 자리에 책봉하노라. 그의 아비 도규언은……."

우부승지가 긴 교명문을 읽어 내리는 동안 담월은 아버지 규언을 떠올렸다. 지금 하늘 어디에선가 자신이 받았던 딸의 예언이 이렇게 이루어지는 것을 보고 계실까.

하늘을 보고 피어날 붉은 꽃의 싹이 트니, 이내 북궐(北闕)에서 피어나리라.

담월은 결을 보며 얼굴에 환한 미소를 띠었다. 한 때 그녀는 자신의 천명이 어디에 있는 것인지 몰라 헤매곤 했다. 하지만 지금 분명히 알 수 있었다. 그녀의 운명은 처음부터 여기, 결의 옆에 있었던 것이다.

그 시각 남도, 각운은 높은 산 위에서 북쪽을 바라보고 있었다. 지금쯤 책비례가 거행되고 있으리라. 비록 직접 가서 볼 수는 없지만, 부디 마음만큼은 저 한양에 닿기를 바라는 마음으로 그는 북향 사배를 올렸다.

"중전마마, 부디 만수무강 하시옵소서—."

이제는 정말 멀리서 바라볼 수밖에 없는 이가 된 담월을 위해, 정성을 다해 절을 올린 후 그는 산속 깊은 그림자 사이로 사라졌다.

* * *

담월과 결은 후원에서 따뜻한 봄날을 즐기고 있었다. 결은 이제 눈에 띄게 불러 온 담월의 배를 쓰다듬으며 행복한 미소를 지었다.

"두 아이가 한 번에 들어 있으면 이렇게 배가 불러 오는 거군요. 힘들진 않습니까?"

"아직까지는 잘 모르겠어요. 그래도 혜연 부인이 많이 도와주셔서 크게 어려운 점은 없답니다. 태의께서도 상태가 나쁘지 않다고 해 주셨어요."

"그렇다면 다행입니다. 부디 중전을 괴롭히지 않고 곱게 나와 주었으면 좋겠는데요."

두 사람이 그렇게 태중의 쌍둥이에 대한 얘기를 나누고 있을 때, 멍하니 하늘을 바라보고 있던 원이 그들에게 후다닥 달려왔다.

"어마마마, 소자 하늘의 소리를 들었어요!"

"하늘의 소리를요?"

하늘의 소리라니, 뜬금없는 소리에 담월도 결도 눈을 크게 떴다. 하지만 원이는 아랑곳 않고 발랄하게 말을 이었다.

"네, 두 분께 안부를 전해 달라고 했어요. 잘 지내고 있다고, 지켜보고 있다고요. 남자의 목소리였습니다!"

"예언의 피는 분명 사라졌을 텐데, 하늘의 소리를 듣다니……."

소원의 힘을 잃은 상태에서 낳은 아이였기에 원이는 그 힘을 물려받지 않을 것이라 생각했는데. 결은 걱정 어린 얼굴로 부쩍 자란 대군을 제 무릎 위에 앉혔다.

"아바마마, 그분이 누구인지 아세요?"

담월과 결이 시선을 마주하며 슬프게 미소를 지었다. 이제 대군의 나이가 일곱이니 이제 옛 일에 대해 얘기를 해 줘도 좋지 않을까.

담월은 조심스럽게 입을 열었다.

"이제는 원도 알아 두어야 할 때가 된 것 같네요. 그분은……."

담월이 조곤조곤 말하자 원은 재밌는 이야기를 듣는 것처럼 눈을 반짝이며 귀를 기울였다. 결은 그런 원의 머리를 쓰다듬어 주며, 자신도 오랜만에 듣는 이야기를 경청했다.

* * *

경원대군 이 결, 왕자의 난을 거친 후 왕위에 올라 도씨를 중전으로 맞은 그는 슬하에 다섯을 두고 훌륭한 성군이 되어 나라를 다스렸다고 한다. 당시 중전 도씨가 내명부의 일을 기록한 사초를 만들었다고 하나 왜란에 소실되어 지금은 기록이 있었다는 흔적만을 찾을 수 있을 뿐이다.

〈예문관 연애사 완결〉

외전 1
드높이 피는 꽃

조용한 궐내에 중궁전으로 성난 걸음을 옮기는 여인이 있었으니, 바로 혜연이었다. 지난해 조선 땅으로 돌아와 내명부의 수장 자리에 오른 담월의 부름이 있어 바삐 궐에 들어온 참이었다.

"세상에, 어찌 이럴 수가 있는지!"

그녀는 궐 안임을 잊은 듯 분을 터트리며 걸음을 재촉했다. 그 성품이 부드러우나 옳고 그른 일에는 엄격한 그녀가 이토록 성을 내는 이유는, 오늘 있었던 담월의 친잠례(親蠶禮) 때문이었다.

왕비가 직접 누에를 치고 고치를 거두며 양잠을 장려하는 의례요, 유일하게 중전이 책임을 지고 내외명부를 이끄는 일이 바로 그것이었다. 그야말로 중궁전의 위세를 보여 준다 할 수 있는 행사였다.

"정말 3품 이상의 외명부 부인들이 두서넛밖에 참석하지 않은 게 사실이란 말인가?"

그녀는 담월의 전갈을 전하러 왔던 상궁에게 재차 물었다. 남들이 듣기에 좋은 일은 아니니 목소리는 한껏 누그러진 채였다.

"그렇사옵니다. 걸음을 늦추시옵소서, 정부인 마님. 산달이 가깝지 않으십니까."

상궁의 말에 혜연은 한숨을 푹 쉬며 그 보조를 천천히 하였다.

"하다못해 나라도 참석했어야 했는데. 몸을 조심한다고 괜히 불참하여 마마께 심려만 더 얹어 드린 양이 아닌가."

"정부인의 잘못은 아니십니다. 중전마마께서도 그저 속풀이를 하시고자 서찰을 보내신 것이지, 구태여 찾아오시라 하신 게 아니시올 턴데……."

상궁은 어쩔 줄을 몰라 하며 혜연의 뒤를 따르면서도 내심 다행이라 여겼다. 임금인 결마저 원행을 떠난 이때, 중전인 담월에게 혜연 같은 이가 함께 해 주어서 얼마나 다행인지.

오전의 친잠례는 궁중 생활을 오래 해 왔던 상궁으로서도 차마 민망할 지경이었다. 왕비가 되어 처음으로 주관하는 왕실의 행사인 만큼, 담월은 그 준비에 소홀함이 없었다. 아니, 오히려 더 열성적으로 나섰다.

매일같이 뽕잎이 열리는 날을 확인하러 창덕궁과 창경궁 사이의 밭을 오가고, 누에를 기르는 잠모들에게 상으로 내릴 비단과 다과도 못지않은 것으로 준비하는 등, 원자를 돌보면서도 밤늦게까지 일을 가다듬기 일쑤였다.

과거 남장을 하고 나라의 역사를 기록했던 내력이 있는 독특한 왕비 아니랄까 봐, 담월은 상궁들 사이에서도 내명부의 일을 꼼꼼하게 처리하기로 소문이 나 있었다. 처음에는 담월을 좋지 않게 보는 이들이 많은 것도 사실이었지만 섬세하고 빈틈없는 안배와 그 다정한 성품 덕에, 담월이 내명부에 자리를 잡은 일 년 동안 진심으로 따르게 된 궁녀와 내관들이 부쩍 늘었다.

문제는 숙의 최 씨를 비롯한 기존의 후궁들이었다.

담월이 돌아오기 전까지는 선왕의 삼년상과 왕대비의 상을 치러야 했기에 가례를 올려야 하는 중전을 맞아들일 수 없었던 시절,

'아무리 상중에는 잉태가 상스러운 일이라고 하나, 임금이 정비도 후계도 없는 상황은 종묘를 흔들리게 할 수 있사옵니다.'

고관대작들의 종용에 어쩔 수 없이 받아들인 세 명의 간택 후궁들을 말하는 것이었다. 비록 삼년상이 끝날 때까지 아들은커녕 딸 하나 낳지 못한 신세들이었지만, 그들은 적어도 서로 중에 미래의 중궁이 나오리라 생각하고 있었다.

그러나 갑자기 원자를 데리고 돌아온 담월에 의해 중전 자리

가 눈앞에서 날아간 것이다. 이에 불만이 없을 리 없었다. 처음에는 대놓고는 아니어도 불퉁한 태도이더니, 요새는 이번 친잠례에 불참하는 것처럼 대놓고 중전의 권위에 도전하는 일이 벌어지고 있었다. 담월의 양부를 자처한 소선이 병환으로 영상의 자리를 내려놓은 것과도 관련이 없지 않을 것이다.

게다가 하필이면 그 자상한 성품에 대한 반향인지, 담월은 중전으로서 가져야 할 정치적인 수완은 썩 뛰어나지 않은 편이었다. 그녀의 따스함과 일에 대한 세심함에 반한 궁인들로서는 걱정되는 일이었다.

혜연은 중궁전에 당도하자마자 서둘러 안으로 들어갔다. 담월은 어두운 안색으로 차를 마시다가 그녀를 맞았다.

"중전마마를 뵙습니다."

차마 분을 감추지 못한 얼굴을 보며 담월이 희미한 웃음을 입가에 띠었다. 자신이 부당한 일을 당했다는 얘기에 차마 가만히 있지 못하고 저 무거운 몸을 이끌고 온 것이리라. 참으로 의기가 있는 여인이었다.

"어서 오세요, 정부인. 제가 괜한 서찰을 보내 부인을 걸음 하시게 했나 봐요."

담월의 환대에도 혜연은 마뜩잖은 얼굴이었다. 그녀는 배를 감싸며 자리에 앉았다.

"곤궁 자리에 오르신 지도 어언 일 년인데, 여태 아랫사람에게 높임을 쓰시니 숙의 최 씨에게 얕보이시는 게 아닙니까."

그제야 담월은 아차하며 입을 가렸다. 일전에도 이처럼 혜연에게 지적을 받은 적이 있는데도 쉬이 고쳐지지 않는 버릇이었다. 대비와 임금을 빼놓고는 누구에게도 고개 숙일 일 없는 무품의 지엄한 신분이 되었는데도 여태 실감이 나질 않아 그런 것인지.

하지만 혜연은 오늘만은 더 이상 잔소리 없이 넘어가기로 했다. 친잠례에 두서넛밖에 안 되는 부인만 나온 것이 어지간히 속이 상한 모양이었다. 혜연에게 전과 같은 말투를 쓴 것도 마음이 약해져서가 아닐까.

"미, 미안하네. 앞으로도 주의하겠네."

하긴 혜연도 맨 처음에 자신에게 말을 놓던 담월의 어색한 표정을 보며 어찌나 속으로 웃었던가.

"되었습니다, 사적인 자리에서는 마마 편하신 대로 하시옵소서. 누가 보면 제가 마마를 잡아먹으려 드는 줄 알겠습니다."

결국 혜연이 백기를 들었다.

"알겠습니다. 공석에서는 주의하도록 할게요."

담월은 하얗게 웃으며 말했다.

어릴 적에도 여인보다는 여사관이 되기 위한 공부를 더 많이 해 왔던 담월이었다. 때문에 그녀에게 여인으로서의 궁중생활은 어렵기 그지없었지만, 그럴 때마다 혜연은 마치 담월이 제 자매인 양 궁을 집처럼 드나들며 담월을 도와주었다. 마치 오늘처럼. 가족 친지도, 언니처럼 여겼던 소화도 잃은 담월도 혜연을 언니처럼 모셨다.

"도대체 예문관 시절의 똑 부러지던 마마는 어딜 가셨는지 모르겠습니다."

"아무 걱정 없이 편히 궁중 생활을 해서 그런 게 아닐까요."

아이를 낳고, 소원의 대가로 오랜 시간을 누워 지낸 것도 있을 것이다. 담월은 부러 편한 미소로 둘러댔다. 큰 사건을 워낙 많이 겪은 탓인가, 원래도 덤덤한 편이었지만 어릴 적 소녀다운 모습은 스스로 생각해도 많이 가신 것 같았다.

"전하께는 아뢰셨지요?"

담월은 고개를 저었다.

"멀리 원행까지 나간 전하께 아녀자의 일을 아뢰어 괜히 심사만 흐트러트릴까 싶어 그러지 않았습니다."

"대비께는요? 내외명부의 기강이 달린 일이니 그냥 넘어가셔서는 안 될 일입니다."

하지만 역시나 담월의 대답은 아니오였다.

"이번 일은 제 부덕이 만들어 낸 일이니 스스로 해결을 해야지요. 내일 친잠례를 다시 하겠다 전갈을 보내 두었으니, 내일은 많이들 오실 겁니다."

아니 고작 서찰 하나에 오늘 안 온 사람이 내일 오겠는가. 보나 마나 내일은 꼭 오라는 전갈만 보내지도 않았을 것이다.

병중으로 못 온다는 이에게는 몸은 괜찮은지, 집안이 큰 제사가 있다는 집은 자신이 날짜를 잘못 맞추어 미안하다든지. 뻔한 거짓말에 진심으로 염려를 담아 내일은 참석해 주길 바란다 보냈으리라. 이쯤 되면 주변에서 보는 이가 답답할 지경이었다.

"그러지 마시고 외명부에 속하는 부인들의 남편을 불러 단단히 이르세요, 마마. 전하께서 세자마마까지 대동하고 원행하셨으니, 마마께선 지금 이 나라의 국정을 책임지시는 몸이 아닙니까. 충분히 그러실 수 있습니다."

생각해 보면 참으로 괘씸한 여인들이었다. 왕비가 국정을 대리하는 일은 왕과 왕세자가 궁을 비웠을 때에 한정된다. 비록 군사와 관련된 큰일에 관해서만 재가를 받는다 하지만 엄연히 지존의 대리인 것을. 그런 중전이 주최하는 예식에 나오지 않다니. 대체 어디서 뭣들 하고 있는 건지.

"그러라고 있는 권한이 아니지 않습니까. 전하께서 안 계시는 동안 내명부에서 잡음이 나오는 것만으로도 충분히 부끄러워할 일입니다."

진심이었다. 아무리 어릴 적부터 도망의 삶을 사느라 사내처럼 지내 여인들 간의 우정에 어색하다곤 해도, 일 년이나 되는 세월 동안 부인들과 그만한 친분을 쌓지 못한 것은 그녀의 잘못이었다.

"너무 심려치 마세요, 정부인. 만삭으로 예까지 와 주신 것만으로도 족합니다."

그래도 이처럼 그녀를 발 벗고 도와주는 친우가 하나 있으니 그리 섭섭하지는 않았다. 다만 이 일이 결의 치세에 누가 될까 걱정이 될 뿐.

* * *

한편 오늘 친잠례에 불참한 부인들 몇몇은 숙의 최 씨의 처소에 머물고 있었다. 최 씨는 그녀들을 위해 다과와 값진 선물을 아낌없이 내놓은 후 만족스러운 미소를 짓고 있었다.

감히 왕비의 행사에 거짓 사유로 불참한 이들이 같은 궐내에, 그것도 후궁의 처소에 있다니. 불호령을 들어도 할 말이 없을 일이었지만, 최 씨는 중전의 무른 성품을 잘 알고 있었다.

게다가 이곳에 있는 이들은 못해도 정이품 이상의 관료를 남편으로 둔 부인들로, 말하자면 정계의 실세를 뒷배로 둔 이들이나 다름없었다. 이렇다 할 정치적 배경이 없는 중전이 함부로 대할 수 있는 대상이 아니었다. 특히 이 자리에 모인 것은 최 씨가 어릴 적부터 교류하며 지낸 젊은 부인들이 중심이었다.

"하여간 내 마음이 아주 유쾌합니다. 이게 다 부인들께서 도와주신 덕분이지요."

최 씨가 후련하다는 듯 입을 열자 다른 부인이 거들었다.

"아닙니다. 저희야 중전마마를 가끔씩만 뵐 뿐이지만, 때론 반가의 아녀자보다 못 할 때가 있는 분을 뫼시고 내명부를 이끄는 숙원의 고생을 생각하면 이쯤이야 아무것도 아니지요."

부인들은 고개를 끄덕였다. 비록 나날이 나아지는 모습을 보인다고는 하나, 그들에게 있어서 담월은 예쁘게 박혀 있던 돌을 빼낸, 굴러 온 못난 돌이나 다름없었다.

"저희끼리 하는 말이지만, 그분께서 중궁 자리에 어울리지 않는 것이 어디 한두 가지십니까."

"맞습니다. 제대로 간택을 치렀다면 초간택도 쉬이 넘기지 못할 한미한 집안이 아닙니까. 그나마도 멸문에 가까운 죄를 지었고요. 아무리 복권이 되었다고는 하지만……."

"그만들 하세요. 아무리 그래도 지금 중궁의 주인은 그분이 아니십니까. 무엇보다 대통을 이을 원자를 낳으셨는데요."

부인들의 말을 제지하면서도 숙원의 얼굴에는 묘한 미소가 걸려 있었다.

"사실 그게 제일 문제가 아닙니까."

그중 가장 어린 부인이 조심스럽게 입을 열었다. 우찬성의 후처로 들어와 스물도 되지 않은 나이에 정경부인 자리를 차지한 여인으로, 아직 그 생각이 어려 그런지 말을 가벼이 뱉는 버릇이 있었다.

"저희 대감께오서 말하시길, 세자 저하가 전하의 자식인지 의구심을 품는 이들이 한둘이 아니라 합니다."

그녀의 말에 모두의 눈이 휘둥그레졌다. 그것이 사실이라면 당장 궐에 피바람이 불 만한 일이었다. 모두의 목소리가 촛불 타는 소리보다 작아졌다.

"하긴, 저하께서 다섯 살이라고 치기엔 옥체가 조금 작은 것도 사실이지요. 사실 갓 태어났을 때가 아니라면 몇 달을 속이든 누가 알겠습니까."

"그렇다면 뉘의 자식이란 말입니까?"

"여러 말이 나오긴 하나, 우리 대감께서는 폐서인된 탄헌군의 씨가 아닐까 말하시지 뭡니까. 세상에, 남사스러워서. 남복을 하고 예문관에 있을 때, 궁녀 차림을 하고 만나는 모습을 본 이가 있다는 소문이 돌더이다."

한쪽에서 물꼬가 터지니, 결국 조심조심 얘기를 나누던 모임은 각자가 들은 소문으로 점철되었다.

"저도 그런 풍문을 듣기는 했사옵니다. 마마를 북쪽으로 모신 후 수발을 들었던 정체불명의 사내의 아이라는 얘길 들었는데……."

"저는 유르지크라는 오랑캐의 아들이 아닐까 의심했는데…… 이 나라 왕실에 오랑캐의 피를 퍼트려 훗날을 도모하기 위한 수작이 아닐까 싶어서요. 그렇지 않고서야 오랑캐 말에 저리 도통

하실 수도 없는 일 아닙니까."

온갖 소문들이 요란하게 숙원 최 씨의 처소를 메웠다. 그녀들의 이야기가 너저분해질수록 최 씨의 얼굴에 걸린 미소는 더욱 짙어져 갔다. 진실이 아니면 어떤가, 이렇게 밑바닥부터 금이 가기 시작한 중전의 명예는 돌고 돌아 그녀를 지엄한 왕비의 자리에서 끌어내릴 터였다. 최 씨가 구태여 위험한 수를 쓰지 않아도 되었다.

"그, 그래도 세자 저하의 용모는 전하의 옥용을 그대로 빼어 닮지 않았습니까? 저는 차마 다른 분의 씨앗이라는 생각은 추호도 못 하겠던데요……."

평소에는 심약하여 부인들의 말에 달리 토를 달지 않던 여인이 담월의 편을 들고 나섰다. 최 씨가 한 번 째려보니 입을 다물었지만 못내 이 분위기가 불편한 기색이었다.

"그렇다면 탄헌군의 아이인 것이 더욱 타당한 것 아닙니까? 어찌 되었건 전하와 형제인 분이니, 전하와 닮은 것도 무리는 아니지요."

다행히 최 씨가 조성한 분위기는 그대로 흘러가는 듯했다. 오랑캐나 외간 사내와 정을 통했다는 소문이 아쉽기는 했지만, 오히려 이쪽이 꼬리에 꼬리를 물고 퍼지기에는 훨씬 나았다. 최 씨가 다시 흡족하게 웃으며 슬슬 중전의 편을 드는 역을 자처하려 할 때, 잠자코 듣고 있던 부인 하나가 나직한 목소리로 그들을 꾸짖었다.

"그만들 두세요. 외명부를 대표하는 분들께서 이 어찌 장시의 아낙들처럼 추잡한 풍문을 읊으시는 겁니까."

모두가 그녀를 바라보았다. 이조 판서의 부인 현 씨로, 예의와 규범에 까다로운 여인이었다. 서툰 담월을 마음에 안 들어 하는 것은 사실이었으나 이번 친잠례의 단체 불참을 유일하게 끝까지 반대한 사람이기도 했다.

"다른 이도 아니고 전하께서 인정하신 세자요, 중전이십니다. 미흡한 점이 있는 것은 사실이나 없는 것을 지어내 흠집을 내다니, 부끄럽지도 않으십니까?"

그녀의 말에 모두들 무슨 말을 하고 있었는지 깨달은 듯 얼굴을 붉혔다. 하지만 말은 이에 그치지 않았다. 이어 현 씨는 숙원 최 씨를 돌아보았다.

"숙원께서도, 뭘 모르는 궁 밖의 사람들이 이런 천한 말을 입에 올리면 내명부의 사람으로서 바로잡아 주셔야 할 것 아닙니까. 숙원께서 이러시니 중전마마가 아직도 내명부의 일에 서투신 게 아닙니까?"

그 말에 숙원은 꿀 먹은 벙어리가 되었다. 최 씨와 현 씨는 사촌 자매지간으로, 나이 차이가 꽤 있으나 집안에 자매가 둘뿐이어서 현 씨가 혼례를 올리기 전까지는 친하게 지낸 사이였다. 그런 그녀의 말이었기에 최 씨는 이내 떨떠름하게 사과했다.

"안 그래도 그만들 두시라 하려던 참이었습니다. 먼저 정돈해 주셔서 감읍할 따름입니다."

애써 웃긴 했지만 숙원의 입꼬리는 파르르 떨렸다. 나이로 보나, 이조판서라는 부군의 직책으로 보나, 현 씨의 발언은 무시할 수 없는 상황이었다.

"집안에 일이 있어 슬슬 일어나 봐야겠습니다. 다른 부인들께서도 이만 일어나시지요. 예 있는 모습을 뵈면 아무리 그 중전이시라도 가만히 있진 않으실 겝니다."

현 씨의 말에 모두가 우르르 일어났다. 다들 나간 방에 최 씨는 홀로 남아 다 된 밥에 코를 빠트렸다며 분통을 터트렸다.

'어릴 때는 저런 아이가 아니었는데, 언제 사람을 곤경에 빠트리고 즐거워하게 되었는지.'

현 씨는 숙원의 처소를 나오며 깊게 한숨을 내쉬었다. 주상 전하의 눈길 한 번만 받아도 좋겠다하던 때가 엊그제 같은데, 이처럼 모략을 꾸미는 모습을 보니 생경하기만 했다.

'하긴 전하께서 그토록 중전마마를 싸고도시니 질투가 날 법도 하겠다마는.'

그토록 저열한 소문이 뒤에서 도는데도 왕자의 세자 책봉에 별다른 이견이 없었던 것도 그 때문이었다. 하나뿐인 왕자에, 왕이 그리도 어여삐 여기니 누가 감히 반대를 하겠는가.

간택 후궁으로 들어왔던 나머지 둘은 그 극진한 애정을 보며 중전 자리에 대한 희망을 버렸건만, 숙원 최 씨 만큼은 아직도 야망을 버리지 못한 모양이었다.

역시 이번 불참에 동조한 것은 잘못된 결정이었다고 생각하며 궐문 밖으로 향할 때, 눈에 익은 내관이 현 씨에게 다가왔다.

"정부인, 중전마마께서 부르시옵니다."

"……내가 여기 있는 건 어찌 알았나?"

"마마께서는 다 알고 계셨습니다."

내관이 고개를 조아리자 현 씨는 난감해졌다. 분명 오늘 친잠례에 거짓 사유를 대고 불참한 것에 대해 그녀를 대표로 추문하려는 것이리라. 하다못해 아프다 답을 보냈으면 집에라도 있었을 것을, 괜히 숙원의 회동에 참석해서 이리 민망한 상황에 처하다니.

"알겠네, 가지."

하지만 피할 수 있는 자리는 아니었다. 현 씨는 내심 숙원을 원망하며 내관의 뒤를 따랐다.

* * *

"중전마마, 이조판서의 부인 정부인 현 씨 드십니다."

문이 열리는 소리와 함께, 현 씨는 환한 담월의 얼굴을 볼 수 있었다. 가볍게 예를 올리자 담월이 반가이 그녀를 맞았다.

"어서 오세요, 정부인. 고뿔은 좀 괜찮으십니까?"

중전이나 되어선 한낱 정이품 관료의 부인에게 높임말을 쓰다니, 이런 것이 그녀가 담월을 탐탁찮게 생각하는 점이었다.

"네, 마마께서 걱정해 주신 덕에 거동할 정도로는 쾌차하였습니다."

사실 현 씨의 사정은 그리 거짓도 아니었다. 며칠 전만 해도 춘삼월이라고 믿을 수 없을 정도로 추운 날씨 탓에 심하게 열이 나서, 밖으로 일체의 출입을 금했던 것은 사실이었으니까.

"정말 다행이네요. 안 그래도 궁중의 약을 내릴까 고심하고 있었답니다."

그래도 친잠례에 오지 않고 숙원의 처소에 있었던 것은 사실이다. 한 점의 탓함도 없이 진심으로 그녀의 쾌차에 기뻐하는 얼굴에 현 씨는 적잖이 당황했다. 평소였다면 중전답지 않은 말씨다 어깃장을 놓았을 텐데, 숙원 최 씨의 가시 돋은 기세를 면전에서 겪다 온 다음이라 그런지 담월의 태도가 한결 편안하게 느껴졌다.

"실은 이렇게 오시라고 한 연유는……."

"……중전마마, 오늘은 소인이 큰 무례를 범하였나이다."

담월의 말에 현 씨는 제 발이 저린 듯 바닥에 납작 엎드렸다. 그 모습에 담월은 오히려 눈을 동그랗게 떴다. 잠시 생각한 후에야 현 씨가 왜 이러는지 가늠한 담월은 해사하게 웃었다. 서로를 연모하는 부부는 닮는다더니, 그 웃음이 결의 미소를 보는 것 같았다.

"고개를 드세요, 정부인. 그것이 어찌 부인의 탓인가요. 제 부덕의 소치이지요."

현 씨는 머뭇거리며 고개를 들었다.

"오늘은 드릴 것이 있어 부른 것입니다. 친잠례에 오지 않으셔서 드리지 못하나 싶었는데, 다행히 궁내에 계시다기에요."

댁에 보낸 전갈에 들려 보내면 될 것을 잊어 구태여 불러 미안하다며, 담월은 고운 비단 보자기에 싼 지필묵을 그 앞에 내어놓았다. 웬 지필묵인가, 하던 현 씨는 문득 기억을 떠올렸다. 지난번 다회 때 어린 둘째 딸이 공부에 관심을 보인다는 얘기를 꺼낸 적이 있었다.

"지필묵이야 이판 대감 댁에도 많겠지만, 붓은 어린 소녀가 쓰기에 손에 맞지 않은 것이 많을 것 같아 제가 쓰는 것과 같은 것으로 준비해 봤습니다."

그 아이가 마음에 들어 했으면 좋겠네요—, 중전의 볼일은 정말 그것으로 끝이었다.

현 씨가 집에 돌아오자 중전이 정성 들여 쓴 전갈이 도착해 있었다. 진심으로 건강을 염려하고 가내 평안을 비는 편지에 현 씨는 실소를 머금었다. 제아무리 정치와 계략에는 뜻을 두지 않은 자신이라지만 그래도 외명부의 일원, 숙원의 무리에 가담하는 것과 같은 일 정도는 하고 있었다. 하지만 이번 중전마마는 자신 보다도 더 올곧고 소신 있는, 순수한 분인 모양이었다.

"내일 다시 여는 친잠례라……."

현 씨는 잠시 생각에 잠겼다가, 이내 말을 전하라며 하인들을 각 고관들의 집으로 보냈다. 그리고 중전이 들려 보낸 지필묵과 함께 딸아이의 방을 찾았다. 아무래도 자신이 중궁전의 곧은 마음가짐에 홀린 모양이라고 생각하면서.

* * *

"마마께서는 내일 부인들께서 오실 거라 생각하십니까?"

일기를 쓰고 있던 담월에게 여 사관이 물었다. 여 사관의 임명은 그녀가 중전이 된 이후 결에게 졸랐던 유일한 일이었다. 담월은 붓에서 손을 뗀 후 그녀에게 시선을 돌렸다.

"무례한 말씀이겠으나, 소인은 그분들께서 걸음하지 않을 것 같아…… 마마께 누가 될까 염려스럽습니다."

"그렇다 하면 더욱 성심을 다하면 될 일이지. 그리 걱정하지 않아도 괜찮단다. 하루 이틀로 될 일도 아니고."

하루 종일 이 얘기였다. 왕이 원행을 나가는 바람에 온종일 왕비를 쫓았던 여 사관은 똑같은 얘기를 몇 번이고 듣고 또 들었다. 아무리 나라의 지어미라지만 사람일진대, 속상하거나 화도 나지 않는 걸까.

"그래도 가끔 그립긴 하지, 자네처럼 사관으로서 발 벗고 뛰어다니던 시절이. 역사와 사직을 위한다는 마음 하나로, 불의는 참지 않고 용기 내어 목소리를 내던 시절이 말이야."

붙잡히면 목이 베일 것을 각오하고 궐의 담벼락을 따라 자보를 붙이던, 그런 시절이 담월에게도 있었다. 때론 무서울 것 없던 그 시절이 꿈에 나올 때도 있었다. 그런 꿈을 꾸고 난 이튿날이면 해결할 수 없는 그리움이 가슴에 내려앉기도 했다.

"하지만 사람은 그 자리에 따라 해야 할 일도, 그 마음가짐도 바뀌기 마련이라네."

지금의 그녀는 한낱 사관이 아닌, 임금이 된 결을 안에서 보좌하고, 세자의 앞길을 닦아야 하는 중전의 몸이었다.

"내가 누군가를 위해하여 편을 만들고, 공연한 분란을 만든다면. 전부 전하가 이끄시는 내정과 훗날 세자의 일에 영향을 미치지 않겠나."

"마마……."

"그러니 나는 지금의 내 일에 최선을 다할 뿐이라네. 내가 사관이던 시절 그 직분에 부끄럽지 않도록 노력했던 것처럼."

내일은 날이 보다 화창했으면 좋겠는데, 담월은 그렇게 중얼거리며 마저 일기를 쓰기 시작했다.

* * *

중전이 친히 친잠례를 이 회 열어 참석지 못한 부인들을 배려하였다.

전날의 의례에는 정승의 부인들만 참석하였으나, 금일에는 모든 부인들이 각자의 자리를 채웠다. 오로지 내명부의 숙의 최 씨만이 거동의 불편함을 들어 참여치 아니하였다.

왕비께서는 이날, '왕실의 행사는 나뿐 아니라 모두의 참여에 의의가 있는 것이니, 앞으로도 그 사정을 반영하기를 원하므로 이번 친잠례를 통해 많은 분들과 간친해지기를 바란다.'고 하였다.

모든 부인들은 그 무안함을 차마 감추지 못하였으나, 중전마마의 낯빛은 어제와는 달리 유독 밝고 여미하여……

'아, 이건 너무 공적인 기록과는 동떨어졌는데. 지워야겠다.'

담월의 미소를 보며 저도 모르게 붓을 놀리고 있던 여 사관은 다급히 그 대목을 붓으로 그었다. 그리고 다시 눈앞의 상황을 기술하기 시작했다. 중전이 다섯 개의 뽕잎을 따는 채상 의례가 진행 중이었다.

'그래도 정말 대단하신 분이야.'

별다른 계책도 묘수도 없이 어떻게 단 하루 만에 상황을 뒤바꾸어 버렸는지. 하긴, 여 사관들에게 있어 전설처럼 전해져 오는 여인이 아닌가. 역사를 바꾸고 연모하던 정인인 임금을 쟁취한 위대한 여인일진대, 이 정도야 그녀에게 대수로운 일도 아니었을 것이다.

오늘도 중전에 대한 충심이 깊어져 감을 느끼며, 여 사관은 행여 담월의 말을 하나라도 놓칠까 붓놀림을 서둘렀다.

〈드높이 피는 꽃 완결〉

외전 2
연이어 피는 꽃

오랜만에 안부 여쭙습니다, 그간 평안하셨는지요?

하늘에도 이곳처럼 눈이 내리고 있을지 궁금합니다. 어쩌면 내가 눈 놀이를 좋아하는 것을 알고 부러 이렇게 일찍 첫눈을 내려 주시는 건지도 모르겠습니다.

실은 어려운 일이 있어 붓을 들었습니다. 이 서찰은 누구에게 보일 것도 아니고, 그저 하늘로 멀리멀리 날려 보낼 것이니 오늘은 세자 이원이 아닌 질자(姪子)로서 쓰고자 합니다.

아바마마와 어마마마가 다투신 것 같습니다.

소질(小姪) 당최 어찌해야 할지 모르겠습니다. 아까도 문안을 여쭈러 갔다가 두 분 사이에서 말씀을 옮기느라 강녕전과 교태전을 몇 번을 오갔는지요.

어쩌다 두 분 사이에 오해가 생기신 것 같은데, 소질이 도성에 오고 칠 년간 한 번도 이렇듯 다투신 적이 없는 두 분이라 안절부절못할 뿐입니다. 두 공주도 같은 일을 겪었는지 제게 와서 하소연을 하지 뭡니까.

이럴 때 두 분의 동기는 어찌하셨는지, 들을 수 없는 답임을 알면서도 그저 답답함에 이리 서찰을 써 봅니다.

아바마마께서 급작스럽게 부르신다니 다녀와서 이어야겠습니다. 눈이 오는 것은 좋지만 이 한랭한 날씨에 또다시 두 분 마마를 오갈 생각을 하니 아득하군요…….

* * *

오해라고 할 만한 것도 아니었지만, 담월이 병환을 핑계 삼아 교태전의 문을 걸어 닫은 데는 그만한 이유가 있었다.

결이 그녀를 속상하게 한 탓은 아니었다. 오히려 그런 이유라면 조곤조곤 얘기를 나누며 풀었으리라. 요즘처럼 바쁜 시국에 눈코 뜰 새가 없는데도 세자를 보내 자신이 무슨 잘못을 한 것이냐며 계속해서 묻지 않는가. 지아비로서는 더할 나위 없는 이였다.

그래도 담월의 속은 무얼 먹다 체한 것처럼 갑갑하기만 했다.

아무 일도 아닙니다, 아닙니다, 얘기를 전했지만 결은 뭔가를 눈치 챈 듯 계속 사람을 보내왔다.

좀 전에도 두 공주가 찾아와선 '어마마마, 아바마마와 대체 무슨 일로 이리 다투시는 거예요?'라고 물어 오질 않던가. 필시 결이 시킨 일이 틀림없었다. 쌍둥이라 똑같은 얼굴에 똑같은 눈으로 묻는 통에 그런 일이 아니라 달래 돌려보내는 것이 고역이었다. 차마 누가 물어도 솔직히 털어놓을 수 없는 일이었다.

이 다툼 아닌 다툼의 시발점은 대비였다.

"그나저나, 이제 슬슬 다른 후궁들도 생각해 주셔야지요, 중전."

"……예?"

담월은 영문을 모르겠다는 얼굴로 반문했다. 다과를 놓고 담소를 나누다가 이게 무슨 맥락 없는 말인지. 영 말뜻을 못 알아듣는 담월을 보며 대비는 한숨을 쉬었다. 명부의 일은 자신이 중전일 때에 비교해도 한 치도 소홀함이 없이, 오히려 더욱 뛰어난 면도 없잖아 있건만 왜 이런 일에는 이리도 무심한지. 역시 하늘은 사람에게 재주를 여럿 주는 게 아니라 생각하며 대비는 말을 이었다.

"금상의 총애가 정비인 중궁에게 향하는 것은 실로 좋은 일이나, 임금은 무릇 여러 여인을 거느리는 법이 아닙니까. 주상께 숙원이나 소용도 찾으라 일러 주세요. 후원에 다른 여인들이 내밷은 한숨으로 연못이 하나 파질 지경이랍니다."

대비가 딱히 담월에게 원한이 있어서 하는 말은 아니었다. 결이 임금에 오르기까지 일등 공신이라 불러도 모자람이 없는 여인이 아닌가. 번듯한 왕자에 왕과 사이도 좋으니 그야말로 어여삐 여기지 않을 이유가 없는 며느리였다. 다만 그녀의 입장이 입장이었기에 하는 말이었다.

"다른 여인들의 처소에 드시라 권하는 것은 늘 하고는 있습니다만, 어디까지나 전하의 결정이신지라……."

말을 꺼내면서도 담월은 얼굴을 붉혔다. 어느 후궁의 침소에 들지 적당한 순번과 횟수를 나누어 알리는 것도 중전의 일이었다. 여인으로서 참고 견디기 힘든 일임은 틀림없었다. 그럼에도 별로 질투가 일지 않는 것은 그런 권유가 있었던가 하며 교태전으로 걸음을 하는 지아비 때문이리라.

"내가 이런 말까지는 하지 않으려 했는데. 중전, 종묘사직도 생각을 하셔야지요."

대비가 안타깝다는 듯 말을 뱉었다. 왕실이 아니라 반가의 일이었다면 내외가 사이좋은 것을 그저 기뻐하면 되었을 일일 텐데. 사람의 일이 참 마음처럼 쉽지 않았다.

"다행히 세자가 무탈하게 자라 어느덧 열두 살이 되었다지만, 여태 후사가 하나뿐인 것은 불안합니다. 주상이야 어릴 적 잔병치레를 겪고 약관을 넘어서 강건해졌다지만, 어릴 때 무병하다가

요절하는 경우도 드문 일이 아니지 않습니까."

"대비마마! 어찌 그런 숭한 말씀을 입에 담으십니까!"

"말이 그렇다는 겁니다. 만약에라도 그렇게 된다 치면 후계 문제가 어찌나 또 복잡하겠습니까. 게다가 아무리 두 분이 사이가 좋으셔도 일곱 해 전 두 공주를 낳은 이후로 아무 소식이 없지 않습니까."

그것에 대해서는 담월도 할 말이 없었다. 후계가 든든하면 든든할수록 좋은 것이 왕실의 일임은 익히 잘 알고 있었다. 여차하면 자신이 아들 하나쯤 더 낳아도 된다 생각하여 후궁의 문제를 너무 안일하게 여긴 것이 아닌가 하는 생각이 밀려왔다.

"소첩의 나이가 겨우 서른을 넘었사옵니다, 마마. 심려케 해 드려 송괴하나 조금만 더……."

"나는 그저 기회의 폭을 넓혀 보자는 말입니다, 중전."

바늘 들어갈 틈도 없이 딱 잘라 말하는 대비였다. 담월은 면구하여 고개를 수그렸다. 그 모습이 안쓰러웠는지, 대비는 구태여 덧붙였다.

"나도 그 심정 압니다. 하지만 왕비의 자리는 단순히 지아비를 섬기는 내자가 아님은 그 누구보다 잘 알지 않습니까."

"……대비마마의 말씀, 명심하겠습니다."

그것을 끝으로 담월은 자리에서 물러났다. 차마 감추지 못한 해쓱한 얼굴과 함께였다. 담월이 앉은 자리에 홀로 식은 찻잔을 보며 대비는 안타까운 듯 중얼거렸다.

“사이가 너무 좋은 것도 탈이로고…….”

* * *

담월은 노력했다.

결과 후궁들이 함께하는 자리도 마련해 보고, 대비가 승은 후궁으로 올려야겠다며 추천한 궁녀를 선보이기도 했다. 그러나 아무리 일러도 결이 담월을 찾는 것을 막을 수는 없었다.

결국 그녀가 선택한 방법이란, 속이 편치 않아 임금을 맞이하기 어려우니 당분간 듭시지 말라 통보하는 것뿐이었다. 덕분에 며칠간 교태전은 조용한 밤을 보냈다. 그렇다고 결이 쉬이 다른 후궁의 처소를 찾지는 않았기에 제자리걸음이기는 했지만.

물론 속이 불편한 것도 진실이기는 했다. 지아비에게 다른 여인을 권하라는 말을 듣고 속이 편한 이가 얼마나 있을까. 과거에 혜연이 자신을 보고 결에게 그토록 화를 냈던 게 이해가 갈 지경이었다.

하지만 어쩌겠는가, 그래야만 하는 것이 중전 된 이의 당연한 소명인 것을. 오히려 그토록 사이가 좋았는데도 세자와 두 공주 이하로 아이가 없었다는 것이 제 탓이 아닌가 생각만 들어 정말 머리를 싸매고 자리에 누워 있은 지가 이레째였다.

“마마, 그러지 마시고 어의에게 진맥이라도 받아 보시는 건 어떠신지요? 눈이 오기 시작할 정도로 추우니 증상이 다른 고뿔에라도 드신 게 아닐까 염려되옵니다.”

무슨 연유로 담월이 거짓으로 병증을 칭하며 자리에 누웠는지를 알아 키들거리던 상궁들도 이제는 걱정스럽게 권했다. 옛적 소원을 빌면 이루어지는 재주를 가졌던 중전이라더니, 아픈 것도 바라는 대로 이루어지는지 갈수록 얼굴이 안되어진 탓이었다.

“……그러자꾸나. 어쩐지 갈수록 속이 좋질 않아…….”

담월은 상궁이 가져온 꿀물을 한 모금 마시고 밀어 두었다. 제대로 식사도 넘어가질 않아 상을 물리는 모습에 상궁이 가져온 것인데 그마저도 쉬이 넘어가질 않았다.

사람이 어찌나 욕심이 많은지. 담월은 머리를 베개에 기댄 채 옛 기억을 떠올렸다. 처음엔 그저 바라만 볼 수 있어도 좋겠다 생각하다가, 결과 혜연이 혼인하게 됐다는 소식에 가슴이 철렁해지고. 감히 욕심내선 안 될 이인 걸 알면서도 떨리는 연정을 고백한 이후엔 그분을 위해 죽어도 좋겠다 생각한 시절이었다. 이번 일도 결론적으로는 결의 든든한 후사를 위한 일인데도, 그저 나만을 위한 낭군이었으면 하는 생각이 앞서는 건 왜일까. 어째서 이런 욕심은 끝이 없는 걸까.

‘나라에 대한 충심을 생각한다면 사적인 감정은 접어 두는 게 옳다, 예문관 시절의 나였으면 지금 나를 보고 그리 일렀겠지.’

과거의 자신에게 부끄럽다 생각이 들자 담월은 베개에 얼굴을 파묻었다. 하지만 그때는 몸도 마음도 신하의 입장이었다. 한 남자의 내자가 된 지금과는 달랐다. 여인의 마음이란 어찌나 이렇게 사사로운 것에 흔들리는 것인지, 한탄을 해 봐도 어쩔 수 없었다. 그것이 마음이라는 것이 아니던가.

"마마, 세자 저하와 양 공주마마께서 드셨사옵니다."

"……오늘만 도합 다섯 번째가 아니더냐."

담월은 피곤한 듯 내뱉었다. 보나 마나 결의 전갈일 것이다. 세자로도 아니 되고 두 공주로도 아니 되니 셋을 한꺼번에 보내겠다라. 이러다가는 고뿔에 걸렸다는 세자빈까지 보낼까 싶어 담월은 들라 고개를 끄덕였다.

"어마마마!"

"여즉 아프신 것이옵니까?"

담월과 결의 고운 점만 그대로 옮겨 한 올 한 올 그려낸 두 공주가 도다다 다가와 침상 앞에 앉았다. 사석이라 이리 천진난만하지만 신료들에게는 참으로 되바라졌다 말을 듣는 어여쁜 딸들이었다.

이어 세자 원이 눈처럼 하얀 미소를 지으며 다가왔다. 그의 양손에는 나무로 된 상자 하나가 들려 있었다.

"그건 무엇이기에 세자께서 직접 들고 오십니까?"

담월이 자리에서 일어나며 물었다. 웬만한 것이라면 내관을 시킬 터인데, 세자인 원이 직접 들고 왔다니. 겉보기로는 그저 목갑(木匣)일 뿐이었다. 겉의 세공이야 섬세하였지만 왕실에서 쓰는 물건이야 응당 그러하였으니까. 겉보기로는 도통 그 안에 들은 것이 무엇인지 알 수 없었다. 원이 손수 들고 온 것으로 보아 필시 결에게서 온 것이라 추측할 따름이었다.

"아바마마께서 어마마마의 병환을 걱정하시어 약을 보내시었습니다."

"약을?"

이게 무슨 소린가. 꾀병임을 익히 알아 여태껏 어의의 진단도 받지 않은 담월이었다. 그런데 결이 무엇을 알고 약을 보냈단 말인가.

담월은 의아한 얼굴로 원이 건네는 상자를 받아 뚜껑을 열었다.

"……과연."

담월은 함북 미소 지었다. 그 안에는 흰 눈이 소복이 담겨 있었다.

"세종께서 태조께 첫눈을 봉해 보내며 장난하던 그 풍습이로구나."

팔자에도 없는 독수공방을 이레째 하였더니 밖에 눈이 오는지도 모르고 있었다. 그러고 보니 아까 상궁이 눈이 온다고 하였던가. 담월이 찬연히 녹아가는 눈 속에 손을 넣어 섞자 연분홍빛의 비단 채화가 손가락에 걸려 나왔다.

“어라, 어마마마. 눈 선물에는 보통 매화의 채화를 넣지 않나요?”

“이건 뭐지? 겨울에 피는 꽃 중에 이런 진한 분홍빛 꽃도 있나요?”

쌍둥이 아니랄까 봐, 담월을 닮아 호기심 많은 눈동자를 동그랗게 뜬 모양도 같았다. 원이 그 모습을 보며 웃었다.

“이건 복숭아꽃이야. 그렇죠, 어마마마?”

답할 기회를 빼앗긴 담월이 푸훗 웃었다. 두통도 속앓이도 손에서 눈이 녹은 듯 시원하게 내려갔다.

선물을 받은 이가 속게 되면 한턱을 내야 한다고 하던가. 얼굴을 안 보겠노라 꽁꽁 숨어 있었건만 꼼짝없이 당한 판이었다. 전에는 담월이 토라지기만 해도 어쩔 줄을 모르더니 갈수록 결을 당해 낼 수가 없었다. 이런 지아비를 어찌 연모하지 않을 수가 있을까.

* * *

“……그 산사태로 인해 구휼미를 보관한 창고가 무너져 주변 지역에서 급히 쌀과 사람을 지원하였다 합니다.”

“예조판서 정휘문 아뢰옵니다. 지난번 논의되었던 서빙고의 저장

고를 열 개로 늘리는 것에 대해 어려운 점이 있어……."

대전에서는 아침부터 이어진 조회가 한창이었다. 신하들끼리의 회의에서 논의해도 충분한 일들이긴 했지만 결은 꼼꼼히 새겨들었다. 사실 그리 나쁜 일만도 아니었다. 임금이 주관하는 회의에 심각한 안건이 올라오지 않는다는 것은, 결이 치세한 지난 십 년간이 이 나라를 좋은 방향으로 이끌어 가고 있다는 뜻이었다.

"올해 여름에 활인서에 환자가 늘어 얼음이 부족하지 않았습니까, 어려움이 있다 하여도 서빙고를 증축해야 할 것입니다!"

"부족한 부분은 창덕궁의 내빙고에서 내어 해결하지 않았습니까. 매 년 환자가 그렇게 늘리라는 법도 없는데 무턱대고 증축할 수는 없습니다!"

"내빙고는 왕실을 위한 저장고가 아닙니까!"

서빙고의 증축 문제로 예조판서와 병조판서가 말다툼을 시작하자 결은 이내 딴생각에 빠져들었다. 어차피 저 일이야 그들의 언쟁이 끝난 후 타당한 쪽의 손을 들어 주면 될 일이었다. 그보다 결에게 앞선 걱정은 담월에 대한 것이었다.

'어마마마도 참, 과인이 알아서 한다고 하였거늘 굳이 중전에게까지 엄포를 놓으시다니.'

결은 담월이 지금 없는 병을 지어내어 자리에 누운 이유가 무엇인지 이미 알고 있었다. 그간 그녀의 귀에 그런 말이 들어가지 않게 결이 얼마나 부단히 노력했던가.

대비뿐 아니라 신료들 사이에서도 후사가 불안하다는 말은 여러 번 들었지만 세자가 이토록 건강하고 자신 또한 아직 젊은데 무엇을 염려하냐며 도닥인 게 수해였다. 그러다 결국 자신에게 다른 여인을 권하라는 말을 듣게 하다니. 그간 그토록 많은 잠자리를 하였는데 공주들 이후로는 회임이 되지 않은 게 자신의 탓인 것만 같아 결은 한숨을 내쉬었다.

'종묘사직을 우선해야 하는 왕으로서는 사내로서의 다짐도 지키기가 쉽지 않구나.'

책임이 많은 자리임을 알지만 다시는 곁에서 떠나보내고 싶지 않아서, 부담스러워 하는 것을 이해하면서도 중전의 자리를 강권했을 때 한 그만의 결심이었다. 담월에게서 선택의 자유를 앗는 대신, 오로지 그녀만을 마음에 품겠다는 다짐. 자신만을 바라보며 구중궁궐에서 세월을 보내는 후궁들에게는 미안하였지만 이토록 깊은 인연을 두고 그 어디에 마음을 둘까.

무엇보다 걱정한 것은 옳은 일이라면 그저 받아들이고 보는 담월의 성품이었다. 온순한 성격의 대비도 궐에 들어온 지가 어언 반 백 년이니, 담월의 성격을 이용해 재간을 부리는 것쯤이야 우스웠으리라. 그저 이 나라 대통을 위한 '옳은 일'이라고만 그녀의 마음에 심어 두면 될 테니까.

그러나 담월이 자리에 드러눕기까지 한 것은 결도 미처 예상치 못한 바였다. 전이라면 결이 부러 후궁을 곁에 둔다 해도 시기하는 모습 한 번 비치지 아니했을 텐데. 이토록 대놓고 속이 상한다 표현하니 놀라운 일이었다. 해가 갈수록 새로운 모습이 보인다. 한 여인을 연모하는데도 수번이나 연모의 감정에 빠지는 기분이었다.

"주상전하."

아직도 예판과 병판의 논쟁이 끝나지 않은 사이로, 왕비전의 내관이 가까이 다가와 담월의 전언을 전하였다.

"중전마마께옵서, 첫눈에 대한 보답을 할 터이니 도화 가지 밑에서 기다리겠다 전하라 하셨습니다."

* * *

창덕궁 후원 한 곳에 가득 심어진 도화나무는 담월을 중전으로 맞았을 때 결이 명령하여 심은 것이었다. 그것이 무엇을 의미하는지는 궐내에서도 몇몇밖에 몰랐지만, 짙은 분홍을 자랑하는 꽃망울이 터지는 봄이면 모두가 그 자색에 감탄을 할 정도로 아름다운 곳이었다.

'하지만 진정으로 아름다운 것은 꽃피지 않은 겨울이지.'

결은 가마에서 내려 저 멀리 담월이 서 있는 곳으로 다가갔다. 소복소복 쌓인 눈이 발걸음마다 부드러운 소리를 냈다. 눈이 소복이 쌓인 도화 가지 사이, 은은한 색의 당의에 흰빛의 털목도리를 두른 그녀가 만개한 꽃처럼 웃으며 그를 반겼다.

"신첩이 나랏일로 다망하신 주상전하를 이리 청하여 송구합니다."

어찌 이 어여쁜 여인을 이레나 보지 않고도 견딜 수 있었을까.

"몸은 좀 어떠십니까, 중전?"

거짓 병이었다는 걸 알면서도 결의 눈에는 걱정과 안쓰러움이 서려 있었다. 마음고생을 해 그런지 담월의 얼굴이 유독 수척해 보인 탓이었다.

"좋은 약을 보내주셨기에 쾌차하였지요."

그래도 웃는 담월의 얼굴을 보아하니, 세자와 공주들을 시켜 첫눈을 선물한 것은 좋은 계책이었던 모양이다. 이리 불러낸 것을 보면 눈 선물을 받아 한턱을 내는 풍습을 따른 모양이었다. 결은 짐짓 기대하는 눈빛으로 물었다.

"그래서, 정사가 과중한 과인을 예까지 부른 연유가 무엇입니까?"

"회임이라 합니다."

뭐라고요. 그게 진정입니까, 중전. 너무 놀라서 목소리가 튀어나오질 않았다. 결은 그 눈을 동그랗게 뜬 채 놀라 입만 뻐끔거렸다. 결이 기대 이상의 반응을 보인 모양인지, 그녀는 소녀처럼 까르르 웃었다.

"정말 몸이 좋지 않아 어의를 불러 물어보았더니, 회임이라 합니다."

순간 결은 환상을 본 것 같았다. 그녀의 뒤에서 그 옛적 엷은 분홍의 꽃잎이 흩날리던 그때의 환상을.

"세상에, 회임이라니."

결은 그대로 담월을 끌어안더니, 믿기지 않는다는 듯 담월의 얼굴과 배를 번갈아 보다가 이 기분을 참지 못하고 입술을 맞추었다. 차갑고 꽃잎 같은 입술에 기쁨을 속삭이듯 쪽쪽거리자 담월이 그를 밀어내었다.

"저, 전하. 체통을 지키셔야지요. 궁인들이 보고 있지 않습니까."

한껏 달아오른 담월의 얼굴을 보고도 결은 떨어질 생각을 하지 않고 그녀를 더욱 바짝 끌어안았다.

"내가 이리도 기쁜데 그것이 무슨 상관입니까. 하핫, 오늘은 담월이 새 아기를 가진 것을 기념하여 사면령이라도 내려야겠습니다. 그보다 날이 추운데 어서 들어가지요. 혹시 탈이라도 나면 큰 일입니다."

도톰한 눈송이가 다시금 흩날리기 시작했다. 마치 먼 옛날, 그들의 눈앞에 계절을 잊은 꽃이 흐드러지게 피어 그들의 시야를 흐리고, 마음을 설레게 했듯이.

〈연이어 피는 꽃 완결〉